가가
교이치로

加賀恭一郎

냉철한 머리, 뜨거운 심장, 빈틈없이 날카로운 눈매로 범인을 쫓지만, 그 어떤 상황에서도 인간에 대한 따뜻한 배려를 잃지 않는 형사 가가 교이치로. 때로는 범죄자조차도 매료당하는 이 매력적인 캐릭터는 일본 추리소설계의 일인자 히가시노 게이고의 손에서 태어나, 30년 넘게 그의 작품 속에서 함께해왔다.

가가 교이치로가 제일 먼저 등장한 것은 청춘 미스터리 소설 『졸업』이다. 교사가 될 꿈을 품은 평범한 대학생인 가가는 친구들의 연이은 죽음을 접하며 인간의 양면성과, 사건 해결에 대한 자신의 재능을 깨닫는다. 하지만 형사였던 아버지가 가정에 소홀했기 때문에 어머니가 집을 떠났다고 생각한 가가는 형사라는 직업 대신, 교사의 길을 택한다. 그러나 운명은 그를 평범한 교사로 머물게 두지 않았다. 가가 교이치로는 재직 중 어떤 사건으로 인해(자세한 내용은 『악의』에서 밝혀진다) 자신이 '교사로서는 실격'이라 판단하고 사직, 경찰에 입문한다.

가가 교이치로가 다른 추리소설 속 명탐정들과 다른 점은 무엇일까? 가가 형사는 그 어떤 경우에도 다정함과 최고의 선을 향한 인간적인 배려를 잃지 않는다. 이는 상대가 범죄자라 해도 마찬가지이다. 그리고 그것이 바로 가가 형사가 '인간의 심리를 가장 완벽하게 꿰뚫는 한 편의 드라마' 같은 추리소설을 쓰는 히가시노 게이고, 그에게 가장 사랑받는 캐릭터인 이유이다.

〈가가 형사 시리즈〉는 『졸업』을 시작으로 『잠자는 숲』 『악의』 『둘 중 누군가 그녀를 죽였다』 『내가 그를 죽였다』 『거짓말, 딱 한 개만 더』와 나오키상 수상 이후의 첫 작품 『붉은 손가락』, 『신참자』 『기린의 날개』 『기도의 막이 내릴 때』까지 총 10권이 출간되었다.

KEIGO HIGASHINO

現代文學　가가 형사 시리즈　東野圭吾

히가시노 게이고

양윤옥 옮김

잠자는 숲

현대문학

제1장

1

하루코가 사람을 죽였다, 라는 연락이 왔다.

미오는 수화기를 움켜쥐고 어금니를 악물었다. 심장이 두근두근 뛰고, 거기에 맞추어 이명耳鳴이 들렸다.

"듣고 있어?"

수화기 속에서 가지타 야스나리의 음울한 목소리가 들렸다. 그가 이런 식으로 힘없이 말하는 것을 미오는 지금까지 별로 들어본 적이 없었다. 항상 자신감이 넘치는 사람이었던 것이다.

"네"라고 미오는 대답했지만, 가래가 엉긴 것처럼 갈라진 목소리가 나왔다. 한차례 기침을 하고 "듣고 있어요"라고 다시 대답했다.

가지타는 잠시 침묵하고 있었다. 거친 숨소리만 들려왔다. 현재의 상황을 적합하게 전하고 싶지만 선뜻 입이 떨어지지 않는다는 느낌의 침묵이었다.

"큰일이 났어."

침묵 뒤에 그는 말했다. "하지만 걱정할 거 없어. 이건 정당방위야."

"정당방위……."

"그래, 그러니까 하루코는 잘못한 거 없어."

미오는 입을 다물고 그가 한 말을 생각해보려고 했다. 하지만 머리가 제대로 돌아가지 않았다. 하루코의 얼굴이 자꾸만 떠오를 뿐이었다.

미오가 아무 대답도 하지 않았기 때문이리라. 가지타가 말을 덧붙였다.

"실은 사무실에 강도가 들었어. 그래서 하루코가 실수로 그 강도를 죽이게 된 거야."

강도―. 미오는 입 속에서 되풀이해보았다. 그 말이 얼른 머릿속에 들어가지 않았다.

"아무튼 지금 바로 사무실로 와줘야겠다. 자세한 건 그다음에 얘기하자. 여보세요, 듣고 있지?"

"네, 지금 갈게요."

전화를 끊은 뒤에도 미오는 한참이나 수화기에 손을 얹은 채, 그 자리에서 꼼짝도 하지 못했다.

미오는 소파에 앉았다. 항상 하던 버릇대로 무의식중에 쿠션을 껴안았다. 그게 하루코가 직접 만든 쿠션이라는 게 생각나서 더욱더 손에 힘이 들어갔다.

정당방위—.

기묘한 여운이 있는 말이다. 실생활에서는 사용하는 일이 거의 없는 단어였다.

미오는 쿠션을 내려놓고 자리에서 일어섰다. 어떻든 가봐야 한다. 옷장을 열면서 벽에 걸린 시계를 보았다. 11시가 조금 지난 참이었다.

다카야나기 발레단은 지하철 세이부 이케부쿠로 선 오이즈미가쿠엔 역에서 도보로 5분 거리에 자리 잡고 있다. 벽돌 담장으로 둘러싸인 철근 콘크리트 2층 건물. 미오가 도착했을 때 문 앞에 경찰차 몇 대가 와 있는 것이 보였다. 부근에서는 구경꾼들이 발돋움을 해가며 안을 들여다보았다.

문 근처에는 제복 차림의 경찰 두 명이 서 있었다. 구경꾼들을 물리치려고 그러는지 둘 다 험상궂은 표정이었다.

미오가 머뭇거리고 있는데 옆에서 "발레단 분이시죠?"라고 말을 걸어오는 사람이 있었다. 거무스레한 양복을 입은 키 큰 남자였다. 미오가 고개를 끄덕이자,

"나도 지금 가는 길입니다. 함께 가시죠."

라고 말하며 걸음을 옮겼다. 그 말투로 형사라는 것을 알았다.

그는 문 앞에 서 있던 경찰들과 잠시 이야기를 나눈 뒤 "자, 들어가요"라고 미오를 안에 들여보내주었다.

"다카야나기 발레단의 〈백조의 호수〉를 한 번, 본 적이 있습니다."

건물을 향해 걸으면서 젊은 형사는 말했다. "접대 차원에서 간 거라 별 기대도 안 했는데, 막상 관람하고는 푹 빠졌습니다."

감사하다는 말을 해야겠지만 미오는 도저히 그럴 마음이 나지 않았다. 그 대신, 하루코는 지금 어떻게 되었느냐고 물어보았다. 그는 고개를 저었다.

"나도 아직 사태를 파악하지 못했어요."

"그렇군요……."

건물 현관을 들어서면 바로 옆이 사무실이다. 그 문을 남자들이 쉴 새 없이 들락거리고 있었다. 젊은 형사는 가까이에 있던 중년 남자에게 미오를 가리키며 발레단 사람이라고 말했다.

"응접실로 안내해드려"라고 중년 형사가 지시했다.

연습실 쪽을 슬쩍 넘어다보면서 젊은 형사는 미오를 응접실로 데리고 갔다.

응접실 앞에도 경찰이 서 있었다. 형사는 그에게 잠깐 몇 마디를 건넨 뒤, 미오에게 안에서 기다리라고 말하고 자신은 사무실 쪽으로 갔다.

"응, 어서 와."

미오가 응접실에 들어서자마자 말을 건넨 사람은 전화를 해준 가지타였다. 그 옆에서 이 발레단의 경영자 다카야나기 시즈코도 얼굴을 들고 미오를 보더니 말없이 고개를 끄덕였다. 두 사람 모두 몹시 피곤한 얼굴이었다.

"어떻게 된 거예요?"

미오는 두 사람의 맞은편에 앉아 그들을 번갈아 바라보며 말했다. "난 뭐가 뭔지 도무지……."

그런 미오의 마음을 진정시키려는 듯 가지타는 오른손을 내밀었다. 발레 마임을 할 때처럼 부드러운 손놀림이었다. 그는 발레단의 마스터이자 안무가, 그리고 연출자였다.

"자, 마음 가라앉히고. 처음부터 차근차근 말해줄 테니까."

"네……."

미오는 자신의 가슴에 왼손을 대고 가만히 눈을 감았다. 그렇게 호흡을 가다듬은 뒤에 눈을 뜨고 가지타를 보았다. 그러자 그도 한차례 심호흡을 하더니,

"10시 30분쯤이었을 거야."

라고 벽시계를 바라보며 말했다. "나와 다카야나기 선생이 밖에 나갔다가 돌아왔는데 사무실에 하루코하고 낯선 남자가 쓰

러져 있었어."

"하루코와 낯선 남자가?"

"응, 게다가 남자는 이마에서 피가 흐르고 있어서 또 한 번 놀랐어."

그 피의 색깔이 생각난 것일까, 옆자리의 다카야나기 시즈코는 속이 울렁거리는 듯 미간을 찌푸렸다.

"그나마 하루코는 금세 정신이 돌아왔어. 무슨 일이냐고 물었더니만, 아무도 없는 사이에 그 남자가 사무실에 몰래 들어온 것 같대. 실은 하루코가 그 조금 전까지 우리와 함께 있었어. 이케부쿠로에서 극장 지배인을 만났거든. 하루코만 한발 먼저 돌아왔다가 그 강도와 덜컥 마주쳤던 모양이야. 하루코도 놀랐지만 그 남자도 어지간히 놀랐겠지. 그래서 하루코에게 덤볐다는 게야."

미오는 침을 삼키려고 했다. 하지만 입 안이 바짝 말라 있었다.

"그다음 일은 기억도 안 나는 모양인데, 아무튼 정신없이 옆에 있던 꽃병을 들고 내리쳤대. 그리고 문득 정신을 차리고 보니 그 남자가 바닥에 쓰러져 있었다는 거야. 꿈쩍도 하지 않아서 멈칫멈칫 흔들어봤는데, 아무래도 죽은 것 같더래. 너무 무서워서 하루코도 정신을 잃었다는구나."

"정신을……. 그랬군요."

"뭐, 자세한 건 경찰이 물어보고 있을 거야. 아무튼 하루코가 너무 흥분해서 찬찬히 사정 얘기를 들을 만한 상태가 아니었어."

그랬을 거라고 미오는 생각했다.

"그래서 그 남자는 역시 목숨을 건지지 못했나요?"

미오는 물었다.

"좀 안 좋은 곳을 맞은 모양이야"라고 가지타는 대답했다.

"하지만"이라고 미오는 입술을 깨물었다. "그러면 하루코가 잘못한 것도 아니지요? 그런 상황에서는 누구라도 당황하잖아요. 어떻게든 저항하지 않으면 이쪽이 죽을 수도 있어요."

"우리도 그건 알고 있어."

여기서 다카야나기 시즈코가 처음으로 입을 열었다. "그래서 이건 정당방위라고 생각하는데, 문제는 경찰이 그걸 순순히 믿어주느냐는 거야."

그리고 그녀는 두통을 억누르려는 듯이 오른쪽 집게손가락으로 관자놀이를 눌렀다.

"저기, 하루코는 어디에?"

"지금 사무실에 있을 거야. 현장 검증이라고 하던가, 경찰에게 상황을 설명하고 있는 거 아닐까?"

가지타가 입구에 서 있는 경관을 슬쩍 살펴보며 대답했다.

현장 검증—. 그 딱딱한 여운은 현실과는 한참 동떨어진 이상한 단어로 들렸다. 그런 단어와 자신이 관련되리라고는 상상해본 적도 없었다.

"다른 사람에게도 연락하셨어요?"

"하루코의 고향 집에는 연락했어. 아마 내일 아침 첫차로 오실 거야. 사무국장에게도 전화했으니까 이제 곧 오겠지. 연락망으로 그밖의 주요 단원들에게 소식은 전했는데 이쪽으로는 오지 말라고 했어. 괜히 번잡스럽기만 할 거 같아서."

"아키코 씨에게는……."

"연락했지. 깜짝 놀라서 기어코 여기로 나오겠다는 것을 내가 말렸어. 다카야나기 발레단의 프리마발레리나가 이런 곳에 나타났다가는 기자들한테 붙잡혀 한바탕 소동이 벌어질 거라고 달랬어."

그게 타당한 판단일 것이다. 미오도 고개를 끄덕였다.

그런 이야기를 하는 참에 사무국장 사카기가 뛰어들었다. 집에서 얼마나 급하게 뛰쳐나왔는지 숱이 적은 머리칼이 헝클어져 있었다.

"어떻게 된 거예요?"

둥근 금테 안경을 고쳐 쓰고 흰 손수건으로 이마의 땀을 닦아가며 사카기는 가지타 옆에 앉았다.

가지타가 미오에게 했던 설명을 다시 한번 되풀이했다. 그 한마디 한마디에 사카기는 얼굴을 찌푸리며 다급하게 생각을 정리하려는 듯 머리를 긁적였다.

"그런 거였군. 좋아, 알았어요. 그러면 매스컴 쪽은 내가 어떻게든 처리하죠. 정당방위라는 걸 부각시켜서 사람들의 동정을 사두면 두고두고 유리하겠지요. 경찰로서도 사람들을 자극할 만한 움직임은 취하기 어려울 거고."

"잘 부탁해요."

다카야나기 시즈코가 그나마 마음이 든든하다는 눈빛으로 사카기를 바라보았다. 미오도 똑같은 심정이었다.

"잘 처리해봐야죠. 아무튼 두 분께서는 자칫 말실수하지 않도록 주의하시고요. 아, 그리고 미오도 마찬가지야."

사카기의 말에 미오도 고개를 끄덕였다.

"당장 변호사부터 알아봐야겠어. 그나저나 하루코는 참 운도 없는 아이네."

그렇게 중얼거리더니 사카기는 자리에서 일어나 황황히 밖으로 나갔다.

"운이 없는 아이라……. 정말 맞는 말이다."

사카기의 뒷모습을 지켜보던 가지타가 중얼거렸다.

운이 없는 아이—. 미오도 말없이 그 의미를 곱씹었다.

사이토 하루코는 미오와는 어렸을 때부터 친구였다. 두 사람 모두 시즈오카 출신, 사는 집도 가까웠다.

미오가 발레를 시작한 건 다섯 살 때였지만, 맨 처음 배우러

간 곳이 집 근처에 있던 사이토 발레교실, 하루코의 작은아버지 부부가 가르치는 학원이었다. 하루코도 그곳에 발레를 배우러 와 있었다.

두 사람은 금세 친해졌다. 다른 아이들도 많았지만 왠지 처음부터 서로 끌리는 게 있었다. 아마도 얼굴도 성격도 서로 닮았기 때문일 거라고 미오는 생각했다. 두 사람 모두, 어느 쪽인가 하면 얌전한 편이어서 그리 눈에 띄게 나서는 일이 없었다.

하지만 발레에서라면 미오와 하루코는 다른 어느 누구보다 뛰어났다.

나이가 같아서 초등학교에 들어가는 것도 함께였다. 미오와 하루코는 항상 나란히 학교에 다니고, 집에 돌아오면 다시 둘이 나란히 발레교실에 나갔다.

중학교를 졸업하자 두 사람은 똑같이 상경하여 도쿄의 고등학교에 입학했다. 다카야나기 발레학교에 다니기 위해서였다. 본격적으로 발레리나가 되기로 결심한 것이다.

고등학교 재학 중에 두 사람은 정식 단원이 되었다. 항상 함께였고, 그리고 항상 라이벌이었다.

"언젠가 우리 둘이서 〈백조의 호수〉를 했으면 좋겠어. 한 사람은 백조를 하고 또 한 사람은 흑조를 하고."

미오가 그런 제안을 했던 일이 있다. 두 사람이 무대에서 경연한다―. 예전에는 몸이 파르르 떨릴 만큼 머나먼 꿈이었지만, 이제는 그 꿈에 상당히 다가왔다.

하루코에게 '운이 없는' 일이 일어난 것은 반년 전이었다.

미오는 하루코가 운전하는 차의 조수석에 타고 있었다. 하루코는 막 새 차를 구입해서 핸들을 잡는 게 참을 수 없이 재미있는 시기였다.

가랑비가 내려 도로가 젖어가고 있었다. 시야도 어슴푸레하게 좋지 않았다. 게다가 하루코는 조금 지나치게 속도를 냈다.

그런 악조건이 겹쳐서 갑자기 튀어나온 어린아이에 미처 대처하지 못했다. 물론 하루코는 그 어린아이를 다치게 하지는 않았다. 순간적으로 핸들을 꺾었기 때문이다. 하지만 급한 핸들 조작과 급브레이크에 의해 튕겨나간 차체는 길가에 있던 전봇대와 옆면으로 격돌했다.

그리고 그다음의 일을 미오는 기억하지 못했다. 아마 뇌진탕을 일으켰던 것이리라. 정신이 든 것은 병원 침대에서였다. 무슨 일이 일어났는지 간호사에게서 듣고는 얼른 팔다리부터 움직여보았다. 팔도 다리도 아무렇지도 않아서 진심으로 안도했던 기억이 있다.

하지만 하루코는 부상을 피해가지 못했다. 오른쪽 무릎 관절이 탈구된 것이다.

"이런 걸 자업자득이라고 하겠지?"

깁스로 고정한 다리를 매만지며 하루코는 자조적으로 웃었다. "내가 깜빡 방심했나 봐. 다카야나기 선생님하고 아버지랑 엄마에게 된통 혼났어. 역시 발레리나는 차 같은 거 몰면 안 되는 거였어."

"그래도 가벼운 부상이라 다행이다."

"내가 그나마 다행스럽게 생각하는 건 미오 너야. 괜히 너까지 춤을 출 수 없었다면 난 정말 어떻게 해야 좋을지 몰랐을 거야."

"그거라면 괜찮아."

미오는 빙긋 웃어 보였다. 미오는 그날로 퇴원했다.

발레를 위한 몸매를 유지하는 건 정말 어렵다고들 한다. 하루만 쉬어도 그 영향이 나타날 정도인 것이다. 꼼짝없이 장기간의 공백기를 가져야 했던 하루코가 원래 상태를 회복하기까지 웬만한 노력으로는 어림도 없었다. 하루코는 일어설 수 있게 되자마자 사무국 일을 도와주며 다시 레슨을 시작했다. 때로는 누구보다 일찍 연습실에 나와 가장 마지막까지 남아 있곤 했다. 벌써 몇 달째 피나는 노력을 했지만 여전히 사고 전의 수준에 이르기에는 한참 모자랐다. 공백의 두려움을 미오도 새삼 절감했다.

"빨리 컴백해서 너하고 춤추고 싶어."

하루코가 요즘 입버릇처럼 하던 말이었다.

"응, 빨리 돌아와, 제발."

그때마다 미오는 그렇게 대답했다.

만일 이번에 정당방위가 인정되지 않는다면—.

미오는 오늘 낮에 하루코와 나누었던 이야기를 떠올렸다. 애니메이션 영화, 그리고 '본 조비'와 런던에 대해 둘이서 한참이나 수다를 떨었다. 그런 하루코가 교도소에 들어갈지도 모른다고 생각하면 이렇게 가만히 앉아 있는 것조차 괴로웠다. 지금 내가 이러고 있을 때가 아니야—. 하지만 미오는 아무것도 할 수 없었다.

속을 태우며 기다리고 있는데 마침내 문이 열리고 조금 전에 사무실 앞에서 본 중년 남자가 들어왔다. 작은 몸집인데도 어깨 폭이 넓은 사람이었다. 뚱뚱하다는 느낌 없이 얼굴이 길쭉하고 눈매가 날카로웠다.

그 뒤로 또 한 사람이 나타났다. 미오를 안에 들어오게 해준 형사였다. 이쪽은 아직 젊어서 서른 살 전후로 보였다. 윤곽이 짙은 얼굴에 역시 눈매가 날카롭고 강직한 듯한 인상을 미오는 받았다.

두 사람이 경시청 수사1과 소속이라는 것은 '오타'라고 이름을 밝힌 중년 형사가 직접 말해주었다. 조금 전에 협력해줘서 고마웠다, 라고 가지타 일행에게 말하는 걸 보니 이미 진술 조사를 몇 번 받은 모양이다.

오타 형사는 건물의 문단속 상태며 평소의 생활 패턴 등을 물었다. 오전 10시부터 5시까지 발레단의 연습 시간, 그리고 5시부터 8시까지는 발레학교의 수업 시간으로 정해져 있다고 다카야나기 시즈코가 설명했다. 하지만 오늘은 일요일이라서 발레학교는 수업이 없었다. 사무국은 아침 9시부터 5시까지가 근무 시간이다.

이곳 2층에는 시즈코의 살림채가 있어서 기본적으로는 그녀 혼자 살고 있다. 기본적으로는, 이라고 한 것은 그녀의 딸인 다카야나기 아키코가 이따금 자고 가는 일이 있었기 때문이다. 둘이 함께 살지 않는 건 발레단 경영자와 발레리나라는 관계에 미묘한 사적인 감정이 끼어들지 않게 하기 위한 조치인 듯했다.

그렇기 때문에 문단속은 대개 다카야나기 시즈코가 했다.

"오늘도 발레단 연습은 5시까지였어요?"

오타가 물었다.

"조금 연장해서 6시쯤에 끝났다고 들었습니다"라고 시즈코가 대답했다.

"그 뒤에 단원이 돌아가고 문단속은 역시 다카야나기 씨가 했습니까?"

"아뇨, 나와 가지타는 다른 볼일이 있어서 5시쯤에 외출했어요. 문단속은 하루코에게 부탁했습니다. 하루코와 8시에 이케부쿠로에서 만나기로 약속했거든요. 그러니 아마 하루코가 가장 마지막으로 건물을 나왔을 거예요."

"이곳 열쇠를 가지고 있는 건 누구누구죠?"

"나하고 내 딸 아키코뿐이에요."

"그러면 사이토 하루코 씨는 어떻게 문단속을 했어요?"

"내 열쇠를 맡겼어요. 이케부쿠로에서 하루코가 먼저 돌아갈 때도 열쇠를 건네줬고요."

그런 이야기를 모두 듣고 난 뒤에, 오타는 미오에게 시선을 돌렸다.

"아사오카 미오 씨, 라고 했지요?"

그의 질문은 미오와 하루코의 관계에 대한 것이었다.

미오는 자신들의 어린 날부터 현재에 이르기까지의 경위를 되도록 간략하게 설명했다. 오타는 사무적으로 맞장구를 쳤을 뿐이지만, 옆에 있던 젊은 형사는 진지한 얼굴로 몇 번이나 고개를 끄덕였다.

"십년지기 친구로군."

오타는 감탄한 듯 고개를 젓고는 "근데, 아사오카 씨"라고 다시 미오 쪽을 향했다. "당신이 보기에 사이토 하루코는 어떤 사람이에요? 이를테면 성격이 급하다든가 쉽게 흥분하는 편이라든가."

"하루코는 전혀 급한 성격이 아니에요"라고 미오는 단호하게 말했다. "항상 냉철한 아이입니다. 화내는 일도 없고 늘 침착한 편이에요."

거기까지 말하다가 미오는 혹시 하루코에 대해 불리한 말인지 모른다는 생각이 들었다. 그래서 이렇게 덧붙였다.

"아뇨, 하지만 느닷없이 강도가 나타나면 아무리 침착한 하루코라도 크게 동요하겠죠."

미오가 친구를 감싸주려고 급하게 말을 덧붙이는 게 우스웠는지 오타의 입술 끝에 쓴웃음이 번졌다. 하지만 젊은 형사는 여전히 진지한 눈빛이었다.

"흠, 그래요. 근데 혹시 이 사진의 남자, 본 적 있어요?"

오타가 보여준 것은 폴라로이드 사진이었다. 눈을 감은 남자 얼굴이 찍혀 있었다. 죽은 남자라고 생각하니 어쩐지 오싹했지만, 사진으로는 잠을 자는 것처럼만 보였다.

남자는 수염이 길었다. 그래서 나이가 제법 들어 보이는 인상이지만, 실제 나이는 아마 20대 후반일 거라고 미오는 생각했다. 스트로브의 영향 때문인지 안색은 창백했지만 병적인 느낌은 전혀 들지 않았다.

본 적이 없다, 라고 미오는 대답했다.

"하긴 뭐, 그렇겠지요."

오타는 뭔가 의미심장한 표정으로 말하더니 사진을 양복 안 주머니에 챙겨 넣었다. 그것을 지켜보고 나서 미오는 물었다.

"그래서 이제 어떻게 돼요?"

"어떻게, 라니?"

"하루코는 어떻게 되는 거냐고요. 체포되나요?"

그러자 오타는 잠시 망설이듯이 시선을 다른 곳으로 돌린 뒤, 천천히 턱을 당겼다.

"어떤 형태로든 사람을 죽게 했으니까요. 일단 체포하게 됩니다."

"사, 살인범으로요?"

목소리가 떨렸다.

"음, 일단은 그래요."

"잠깐만요."

여기서 가지타가 말을 끼웠다. "하루코에게서 들었을 테지만, 그 남자가 먼저 덤벼들었던 거예요. 그러니 정당방위가 성립되는 거 아닙니까?"

"예, 그럴 가능성이 높다는 말씀은 우선 해두지요."

"가능성이 높다니, 그럼 하루코가 거짓말을 하는지도 모른다는 말입니까?"

"아니, 우리도 믿고 싶지요. 하지만 매사에 확증이라는 게 필요해요. 확증만 얻으면 문제는 없습니다."

확증이라니, 대체 어떤 것을 말하는 건가―. 미오는 오타에게 물어보고 싶었지만 그가 수첩을 들여다보고 있어서 옆의 젊은 형사에게로 시선을 돌렸다. 그와는 눈이 마주쳤다. 젊은 형사는 미오를 지그시 쳐다보더니 아무 말 없이 슬쩍 고개를 끄덕여주었다. 그것이 아무 걱정 말라는 뜻으로 느껴져서 미오는 뭔가 구원을 받은 듯한 마음이었다.

이어서 몇 가지 질문을 던진 다음에 진술 조사라는 건 끝이 났다.

"다시 이래저래 문의할 일이 많을 텐데, 그때도 잘 부탁드립니다. 오늘은 이쯤에서 우리도 그만 철수할 예정이에요."

오타와 젊은 형사가 자리에서 일어섰기 때문에 미오는 "저기요"라고 말을 건넸다. 형사들이 그녀를 돌아보았다. "하루코를 좀 만날 수 없을까요?"라고 미오는 말했다.

두 사람은 잠시 당황하는 표정을 보였다. 그리고 오타가 머리를 긁적이더니 미오에게 말했다.

"미안하지만 오늘은 안 되겠네요. 경찰서로 연행해버려서."

"오늘은 안 되고, 그럼 언제 만날 수 있을까요?"

그러자 오타는 난처한 듯 자신의 머리를 툭툭 쳤다.

"언제, 라고 정확히는 말할 수 없어요. 앞으로 일이 어떻게 흘러가느냐에 따라 달라지니까."

"……그렇군요."

미오가 중얼거리자 오타는 그대로 복도로 걸음을 옮겼다. 젊은 형사도 선배의 뒤를 따라 나가다가 입구에서 몸을 돌렸다.

"금세 돌아올 거예요, 틀림없이."

그렇게 말하더니 살짝 인사를 건네고 사무실을 나갔다.

미오가 다시 소파에 앉자 가지타 야스나리가 "저 형사 말이 맞아"라면서 담배에 불을 붙였다.

"그게 정당방위가 아닐 리가 있나. 금세 다 인정해줄 거야. 걱정할 거 없어."

자기 스스로를 이해시키려는 듯 그는 몇 번이고 고개를 끄덕였다.

수사원들이 철수하기 시작해서 미오 일행도 그만 돌아가기로 했다. 가지타는 집이 가까워서 걸어갈 수 있지만, 미오는 전차를 타야 한다. 가지타가 경찰에 사정 이야기를 하고 그쪽 차로 데려다달라고 부탁했다.

현관에 나와 기다리고 있었더니 조금 전의 젊은 형사가 다가왔다. 그가 데려다줄 모양이었다. 형사와 단둘이 차를 타면 몹시 어색할 거 같아 내심 우울했지만 그나마 이 형사라는 것을 알고 조금쯤은 마음이 놓였다.

뒤를 따라갔더니 그는 도로 가에 세워둔 감색의 각이 진 차로 다가갔다. 그리고 먼저 조수석의 문을 열고 "타시죠"라고 말했다.

"이 차에?"

"왜요, 무슨 문제가?"

"아, 아뇨……."

미오는 말없이 차에 올랐다. 경관이 데려다준다고 해서 경찰차에 타는 줄 알았던 것이다. 조수석에 앉아 차 안을 둘러보았지만 딱히 특별할 것도 없는 일반 승용차였다.

형사가 운전석에 올라타 시동을 걸었다.

미오는 운전을 하지 않기 때문에 도로에 대해서는 전혀 알지 못했다. 어떻든 가까운 전차 역까지만 데려다달라고 미오는 말했다. 후지미다이 역이 집에서 가장 가까운 역이다.

"발레, 재미있어요?"

신호를 기다릴 때, 형사가 물었다.

"예, 재미있어요"라고 미오는 대답했다. "내 인생 전부예요."

"부럽군요."

그렇게 말하며 형사는 다시 차를 출발시켰다. "그렇게 단언할 수 있다는 게. 그것만으로도 일종의 재산이죠?"

미오는 그의 옆얼굴을 바라보고 다시 앞 유리 너머로 시선을 돌렸다. 좁고 어두운 길이 이어졌다. 그의 운전이 능숙해서 승차감은 나쁘지 않았다.

"정당방위의 특별규칙이라는 게 있어요."

불쑥 형사가 말했다. 미오는 그를 보며 "예?"라고 되물었다.

"도범 방지 및 처분에 관한 법률, 줄여서 도범 방지법이라고 하는데, 그 1조가 정당방위의 특별규칙이라는 것이죠."

"네"라고 미오는 대답했다.

"그 내용을 알기 쉽게 설명하자면, 절도의 목적으로 침입한 자를 공포나 놀람, 흥분으로 인해 살상하더라도 그 죄를 묻지 않는다는 겁니다."

"하루코의 경우도 거기에 해당되겠지요?"

저도 모르게 미오의 목소리에 힘이 들어갔다.

형사는 잠시 틈을 두고 나서 "해당됩니다"라고 말했다.

"하지만 하루코 씨가 하는 말이 진실이라는 게 증명된다면, 이라는 단서가 붙어요."

"하루코는 거짓말 같은 거 안 해요."

"그렇겠지요. 하지만 그걸 증명해주는 건 지금으로서는 아무것도 없어요. 증명하지 못하면 그 진술은 존중하지 않는다, 그런 경향이 현재의 경찰에는 존재하거든요."

"설마……."

"그러니까 우리의 당면 과제는 죽은 그 남자가 어째서 발레단 사무실에 들어왔는가, 그걸 분명하게 밝히는 일이에요. 그 사람이 절도를 목적으로 침입했다는 게 판명되면 곧바로 불기소 처분으로 당신의 친구는 석방됩니다. 하지만 정말로 절도가 목적이었는지, 지금으로서는 그걸 전혀 모르는 상태라서."

"그걸 밝히지 못하면 안 되는 건가요?"

"아뇨, 그 목적에 따라 달라요. 그리고 남자가 몰래 들어왔고 그녀를 공격했다는 점이 명백히 밝혀지면……."

"정당방위가 성립되는 거군요?"

"그렇지요, 다른 문제만 없다면."

"다른 문제라니요?"

미오가 물었지만, 형사는 앞을 바라본 채 대답하지 않았다.

후지미다이 역이 가까워지자 미오에게도 차츰 익숙한 길이 보였다. 저기서 오른쪽으로, 이다음에 왼쪽으로, 하고 가리켰다. 젊은 형사는 그때마다 짧게 대답하며 핸들을 돌렸다.

그가 맨션 옆에 차를 세웠다. 현관문 앞까지 배웅해주려고 했지만 미오는 사양했다. 이웃 간에 괜한 소문이 날까 봐 사양한다고 해석했는지 형사는 재차 권하지는 않았다. 하지만 미오는 이웃의 시선을 꺼린 게 아니었다. 누군가 자신을 바래다준다는 게 익숙하지 않았을 뿐이다.

"수고하셨습니다."

미오가 차에서 내릴 때, 그가 인사를 건넸다. 고맙다고 대답하고 미오는 잠시 머뭇거리며 그를 보았다.

"저어, 성함이……."

아, 라고 그는 그때 처음으로 뺨을 풀며 웃었다. 하얀 이가 입술 틈새로 슬쩍 내보였다.

"가가라고 합니다."

"네, 가가 씨……."

그 글자를 머릿속에 적어보며 미오는 다시 한번 고맙다고 머리 숙여 인사했다.

2

가가가 오기쿠보의 자기 집에 돌아온 건 밤 2시를 넘은 시각이었다. 아사오카 미오를 데려다주고 곧장 돌아왔다.

그가 사는 맨션은 패널 공법의 2층 건물로 위아래에 각각 네 집씩이 있다. 바깥 계단을 올라가 가장 앞쪽이 그의 집이다. 아까 저녁때 퇴근해서 한숨 돌리려는 참이었는데 다시 호출 전화가 걸려왔던 것이다.

현관문을 열고 불을 켜자 살풍경한 좁은 집이 눈앞에 펼쳐졌다. 가구도 조명도 거의 없는 데다 실내가 깨끗이 정리되어 있다. 그래서 더 썰렁한 인상을 풍겼다.

현관에 내던져져 있는 석간신문과 우편물을 집어 옆구리에 낀 채 욕실로 들어가 목욕물 가스 불부터 켰다. 욕조는 이틀에 한 번씩 청소했다. 오늘은 닦지 않아도 되는 날이다.

넥타이를 풀며 가가는 방바닥에 책상다리를 하고 앉았다. 석간신문을 내려놓고 우선 우편물부터 훑어보았다. 부동산 광고물이 한 통, 대학 검도부의 모임 안내장 한 통, 그리고 항공우편 한 통이었다.

광고물은 바로 쓰레기통에 던졌지만, 항공우편의 겉면을 보고 가가는 어라, 하고 생각했다. 부드러운 해서체楷書體가 낯익었기 때문이다. 로마자로 쓴 발신인의 이름을 보니 역시 짐작한 대로였다. 대학시절의 연인에게서 온 것이다.

봉투 안에는 파란 편지지 두 장이 들어 있었다. 잘 지내느냐는 첫 인사, 그리고 자신이 지금 직장 일로 오스트레일리아에 와 있다는 내용이 줄줄이 써 있었다. 그것 말고는 아무것도 없다. 그녀에게서 편지가 오는 건 1년에 한두 번이지만, 항상 이런 식이었다. 그리고 마무리 말도 정해져 있다. '무슨 일이 있어도 몸만은 소중히 하라'는 것이었다. 한 행을 비우고 그녀의 이름. 이어서 반듯한 글씨체로 적혀 있는 '가가 교이치로 님께'.

가가는 검도부 모임 안내장과 항공우편을 함께 간추려 책상 서랍에 넣었다. 그에게는 둘 다 과거로부터 온 편지였다.

편지를 챙겨 넣는 길에 그 아래 서랍을 열고 대학 노트 한 권을 꺼냈다. 그리고 새 페이지를 펼치고 볼펜으로 다음과 같이 써넣었다.

4월 10일 일요일, 네리마구 히가시오이즈미의 다카야나기 발레단 사무실에서 살인사건 발생. 내 차로 직접 현장에 갔다. 23시 25분 현장 도착. 피해자의 신원은 불명. 피의자는 다카야나기 발레단 단원 겸 사무국 직원 사이토 하루코(22세).

하루코의 맑은 눈동자를 다시 떠올리며 가가는 오늘의 사건을 되짚어보았다.

오타는 가가가 소속된 반에서도 베테랑 급에 속하는 형사다. 가가가 현장에 뛰어들었을 때, 이 선배 형사가 먼저 와 있었다.

처음 연락을 받은 시점에는 살인사건이라고 해도 마음이 가벼웠다. 범인은 이미 알고 있다. 그다음은 정당방위냐 아니냐를 밝히기만 하면 곧바로 해결될 문제라는 의식이 있었다. 본청 수사1과에서 오타와 가가가 보강 인력으로 파견된 것이지만, 아마 수사본부가 설치되는 일은 없을 터였다.

"흠, 그렇게 간단하게 풀리면 좋겠다만."

거의 빗질을 하지 않는 머리를 손끝으로 다듬으며 오타는 중얼거렸다. 언제 어떤 경우에나 신중하다는 것이 이 선배의 특징이다.

사건 현장이 된 사무실은 현관문을 지나 복도를 들어가서 바로 오른편에 출입구가 있었다. 다섯 평 남짓한 플로어 중앙에 철제 의자 여섯 개가 두 줄로 마주 보며 늘어서 있다. 출입구 반대편은 알루미늄 새시 창문이었다.

죽은 남자는 창문과 출입문의 정확히 중간에 쓰러져 있었다. 머리는 문 쪽으로 향하고 엎어진 자세로 두 다리를 큰 대자로 펼치고 있었다.

오늘은 도토東都 대학 법의학 연구실의 안도 조교수가 입회해주었기 때문에 그의 의견을 들으며 현장 검증이 이루어졌다.

남자의 신장은 175센티미터에 보통 체격이었다. 측두부에 함몰이 있었다. 사이토 하루코가 내리쳤다는 꽃병은 청동제로, 병목 부분은 직경 약 2센티미터, 바닥 부분은 약 8센티미터였다. 상처 부분과 조합해본 결과, 바닥 부분의 모양과 일치했다. 이 꽃병이 흉기라는 건 틀림없어 보였다.

"내리친 횟수는 한 번입니다."

조교수의 말에 메모하던 수사원들은 고개를 끄덕였다. 두 번 이상이라면 과잉 방어일 가능성이 있기 때문이다.

남자는 진회색 블루종 재킷에 검은 바지 차림이었다. 신발은 갈색 가죽 구두였지만 고무바닥이 붙은 기능적인 것이었다. 소지품을 조사해본 결과, 바지 왼쪽 호주머니에는 체크무늬 손수건, 오른쪽 호주머니에는 동전지갑이 들어 있었다. 신원을 확인할 만한 물품은 발견되지 않았다.

그다음으로는 남자의 침입 경로인데, 사무실 창문 한쪽이 열려 있고 새시 홈 부분에 흙이 묻어 있었다. 창문을 어떻게 열었는지, 현재로서는 분명하지 않다.

그리고 창문 아래는 부드러운 땅으로, 거기서 발자국 몇 개가 발견되었다. 남자가 신고 있던 갈색 가죽 구두의 바닥과 일치했다. 그 발자국을 더듬어보자 남자는 현관 앞에서 건물 옆을 지나 사무실 옆에 온 것으로 추정되었다.

실내에 침입한 이후의 행동은 불명. 책상 서랍, 캐비닛 같은 것을 뒤진 흔적은 보이지 않았다.

수사원들이 대강의 상황을 파악한 뒤, 다른 사무실에서 대기 중이던 사이토 하루코를 불러 남자를 살해하게 된 경위를 다시 들었다.

현장에 불려 온 하루코를 보고 가가는 아름다운 여자라고 생각했다. 아마 그 자리에 있던 다른 수사원들도 똑같이 느꼈을 것이다. 도자기 같은 피부에 또렷한 눈썹이며 크고 길쭉한 눈이 균형 있게 자리 잡고 있었다. 눈을 깜빡이면 짙은 속눈썹이 눈가에서 파르르 떨렸다. 다만 동요와 긴장 때문인지 안색은 병적으로 하얗고 꼭 다문 입술도 창백했다. 그런 모습이 어깨 뒤까지 길게 늘어진 검은 머리채와 아름다운 대조를 이루어서 가가는 수묵으로 그려진 미인화를 연상했다.

"다시 한번 설명해봐요."

사이토 하루코를 데려온 관할서 수사원이 말했다.

"오늘 저녁에 시즈코 선생님, 가지타 선생님과 함께 이케부쿠로의 카페에서 중앙극장의 지배인을 만났는데요, 10시 조금 전에 나더러 먼저 돌아가 있으라고 하셨어요."

"그건 왜 그랬지요?"라고 오타가 물었다.

"내일까지 준비해야 할 서류가 있어서 그걸 마무리하려고 나만 먼저 들어온 거예요."

"그 서류는 어떤?"

"발레단원 중에는 고등학생도 있거든요. 그 애들을 데리고 지방 공연을 가면 학교를 결석하게 돼요. 근데 우리 발레단에서 과외 학습을 증명하는 서류를 작성해주면 결석으로 처리되지 않거든요. 그 서류를 내일까지 준비해야 했어요."

귓속에 다정하게 울리는 어른스러운 목소리였다. 논리도 명쾌하고 말투에도 막힘이 없었다. 아주 침착하다고 가가는 생각했다.

"흠, 그렇군. 그다음에는?"이라고 관할서의 수사 주임인 고바야시 경위가 뒷말을 재촉했다. 고바야시는 로맨스그레이의 신사 타입이다.

"그래서 곧장 전차를 타고 돌아왔어요. 도착한 건 10시 15분이나 20분쯤이었을 거예요. 열쇠로 현관문을 열고 안으로 들어왔습니다. 열쇠는 다카야나기 선생님이 제게 주셨어요."

사무실 불을 켜자마자 뭔가 이상하다는 직감이 들었다고 사이토 하루코는 진술했다. 책상 위와 책장의 모양새 등이 평소와 미묘하게 달라 보였다고 한다.

그녀는 멈칫멈칫 사무실로 들어갔다.

창가까지 갔을 때, 느닷없이 한 남자가 책상 뒤편 그늘에서 나타났다. 너무나 큰 충격에 비명조차 지를 수 없었다고 한다. 남자는 옆의 책상 위에 있던 가위를 집어 들더니 그 끝을 하루코에게로 향하고 덤벼들었다.

"가까스로 몸을 피해 옆에 있던 꽃병을 들었어요. 그리고 그냥 아무 생각도 없이 내리쳤습니다."

"맞았다는 느낌이 있었어요?"라고 고바야시가 물었다.

하루코는 천천히 고개를 저었다.

"생각이 안 나요. 눈을 떴더니 남자가 쓰러져 있었어요. 그래서 걱정이 되어서 들여다봤더니 머리를 다쳐서……. 그다음은 거의 기억이 안 납니다. 그대로 정신을 잃었던 것 같아요."

그렇게 말하더니 하루코는 손에 든 손수건을 꼭 움켜쥐고 다시금 시선을 아래로 떨구었다.

"남자가 들었던 가위는 어디 있었죠?"라고 오타가 물었다.

"그 사람이 숨었던 책상에 있었던 거 같아요."

"당신이 잡은 꽃병은?"

"이 위예요."

그녀는 캐비닛 위를 가리켰다.

그래서 수사원들이 하루코의 진술대로 움직여보았다. 부자연스러운 점은 없었다. 꽃병의 위치도 순간적으로 집어 들기에 적합한 장소였다.

"단순 절도범일까요?"

사이토 하루코가 나간 뒤, 가가보다 약간 나이 많은 형사가 말했다.

"아니, 그건 아닐 거야."

오타는 그 질문에 이의를 내비쳤다. "돈을 목적으로 발레단 사무실에 침입했다고 생각하기는 어려워. 게다가 그 사람, 차림새가 캐주얼하기는 해도 절대 싸구려 물건은 아니었어. 푼돈을 노리고 절도 행각을 벌일 만큼 딱한 형편은 아닌 거 같아."

"그러면 무엇 때문에 몰래 들어왔을까?"라고 수사 주임이 물었다.

"글쎄요"라고 오타는 고개를 틀었다. "왜 들어왔을까……."

"아무튼 남자의 신원부터 파악해야지. 그리고 내일 아침부터 본격적으로 주변 탐문 수사에 들어가자."

상황을 정리하듯이 고바야시가 말했다.

그 뒤에 가가는 오타와 함께, 다른 방에 대기 중이던 관계자들에게서 상황 설명을 들었다. 가가가 특히 흥미를 느낀 건 아사오카 미오라는 여성의 존재였다. 사이토 하루코의 친구라고 했다. 하루코처럼 굉장한 미인은 아니지만 역시 귀여운 얼굴이었다. 두 사람이 동갑이라고 했는데, 그녀는 하루코보다 두세 살쯤 어려 보였다. 친구가 자칫 살인자로 몰릴까 봐 걱정이 되었는지 그녀는 몇 번이고 호소하는 듯한 눈빛을 형사들에게 보내왔다.

석 달쯤 전에 가가는 상사가 소개해준 여자와 발레를 보러 간 적이 있었다. 다카야나기 발레단의 〈백조의 호수〉였다. 생전 처음으로 관람하는 발레인 데다 색채가 너무 화려했기 때문에 1막은 꽤 흥미진진하게 지켜봤지만, 2막은 푸른 색감 속에 뭔가 조용하고 서글픈 멜로디의 음악만 계속 이어지는 바람에 결국 끄덕끄덕 졸고 말았다. 막간의 휴식 시간, 같이 갔던 여자의 얼굴에는 불쾌한 기색이 역력했다. 아무래도 내가 몹시 꼴사납게 졸았던 모양이다, 라고 생각하며 내심 쓴웃음을 지었다. 그래서 퇴짜를 놔준다면 다행이라는 생각도 했다. 어차피 내키지 않는 중매였던 것이다.

3막에서도 실컷 잠이나 자야겠다고 생각했는데 거기서 다시 무대 분위기가 크게 바뀌었다. 그때까지는 하얀 의상을 입은 백조들만 춤을 추었지만 3막에서는 검은 의상의 발레리나가 등장한 것이다. 스토리로 봐서는 백조의 연인인 왕자의 마음을 빼앗기 위해 등장한 악역인 모양이었다. 악역을 맡은 흑조는 왕자와 함께 무대가 비좁다는 듯 계속 춤을 추었다. 중간에 연달아 몇십 번이나 회전하는 곳이 있었는데 이 부분이 특히 볼 만한 장면 중의 하나인지 극장 안에 박수가 일었다. 정말 대단하다고 가가도 감탄하면서 손뼉을 쳤다. 저렇게 핑핑 돌다니, 어지럽지도 않은가.

다카야나기 발레단의 프리마발레리나는 백조를 연기하는 다카야나기 아키코라고 했지만 가가는 그 흑조 발레리나가 마음에 들었다. 그의 마음을 움직이는 뭔가를 갖고 있었다.

그런데 그 발레리나가 바로 아사오카 미오였던 것이다.

그녀에게 도움이 될 수 있으면 좋겠다, 라고 가가는 생각했다.

"내일부터 시작이야."

넥타이를 풀면서 가가는 중얼거렸다.

3

미오는 잠들지 못하는 밤을 보냈다. 아침, 거울에 비친 자신의 얼굴을 보니 피부는 푸석푸석하고 눈은 충혈되어 있었다. 입술까지 푸르스름해서 단숨에 열 살쯤 늙어버린 듯한 느낌이었다.

하지만 하루코는 자신과는 비교도 할 수 없을 만큼 힘겨운 밤을 보냈을 터였다. 경찰에 끌려가면 어떤 곳에서 잠을 자는

지 미오는 짐작도 가지 않았지만, 유치장이라는 말에는 어둡고 춥고 지저분할 듯한 이미지가 있었다.

미오와 하루코는 방 두 개와 거실, 주방이 딸린 집을 빌려 함께 살았다. 자신의 방을 나와 미오는 하루코의 방 안을 들여다보았다. 깨끗이 정리된 침대는 어제 그대로였다.

어떻게 하니, 라고 미오는 하루코의 침대를 향해 혼자 중얼거렸다.

당연히 식욕이 나지 않아 오렌지 주스만 한 잔 마시고 나갈 준비를 시작했다. 조간신문을 읽어봤지만 간밤의 사건은 아직 기사로 올라오지 않았다. 그래서 텔레비전을 켜봤더니 정치 뉴스가 이어진 뒤, 이번 사건에 대해 짧은 보도가 나왔다.

"앞으로 샤쿠지이 경찰서에서는 죽은 남성의 신원 등을 상세히 조사할 예정입니다—."

미오는 텔레비전을 끄고 머리를 저었다. 괜찮아, 하루코가 처벌받는 일은 없을 거야. 그 가가라는 형사도 그랬잖아, 다른 문제만 없다면 괜찮을 거라고.

다른 문제만 없다면—. 하지만 그 말이 아무래도 미오의 마음에 걸렸다.

준비를 마치고 집을 나서려는 참에 차임벨이 울렸다. 현관의 도어뷰로 내다보니 오타와 가가 두 사람이 나란히 서 있었다. 미오는 문을 열었다.

하루코의 방을 좀 보고 싶다, 라는 것이 형사들의 말이었다. 거절할 수도 없어서 미오는 두 사람을 집 안으로 맞아들였다. 자신은 어떻게 하면 되느냐고 묻자,

"여기 함께 있어줄래요? 물어볼 것도 있고"라고 오타가 말했다.

하루코의 방에 들어가 형사들은 옷장이며 경대 서랍까지 샅샅이 조사해나갔다. 특히 그들이 민감한 반응을 보인 것은 스냅 사진류였다.

"그 남자가 하루코와 잘 아는 사이라고 의심하는 건가요?"

방 입구에 서서 미오는 형사들을 내려다보며 물었다.

"다양한 가능성을 의심해보는 게 우리 일이니까"라고 오타가 대답했다.

"그러면 하루코가 일부러 그 사람을 죽였을지도 모른다고……?"

미오가 그렇게 말했을 때, 쪼그리고 앉아 앨범을 들여다보던 가가가 자리에서 일어섰다.

"주소록 있습니까?"

"주소를 적어둔 수첩이라면 전화 옆에 있는데요."

그러자 가가는 거실을 잽싸게 둘러보더니 전화를 발견하고는 성큼성큼 다가갔다. 그리고 옆에 놓여 있던 주소 수첩을 집어 들고 홀홀 넘겼다.

"이건 좀 가져가겠습니다. 오늘 중으로 돌려드리죠."

"그런 거 조사해봤자 하루코는 그 사람하고는 아무 관계도 없어요. 말했잖아요, 그런 사람은 모른다고. 내가 모르는 사람이라면 하루코도 알 리가 없어요."

미오는 가가 앞으로 다가가 그를 올려다보며 말했다. 너무 답답해서 눈물이 터질 것 같았다.

그 눈을 지그시 바라보고 나서,

"나도 그럴 거라고 믿어요."

라고 가가는 조용히 말했다. "하지만 믿는 것만으로는 안 됩니다. 정당방위를 입증하기 위해서는 다양한 의혹을 상정하고 그걸 하나하나 배제해나갈 필요가 있어요. 이해해주십시오."

그리고 그는 미오의 양어깨에 손을 얹고 고개를 끄덕였다.

오타와 가가는 하루코의 모든 소지품을 거의 하나도 빠짐없이 점검했다. 책, 잡지, 비디오테이프, 고등학교 졸업 앨범, 요리 노트, 편지며 연하장까지 모조리. 미오는 자신의 방도 그들에게 보여주기로 했다. 그 결과 마침내 그들은 이 방에 죽은 남자와 연결될 만한 물건이 하나도 없다는 것을 납득한 모양이었다.

그 대신 그들이 발견한 것은 다른 남자들과 찍은 몇 장의 사진이었다. 남자 혼자 찍힌 사진도 있고 하루코와 나란히 서서 찍은 사진도 있었다. 발레단 동료들과 함께한 사진에도 그 남자는 끼어 있었다.

"이 사람은 누구죠?"라고 오타가 물었다.

"우리 발레단의 댄서예요."

미오는 그 댄서의 이름을 말했다.

"사이토 하루코와는 어떤 관계지요?"

가가가 그렇게 물었지만 미오는 고개를 저었다.

"뭔가 얘기해주지 않았어요?"

"하루코가 직접 그 사람 얘기를 해준 적은 없어요. 내 나름대로 상상은 하고 있지만요."

가가는 고개를 끄덕이고 그 사진도 가방에 챙겨 넣었다.

형사들에게서 해방되어 발레단에 도착하자 벌써 점심시간이 다 되어 있었다. 건물 주위에는 아직 경찰관들이 있었다. 문 근처에는 구경꾼도 여러 명이 모여들어서 미오가 안으로 들어가려고 하자 흘끔흘끔 쳐다보았다.

사무실은 아직 출입금지였다. 그 앞을 지나 연습실 쪽을 들여다보자 야기유 고스케가 미오에게 다가와 슬쩍 팔을 올렸다. 미오도 손을 흔들어 응했다. 레슨에 조금 늦는다는 건 형사들이 하루코의 방을 조사하는 사이에 전화로 미리 연락했다.

탈의실에서 옷을 갈아입고 연습실로 들어갔다. 워밍업을 하고 있는데 야기유가 다가왔다. 이마에서는 땀이 번들거리고 뺨이 불그레하게 달아올랐다. 하지만 표정이 팽팽하게 굳은 점이 평소와는 달랐다.

"오늘 아침에 샤쿠지이 경찰서에 다녀왔어"라고 야기유는 말했다.

"경찰서에?"

"하루코를 잠깐 만나봐야겠다 싶어서. 접수처에 발레단 동료라고 말하고 면회를 신청했는데……."

"어떻게 됐어?"

"무섭게 생긴 경관이 나와서 법이 이러니저러니 얘기하더라고. 뭔 말인지 난 하나도 못 알아들었지만, 어쨌든 아직 만나게 해줄 수 없다는 거야."

"그랬구나."

현재, 경찰은 하루코를 살인 피의자로서 체포한 것이다. 그런 상황에서 자신들이 경찰서에 찾아가봤자 하루코를 쉽게 만나게 해줄 리 없었다.

"뭐, 예상 못 한 일은 아니었지."

야기유는 두건을 고쳐 쓰면서 "고생했지, 어제?"라고 물었다.

"응, 힘들었어."

미오는 솔직히 대답했다.

"나도 당장 달려오려고 했지. 근데 가지타 선생이 이쪽에는 절대 얼씬도 하지 말라고 하는 통에."

"안 오기를 잘했어. 어차피 하루코는 만나지도 못했을 거야."

스트레칭을 하면서 미오는 대답했다.

"괜히 거치적거리기만 했겠지. 그나저나 어때? 경찰이 정당방위로 인정해줄 거 같아?"

"아직 모르겠어. 하지만 인정 안 해주면 큰일이지."

야기유는 두건 위로 머리를 긁적이고는 오른쪽 주먹으로 왼쪽 손바닥을 타악 쳤다.

"진짜 답답해 죽겠네. 우리가 할 수 있는 일은 없을까?"

"오늘 아침에 경찰이 우리 집에 와서 네 사진을 가져갔어."

"내 사진?"

그는 엄지손가락으로 자신을 가리키더니 천천히 고개를 끄덕였다. "음, 그렇다면 나한테도 찾아오시겠군. 그때 뭔가 정보를 좀 얻어낼 수도 있겠네."

그가 중얼거렸을 때, "야기유, 네 차례야"라는 가지타의 목소리가 울렸다.

다카야나기 발레단은 공연이 일주일 뒤로 바짝 다가와 있었다. 이번 공연은 차이콥스키의 〈잠자는 숲속의 미녀〉였다. 다카야나기 발레단으로서는 이 작품을 무대에 올리는 것은 처음이라 더더욱 날마다 빡빡한 레슨이 이어졌다.

〈잠자는 숲속의 미녀〉는 샤를 페로의 동화를 바탕으로 한 작품으로, 나쁜 요정 카라보스의 저주를 받은 오로라 공주가 라일락 요정의 도움으로 100년 동안의 잠에 들었다가 어느 왕자에 의해 눈을 뜬다는 스토리다. 오로라 공주의 탄생을 축하하는 요정들의 춤, 열여섯 살 생일 파티에서의 오로라 공주의 춤, 그리고 오로라 공주와 데자이어 왕자의 결혼식 등, 전체적으로 호화찬란한 장면들이 펼쳐진다. 특히 3막에서는 페로의 동화 속 인기 캐릭터—, 빨간 두건과 늑대, 장화 신은 고양이와 함께 돌느와 부인의 동화에 나오는 파랑새와 플로리나 공주 등이 등장하면서 그 화려함은 최고조에 달한다.

미오가 맡은 것은 1막에 등장하는 여섯 명의 요정 중 한 사람, 그리고 3막의 플로리나 공주였다.

발레단으로서는 물론 이 공연이 성공적으로 치러지기를 바라고 있지만, 미오 역시 자신의 역할을 최대한 훌륭하게 연기하고 싶었다. 지금 그녀에게는 이 공연이 어떤 의미에서는 인생의 모든 것이었기 때문이다.

가지타의 지도를 받으며 댄서들이 차례차례 춤을 추었다. 내 파트가 아니니까 안 봐도 된다느니 하는 일은 결코 없었다. 한 사람 한 사람의 춤에 단원 모두의 뜨거운 시선이 집중되었다. 그건 단원이 체포된 바로 그다음 날에도 전혀 변함이 없었다.

여러 명이 왈츠를 추는 장면의 연습에 들어갔다. 가지타는 날카로운 시선으로 각자의 춤을 점검했다. 따끔한 꾸지람이 날아오는 일도 많았다.

춤을 추는 사람들 중에 모리이 야스코의 모습도 있었다. 가지타는 야스코의 춤을 말없이 잠깐 바라본 뒤, 그 곁에 있는 젊은 댄서에게 발의 위치에 대해 주의를 주었다. 야스코에게 주의를 주는 일은 없었다.

모리이 야스코는 미오와 하루코보다 3년 정도 선배였다. 하지만 그런 게 거의 느껴지지 않을 만큼 항상 조심스럽고 누구에게나 겸손한 발레리나였다. 춤 기술도 높은 수준을 유지하고 있었다. 미오와 다른 단원들이 배워야 할 점이 많은 선배였지만, 그녀의 치명적인 결점은 이따금 어이없는 실수를 한다는 것이었다. 발레리나 중에는 연습할 때는 능숙하게 잘하는데 막상 본 무대에 서면 실력을 제대로 발휘하지 못하는 사람과 연습실에서는 그리 뛰어나지 않다가도 본 무대에서는 몰라볼 만큼 잘하는 사람이 있다. 모리이 야스코는 전형적인 전자의 타입이었다.

하지만 발레에 걸고 있는 그녀의 열정은 단연 압도적이었다. 예전에는 통통한 몸매였지만 요즘은 광대뼈가 두드러질 만큼 말랐다. 그녀 스스로는 아니라고 하지만, 춤을 위해 상당히 가혹한 다이어트를 한다는 소문이 들려왔다.

"미오, 왔었구나? 어젯밤에는 미안해."

춤을 마친 야스코는 미오에게로 뛰어오자마자 사과부터 했다.

"왜요?"

"어제 내가 못 왔잖아. 그렇게 큰 사건을 미오한테만 떠맡기고……. 얼마나 걱정했는지 몰라. 근데 가지타 선생님이 오지 말라고 하는 바람에."

"괜찮아요. 나도 별로 한 것도 없었는데요, 뭘."

미오가 손을 젓자,

"그렇게 말해주니 한결 마음이 놓이네."

라면서 야스코는 미안하다는 듯 눈썹 끝을 늘어뜨렸다. "그래도 뭔가 힘든 일 있으면 꼭 연락해. 내가 당장 달려올 테니까."

네, 라고 미오는 대답했다.

그런데 다시금 뭔가 말을 하려던 야스코의 시선이 뒤쪽으로 향하더니 갑자기 몸이 굳은 듯 꼼짝도 하지 않았다. 미오도 그쪽을 바라보았다. 다카야나기 아키코가 연습실 한가운데 나오는 참이었다. 야스코뿐만 아니라 다른 단원들의 시선도 일제히 그녀에게 쏠렸다. 아키코는 물론 오로라 공주 역이었다.

아키코가 포즈를 취했다. 테이프의 음악이 흘러나오기까지 잠깐 동안의 공백. 미오는 침을 꿀꺽 삼켰다. 그리고 여기서부터 벌써 다르다, 라고 느꼈다. 아름다운 얼굴, 그리고 동양인으로서는 보기 드물게 균형 잡힌 몸매가 아키코의 큰 무기라는 건 틀림이 없다. 하지만 그보다 더 큰 무언가가 아키코에게는 있었다.

음악이 흐르고 다카야나기 아키코의 팔다리가 움직였다. 정확하고도 우아한 동작. 발끝과 손끝까지 섬세하게 신경을 쓴 표현력에 빨려들고 다이내믹한 그 움직임에 압도되었다.

아키코 씨만은 이길 수 없어, 영원히―. 수없이 생각해왔던 것을 다시 한번 확인했다. 날마다 하는 짓이었다.

그 풍부한 표현력의 원천이 무엇이냐고 아키코에게 물어본 적이 있다. 아니, '원천'이라는 거창한 말을 사용한 건 아니지만 대략 그런 뜻의 질문을 한 것이다.

"아무것도 없어."

잠시 생각해본 뒤에 아키코는 대답했다. 그녀로서는 드물게 약간 부루퉁한 말투였다.

"아무것도 없어요?"

미오는 놀라서 되물었다.

"응, 아무것도 없어. 내 안에는 확고한 것이라고는 하나도 없어. 항상 텅 비어 있지."

"하지만 난 아키코 씨의 춤에 항상 감동하는데요?"

고마워, 라고 아키코는 말했다. 하지만 그 얼굴은 조금도 기뻐하는 기색이 아니었다.

"분명 지금까지는 잘 풀려왔어. 하지만 앞으로는 어떻게 될 지⋯⋯."

"왜요?"

"텅 비어 있으니까"라고 아키코는 말했다. "어느 날 갑자기 아무것도 표현하지 못하는 때가 올지도 몰라. 지금 당장 그렇 게 되더라도 이상할 게 하나도 없을 정도야. 아니—."

아키코는 고개를 저으며 몹시 음울한 목소리로 말했다. "이 미 그렇게 되었는지도 모르겠어. 내가 표현했다고 믿고 있는 많은 것들이 그저 표현한 척하는 것뿐인지도."

골똘히 생각에 잠긴 표정으로 그렇게 말한 뒤, 아키코는 문 득 미오에게 웃음을 건넸다. "아, 이런 대답을 기대했던 건 아 니지? 좀 더 도움이 되는 말을 했어야 하는데."

아뇨, 큰 도움이 되었어요, 라고 미오도 웃는 얼굴로 대답했 다.

아키코가 세계 무대에서도 통할 만큼 뛰어난 발레리나라는 건 몇 가지 에피소드가 말해주고 있었다. 국제적인 발레 콩쿠 르에서 입상한 건 물론이고, 세계적으로 유명한 발레리나의 지명을 받아 함께 공연한 것도 그 예였다.

하지만 미오가 가장 존경하는 점은 발레에 대한 아키코의 자세였다. 그녀의 레슨은 누구보다 고밀도로, 누구보다 오랜 시간에 걸쳐, 그리고 누구보다 높은 수준을 목표로 이루어졌다. 노력한다는 것도 일종의 재능이라면 그런 점에서도 아키코는 틀림없는 천재였다.

하지만 아키코는 '존경'이라는 말을 달가워하지 않았다. 자신은 그런 종류의 사람이 아니라는 것이었다.

"하지만 존경받으실 만해요. 발레를 위해 많은 것을 희생해온 점도 그렇고."

언젠가 그런 이야기가 나왔을 때, 미오는 가벼운 마음으로 말했다. 항상 생각해온 것이라서 별로 단어를 고를 것도 없이 자연스럽게 튀어나온 말이었다.

"왜?"

하지만 그 순간 아키코의 표정이 변했다. "왜 얘기가 그렇게 되지?"

거기서 미오는 적잖이 당황스러웠다. 뭔가 거슬리는 말을 한 것 같은데, 자신의 어떤 말이 잘못되었는지 알 수가 없었다.

"네 말대로 나는 많은 것을 희생해왔어."

아키코는 건조한 목소리로 말했다. "하지만 그게 왜 존경할 만한 일이야? 희생을 했느냐 마느냐 하는 건 아무 관계도 없잖아. 이를테면 나와 완전히 똑같은 모습으로 완전히 똑같이 춤추는 사람이 있고 그쪽은 거의 아무것도 희생하지 않았다면 오히려 그 사람이 더 위대한 거 아닌가?"

"아뇨, 난 그런 게 아니라……."

미오는 혼란스러운 사고를 열심히 정리하려고 했다. "발레를 위해서라면 어떤 것이든 희생하는 그 자세를 존경한다는 말이에요."

그러자 아키코는 미오의 얼굴을 보며 쓸쓸한 웃음을 지었다.

"발레를 위해 다른 것을 희생한다는 건 그리 좋은 일이 아니야. 잘라내고 내버리고, 그냥 그것뿐이야. 그리고 발레로 도망치는 거."

미오는 말없이 고개를 숙였다. 그런 미오의 어깨에 아키코는 가만히 손을 얹었다. "하지만 네 마음은 잘 알아. 고마워."

그래도 존경해요, 라고 미오는 말했다.

"아이, 그런 말 하지 말라니까"라고 이번에는 아키코가 환하게 웃었다.

"아니, 그게 아니잖아!"

가지타 야스나리가 갑자기 손뼉을 딱딱 치는 바람에 미오는 퍼뜩 정신을 차렸다. 아키코의 춤이 멎고 음악도 멈췄다.

"그게 아니라니까! 몇 번을 말해야 돼?"

아키코의 손의 움직임, 발의 움직임에 체크가 들어갔다. 발레란 이제 이 정도면 완벽하다는 게 없는 길, 끝이 없는 길인 것이다.

4

사이토 하루코와 아사오카 미오가 함께 사는 맨션을 나온 뒤, 가가와 오타는 현장 근처로 나가 다카야나기 발레단 주변의 탐문 수사에 합류했다. 혹시 죽은 남자를 목격한 사람이 없는지, 사건 발생 때에 뭔가 보거나 들은 사람은 없는지 조사하는 것이다.

그 결과, 어제 오후에 그 남자가 들렀던 것으로 보이는 커피숍을 발견했다. 발레단에서 20미터쯤 떨어진 곳에 있는 커피숍으로, 그곳의 점원이 남자의 얼굴과 옷차림을 기억하고 있었던 것이다.

"수염이 인상적이었고, 어딘지 보통 사람과는 분위기가 달랐어요."

앳된 얼굴에 진한 화장을 한 점원은 긴 머리 끝부분의 갈라진 머리카락을 만지작거리면서 말했다.

"분위기가 달랐다니, 어떤 식으로?"라고 가가가 물었다.

"글쎄, 뭐랄까. 꽤 세련된 옷차림인데 어딘지 요즘 유행하는 것하고는 전혀 관계가 없었어요. 이를테면 카메라맨이나 프리 라이터, 그런 자유로운 직업을 가진 사람이랄까?"

"남자가 들어왔던 시각, 기억나?"

오타가 묻자 점원은 코웃음을 쳤다.

"그런 걸 내가 어떻게 기억하겠어요? 저녁때쯤이라는 것밖에 몰라요. 아마 한 시간쯤 죽치고 있었을걸요?"

"그 남자, 뭘 하고 있었어요?"라고 다시 가가가 물었다.

"음, 커피 마시면서 바깥을 보고 있었던 거 같은데? 잘 모르겠어요."

"어떤 자리에 앉았죠?"

"저기"라고 그녀가 손끝으로 가리킨 곳은 창가에 놓인 2인용 테이블 중의 하나였다. 가가가 직접 앉아봤더니 거기서는 다카야나기 발레단의 문이 빤히 보였다.

"들어갈 기회를 노리고 있었을까요?"

커피숍을 나와 걸으면서 가가가 말했다.

"그럴 가능성이 높지만, 커피숍을 나선 시각과 실제로 발레단 건물에 들어간 시각에 차이가 나는 게 아무래도 마음에 걸려. 그동안에 그 사람, 어디서 뭘 하고 있었지?"

점원은 정확한 시각은 기억하지 못했지만, 남자가 커피숍을 나선 건 늦어도 7시 전이었다고 증언한 것이다.

계속해서 주변을 탐문해봤지만 그밖에는 별다른 수확을 얻지 못했다.

저녁때가 되자 가가와 오타는 발레단의 연습이 끝나기를 기다려 응접실에서 야기유 고스케를 만났다. 야기유는 미소년이 그대로 성인이 된 것처럼 단정한 얼굴이었지만 그 앳된 얼굴과는 대조적으로 근육이 울룩불룩한 몸매여서 가가는 약간 묘한 느낌을 받았다.

오타가 하루코와의 관계를 묻자 그는 분명하게 대답했다.

"하루코를 사랑합니다. 그녀도 아마 나를 싫어하지는 않을 거예요."

그리고 형사를 마주하고서도 눈을 돌리기는커녕 도전적인 시선을 던져왔다.

"연인이라고 해석해도 될까요?"

가가가 묻자 그는 어깨를 으쓱 쳐들어 보였다.

"좋을 대로 생각하세요. 물론 하루코가 아니라고 하면 그거야 어쩔 수 없지만요."

"결혼까지는 아직 생각하지 않았고?"라고 가가는 연달아서 물었다.

"그건 아직 먼 얘기예요. 댄서가 결혼한다는 건 이래저래 문제가 많거든요. 아이 문제도 있고, 지금처럼 아르바이트로 먹고살 수도 없고."

그러면서 그는 일반인이 발레 댄서에 대해 품고 있는, 부자들이나 하는 예술이라는 식의 생각이 얼마나 근거 없는 것인지, 열을 올려가며 말했다.

"하지만 언젠가 결혼하겠다는 마음은 있었던 건가?"

오타가 물었다.

"뭐, 언젠가는. 하지만 그것도 하루코의 허락이 없으면 말이 안 되는 일이죠."

그건 그렇겠다고 가가는 흰 이를 보이며 웃고 나서,

"어제 저녁은 어디 있었어요?"

라고 물었다. 그 즉시 야기유의 눈에 다시 험악한 기색이 돌아왔다.

"왜 그런 걸 물으시죠?"

"확인이죠. 다양한 정보를 수집해서 간밤에 여기서 어떤 일이 있었는지 명확하게 밝히려는 거예요."

가가의 말에 야기유는 불만스러운 기색이었지만 그래도 간밤의 행적을 두런두런 말해주었다. 레슨을 마친 뒤 동료와 저녁 식사를 했고 역 근처의 바에서 간단히 한잔하고 집에 돌아갔다. 바를 나온 건 10시 반경, 집에 도착한 건 11시경.

"동료라는 건 누구?"

"곤노 다케히코, 우리 발레단의 넘버원 무용수예요."

그 이름을 가가는 메모했다.

"근데 이 사진 속 남자, 혹시 알아요?"

오타가 예의 남자 사진을 야기유 앞에 내밀었다. 섬뜩했는지 야기유는 순간 입술이 삐뚜름해졌지만, 곧바로 한 번도 본 적이 없는 얼굴이라고 대답했다.

"발레 관계자뿐만 아니라 다른 쪽으로도 생각 좀 해봐요. 사이토 하루코 씨 주위에서 이 비슷한 사람을 본 적은 없어요?"

"없어요. 나나 하루코가 아는 사람이라면 남의 사무실에 몰래 들어올 리가 없죠."

마지막에는 상당히 화가 난 말투였다.

발레단을 나오자 가가와 오타는 샤쿠지이 경찰서에 가보기로 했다. 그밖의 단원들은 다른 수사원들이 만나기로 했다.

형사과에 가봤지만 아직 남자의 신원은 판명되지 않았다. 지문 조회도 하고 있는데 전과나 전력이 있는 사람 중에 아직까지 일치하는 자는 없었다. 실종 신고가 들어온 가출인 중에도 현재로서는 해당자가 없다는 이야기였다. 사건이 텔레비전이나 신문에 꽤 대대적으로 보도되었는데 가족이라고 나서는 사람도 없었다.

"남자의 차림새로 봐서 뜨내기 절도범이라고 하기는 어려워. 반드시 발레단과 뭔가 관련이 있을 텐데 영 안 잡히네, 이거."

수사 주임 고바야시가 떨떠름한 목소리로 투덜거렸다.

"오늘 사이토 하루코는 조사했습니까?"

오타의 물음에 고바야시는 머리를 긁적이며 그렇다고 했다.

"어제의 진술과 전혀 다른 게 없어. 딱히 살해 사실을 부정하는 것도 아니고, 그 여자한테서 새로운 정보를 얻어내기는 어렵겠어."

"죽은 남자가 누구냐, 그게 선결 문제네요."

"맞는 말씀."

고바야시는 수염이 덥수룩한 턱을 쓰다듬었다. 피해자의 신원을 알지 못하는 한, 하루코의 진술이 사실인지도 밝힐 수 없고, 따라서 그녀에 대한 처분도 정할 수 없는 것이다. 당연히 석방도 불가능하다.

그날 밤, 감식과에서 발자국에 관한 보고회가 있었다. 구두 모양은 완전히 일치한다. 보폭도 남자의 신장과 비교하여 타당한 것이고, 구두가 닳은 모양을 통해 추정되는 걸음새와 발을 디딘 상태도 합치한다는 이야기였다. 즉 과학적인 견지에서 말하자면 창문 아래의 발자국이 죽은 남자의 것이라는 점에 의문은 없었다.

"그렇다면 우선 그 남자가 창문으로 잠입했다는 건 사실인 셈이지? 대체 뭣 때문에 들어갔을까. 발레단 사무실에 무슨 훔쳐 갈 만한 게 있었나?"

고바야시가 끄응 신음하면서 중얼거렸다.

내일부터 남자가 입고 있던 블루종 재킷이며 바지 쪽을 알아보기로 하고 오늘은 일단 해산하기로 했다. 하지만 가가는 아직 할 일이 남아 있었다. 야기유 고스케의 알리바이 확인이었다.

오이즈미가쿠엔 역에서 내려 남측 출구로 나왔다. 하지만

지도로 확인했던 자리에서는 그럴싸한 가게가 눈에 띄지 않았다. 똑같은 곳을 한참이나 헤매다가 낡은 빌딩의 지하에 있는 창고 입구 같은 문이 그 가게라는 것을 겨우 알아냈다. 방화문처럼 두툼한 문짝에 조그맣게 거미 그림이 그려져 있을 뿐이었다. 거미의 배에 좀 더 조그맣게 〈NET BAR〉라고 써 있었다.

틀림없이 수상쩍은 자들이 진을 치고 있는 곳일 거라고 생각했는데 문을 열고 보니 안은 의외로 고즈넉했다. 까맣고 반들반들한 카운터가 있고 테이블 두 개가 있었다. 카운터 안쪽에서는 수염을 기른 마스터가 식칼로 뭔가를 썰고 있었다. 손님은 두 사람이었다. 테이블 하나를 차지하고 있었다. 샐러리맨으로 보이는 젊은 남자들이었다.

가가는 마스터 앞에 앉아 버번 언더록스를 주문했다.

찬찬히 보니 마스터는 나이가 꽤 많은 사람이었다. 회사에 근무했다면 이제 슬슬 정년퇴직을 할 때쯤이라고나 할까. 수염에도, 올백으로 넘긴 머리에도 희끗희끗한 부분이 두드러졌다.

그가 썰고 있는 것은 오이였다. 마요네즈에 찍어 먹으면 좋겠다, 라고 무심코 중얼거렸더니 작은 접시에 담아 마요네즈를 곁들여 내주었다.

"혹시 야기유라는 사람 아세요?"

이쑤시개로 오이를 찍으며 가가가 물어보았다.

"댄서 야기유?"라고 마스터는 말했다.

"맞아요. 여기 자주 와요?"

"그럼, 발레 하는 사람들 자주 와."

"발레 하는 사람들? 다카야나기 발레단 사람들 말인가요?"

그렇지, 라고 마스터는 대답했다.

그러고 보니 야기유는 동료와 함께 이 바에 왔었다고 진술했다.

가가는 어제 그들이 왔던 때의 일을 물어보았다. 마스터의 증언은 야기유의 진술과 어긋나지 않았다. 10시 반쯤까지 이곳에 있었다고 한다.

수사원 중에, 하루코가 다른 남자를 감싸주기 위해 죄를 덮어쓴 게 아니냐는 설을 내놓은 형사가 있었다. 남자가 살해했다고 하는 것보다 여자가 나서는 게 정당방위를 주장하기 쉽기 때문에 진짜 범인과 하루코가 공모했을 가능성이 있다는 얘기다.

하지만 야기유에게는 일단 그런 가능성은 없었다. 10시 반까지 이 바에 있었다면 사건 발생 때 현장에는 있을 수 없다.

"손님, 형사야?"

가가가 생각을 굴리고 있으려니 마스터가 슬쩍 물었다. 경계하는 눈치가 아니라 '내가 당신 직업을 딱 맞혔지?'라는 말투였다.

"네, 맞아요"라고 가가는 말했다. "어제 그 사건 때문에요."

그러자 마스터는 고개를 끄덕이며 그럴 줄 알았다고 중얼거렸다.

"어쨌든 발레리나가 다치지 않아서 다행이야. 부상만 없으면 다시 춤출 수 있거든."

"그런가요?"

"그럼. 그 애들은 몸이 재산이야. 행여 춤을 못 추게 될까 봐서 제 몸 다치는 걸 가장 무서워하지. 이런 말은 좀 그렇지만, 댄서는 춤을 못 추면 살아갈 의미도 없는 모양이야."

"그렇군요."

버번을 목구멍에 흘려 넣으며 그런 의미에서는 사이토 하루코의 행위는 이해할 만하다고 가가는 생각했다. 상대가 흉기를 들었을 때, 어떻든 몸을 다쳐서는 안 된다는 의식이 강하게 발동했던 게 아닐까. 하루코는 예전에도 교통사고로 다리를 다쳤다고 했다. 부상의 공포에 대해서라면 다른 어떤 발레리나보다 잘 알고 있을 터였다.

물론 이건 사이토 하루코가 진실을 말하고 있다고 가정했을 때의 이야기다.

샐러리맨 일행이 돌아가고 손님은 가가 혼자만 남았다. 그래서 다시 한번 가게 안을 둘러보니 한쪽 구석에 추억의 물건이 놓여 있는 게 눈에 들어왔다. 목제 받침 위에 축구 게임기가 놓여 있었던 것이다. 게임기 옆으로 삐죽 나온 봉을 조종해서 게임 판 위의 선수들을 이동시키면서 실제 축구와 마찬가지로 적의 골문을 향해 슈팅을 하는 것이다.

가가는 버번 잔을 들고 축구 게임기 앞으로 다가가 봉을 움직여봤다. 앞뒤로 봉을 밀면 그에 따라 선수가 이동하고 봉을 빙글 돌리면 그 자리에서 선수가 한 바퀴 빙글 회전한다. 그 회전을 이용하여 공을 차는 것이다. 꽤 오래된 물건이지만 손질을 잘했는지 봉이 뻑뻑하게 걸리는 일은 없었다. 게다가 양팀 선수가 각각 열한 명씩 갖춰진 본격적인 축구 게임이었다.

작은 공이 있어서 그걸로 가볍게 패스워크를 해봤다. 도무지 마음먹은 대로 패스가 되지 않는다.

"호오, 손재주가 좋은데?"

마스터가 웃는 얼굴로 말했다.

"예전에 이거 진짜 많이 했죠. 근데 이제는 안 되네요. 상대 선수가 그냥 서 있는데도 제대로 슈팅을 못 하겠어요."

"그것도 요령이 있어"라고 마스터가 말했다.

그때 입구의 문이 열리고 남녀의 목소리가 들려와서 가가는 그쪽으로 눈을 돌렸다. 가게에 들어선 것은 야기유 고스케 일행이었다. 아사오카 미오의 모습도 보였다.

야기유가 가장 먼저 가가를 알아보았다. 얼굴이 굳어지면서 이쪽을 쏘아본다.

"흥, 알 만하네"라고 야기유는 말했다.

"알리바이 뒷조사하러 나왔죠?"

야기유와 미오 외에 남녀 두 명이 있었다. 다카야나기 아키코와 곤노 다케히코가 틀림없다고 가가는 생각했다. 아키코는 쌍꺼풀 진 눈이 큼직하고 입술 모양도 아름다웠다. 그야말로 프리마발레리나답게 화사한 용모였다. 어딘가 사나운 느낌이 드는 곤노와는 대조적이었다.

네 사람은 조금 떨어진 테이블에 앉았다.

"지금까지 레슨을 했어요?"라고 가가가 물었다.

누구도 선뜻 대답하지 않다가 자신이 대표라는 듯이 곤노가 입을 열었다.

"레슨 마치고 식사하고 오는 길입니다."

"그럼 어제와 똑같군요?"

"그런 셈이죠. 나와 야기유에 관해서 말하자면."

가가는 고개를 끄덕이고, 미오와 아키코를 번갈아 보았다.

"어제 두 분은 레슨이 끝난 뒤에 어떻게 하셨습니까?"

"나는 곧장 집에 갔어요."

아키코가 대답하자, 자신도 마찬가지라고 미오가 말했다.

"뭔가 증명할 게 있으면 좋겠는데."

"증명……."

아키코는 난처한 듯 뺨을 손으로 감싸며 고개를 갸웃거렸다.

"아뇨, 괜찮아요. 잠깐 물어본 것뿐이니까요."

그렇게 말하고 가가는 축구 게임기 쪽으로 시선을 돌렸다. 한잔하러 온 사람들의 흥을 깨는 짓은 그 역시 별로 하고 싶지 않았다.

여전히 패스 연습을 하고 있으려니 게임기 맞은편에 누군가 다가왔다. 눈을 들어보니 아사오카 미오가 조종 봉을 만지작거리고 있었다.

"솔직히 말씀해주셨으면 좋겠어요"라고 미오는 말했다. "경찰에서는 어제 사건을 어떻게 마무리하실 생각인가요? 살인사건의 범인으로 하루코를 감옥에 보내려는 건가요? 아니면 정당방위라는 걸 증명해서 하루코를 석방해주실 건가요?"

가가는 손을 멈추고 미오의 눈을 보았다. 미오는 고개를 숙이고 있었다. 테이블 쪽을 보니 다른 세 사람도 그의 대답을 기다리는 눈치였다. 마스터만이 묵묵히 뭔가를 썰고 있었다.

"우리가 하는 일은"이라고 가가는 말했다. "실제로 무슨 일이 있었는지 정확하게 밝히는 겁니다. 모든 게 확실하게 드러나면 그에 따른 결론은 검찰이나 판사가 내리죠."

"그건 뻔한 얘기예요. 경찰도 뭔가 가설을 세워놓고 그걸 뒷받침하려고 수사하는 거 아닌가요?"

그렇게 말하는 야기유의 얼굴을 가가는 날카롭게 쏘아보았다.

"가설이라니, 그게 뭡니까?"

"그거야 우린 모르죠"라고 야기유는 어깨를 으쓱 쳐들었다.

"우리 경찰은 사이토 하루코라는 사람에 대해 아무 선입견도 없어요. 완전한 백지죠. 그래야 진상을 밝혀낼 수 있어요. 이거, 꼭 기억해두세요. 경찰을 믿어준다는 건 사이토 하루코 씨를 믿어주는 일이 됩니다."

그리고 가가는 조종 봉을 획 돌렸다. 센터포워드의 선수가 잽싸게 회전하면서 작은 공이 상대측 골문으로 빨려들었다.

5

남자의 신원이 판명된 것은 사건 발생 3일 후였다. 아무래도 자신의 연인인 것 같다면서 한 여자가 이름을 밝히고 나선 것이다.

여자의 이름은 미야모토 기요미, 사이타마현에 사는 자칭 프리 아르바이터였다. 그녀에 의하면, 연인이 행방불명이어서 사이타마 현경에 실종 신고를 했는데 그쪽에서 혹시 이 사람 아니냐면서 사진을 보여주었다고 한다.

샤쿠지이 경찰서의 젊은 수사원과 가가, 두 사람이 기요미를 지하의 시체 안치실로 데려갔다. 얼핏 보자마자 미야모토 기요미는 큭, 하고 딸꾹질하는 듯한 소리를 내더니 갑자기 "뭐야아, 이게!"라고 외치며 울음을 터뜨렸다. 가가가 틀림없느냐고 물었지만 "대체 어떻게 된 거야!"라면서 울부짖을 뿐이었다.

가까스로 기요미를 진정시킨 뒤, 형사과 한쪽의 응접실로 데려가 자세한 이야기를 듣기로 했다. 하지만 그녀가 몹시 흥분한 상태인 데다 말하는 중간중간 눈물을 쏟는 바람에 대강의 사정을 파악하는 데만도 엄청나게 시간이 걸렸다.

기요미의 말에 의하면 남자의 이름은 가자마 도시유키, 나이는 25세였다. 지방의 미술대학을 졸업한 뒤에 취업도 하지 않고 아르바이트를 해가며 미술 공부를 계속했다고 한다. 기요미를 만난 것도 그 무렵이었다. 그녀는 전문대를 졸업하고 배우가 되기 위해 공부하는 중이라고 했다.

가자마는 2년 전에 미술 공부를 위해 혼자 뉴욕으로 건너갔다. 그리고 1년 남짓 그곳에서 살다가 일본에 돌아왔다. 그는 그쪽에서의 생활이 마음에 들었던지 다시 한번 뉴욕에 가겠다면서 착실하게 돈을 모았다고 한다. 그리고 그토록 원했던 대로 뉴욕행 비행기 티켓을 구입했다. 문제의 사건이 터진 날은 그가 떠나기로 한 예정일의 불과 이틀 전이었다.

"뉴욕으로 떠나기 이틀 전?"

고바야시가 묻자, 그렇다고 대답하면서 기요미는 눈물 젖은 손수건을 바꿔 접었다.

"이번에는 한 달쯤 머물다 온다고 했어요."

"흠, 그런데 언제부터 행방불명이 됐지요?"

"떠나기 전에 한 번 더 만나기로 했는데 아무리 기다려도 연락이 없어서 내가 먼저 전화를 했죠. 근데 아무도 받지를 않더라고요. 뭔가 이상하다고 생각하긴 했는데, 그 사람이 이따금 이상한 짓을 하는 사람이라 아마 이번에도 어디 친구네 집에 틀어박혀 있는 줄만 알았어요."

"하지만 출발하는 날에도 돌아오지 않았잖아요? 뭔가 사고가 났다는 걸 몰랐어요?"

"나도 이상하긴 했는데 아마 예정을 바꿔 일찍 출발한 모양이라고 생각했죠. 설마 이렇게 죽었을 줄은……."

기요미는 다시 말문이 막혀서, 그다음 질문을 하기까지 또 한참이나 기다려야 했다.

"근데 왜 신고할 생각을 했지요?"라고 오타가 물었다.

"그쪽에 도착하면 나한테 곧장 전화를 했을 텐데, 그게 없더라고요. 아무래도 마음에 걸려서 그의 집에 가봤더니 현관에 신문이 수북하게 쌓여 있었어요. 뉴욕에 갔다면 틀림없이 신문을 끊고 갔을 텐데 이건 진짜로 이상하다 싶어서……."

"그래서 사이타마 현경에 신고했군요?"

손수건으로 눈을 덮은 채 기요미는 꾸벅 고개를 끄덕였다.

오타는 고바야시와 얼굴을 마주 보며 고개를 갸웃거렸다. "허참, 어떻게 된 건지 모르겠네."

"그와 마지막으로 만났던 건 언제죠?"

가가가 기요미에게 물었다. 그녀는 얼굴에서 손수건을 내리고 잠깐 생각해보더니 "그의 출발 예정일 3일 전이었어요"라고 대답했다.

즉 사건 전날이다.

"그때만 해도 그는 3일 후에는 출발할 생각이었던 거군요?"

"네, 물론이죠."

"출발하기 위한 비용은 다 마련이 됐어요?"

"당연하죠. 돈이 없으면 그 사람도 갈 생각을 못 하죠."

"저금은 어느 정도나 됐을까요?"

"글쎄요, 자세히는 모르지만 아마 200만 엔쯤은 있었을 거예요."

그 말에 가가는 선배들의 얼굴을 보았다. 기요미의 말이 사실이라면 가자마 도시유키는 돈 때문에 허덕거리는 처지는 아닌 것이다.

"당신과 마지막으로 만났던 날, 그가 출발하기 전에 무슨 할 일이 있다든가, 그런 말은 안 했어요?"라고 고바야시가 물었다.

"그러니까요, 신문을 끊는다든가 집주인에게 인사하러 간다든가, 그런 얘기를 했어요."

"혹시 발레단에 간다는 얘기는 없었어요?"

그러자 기요미는 잠시 슬픔을 잊은 듯 눈을 둥그렇게 뜨더니 "그 발레단이라는 게 나는 도무지 무슨 영문인지를 모르겠어요"라고 대답했다.

"왜 그 사람이 발레단 같은 곳에 갔는지……. 그 사람은 다카야나기 발레단이라는 이름도 몰랐을 거예요."

"발레에는 관심이 없었어요?"

가가의 질문에 그녀는 고개를 저으며 "전혀 없었죠"라고 대답했다.

"나는 배우 지망생이라 그래도 조금은 발레에 대해 알지만, 그 사람하고 그런 얘기는 단 한 번도 해본 적이 없어요."

가가는 여기서 다시 한번 다른 수사원들의 얼굴을 둘러보았다. 모두들 똑같이 당황스러운 표정이었다.

그날로 가가 일행은 기치조지에 있는 가자마 도시유키의 원룸에 찾아갔다. 기요미가 말했던 대로 현관 우편함에는 신문이 잔뜩 밀려서 미처 들어가지 못한 것은 옆에 쌓여 있었다.

집 안은 비교적 깨끗하게 청소한 흔적이 있고, 한쪽 구석에는 수트케이스와 스포츠백이 나란히 놓여 있었다. 감식과에서는 실내 지문 채취를 시작하고 가가 일행은 가방 속을 조사했다.

수트케이스 안에는 의류 외에 그림도구며 책과 일용품 등이 들어 있었다. 스포츠백에는 의류와 여권, 면허증, 현금 3,800달러가 든 봉투가 아무렇게나 던져져 있었다. 두 개의 가방 모두, 아직 짐 꾸리기가 완전히 끝난 건 아닌 듯했다.

그다음에 수사원들은 실내를 철두철미하게 조사했다. 가자마 도시유키와 다카야나기 발레단 혹은 사이토 하루코가 연결될 만한 물건을 찾아내는 게 목적이었다.

"주임님, 이런 게 있는데요?"

책상 서랍을 뒤지던 형사가 조그만 종이쪽지 같은 것을 고바야시에게 건넸다.

"발레 티켓이로군."

고바야시가 중얼거리더니 그것을 오타에게 보여주었다. 가가도 옆에서 들여다보았다. 연한 파란색 종이에 '백조의 호수 전막 198×년 3월 15일 오후 6시 ○○분 ×××홀 주최·다카야나기 발레단 GS석 1층 9열 15번'이라고 인쇄되어 있었다.

"작년 날짜인데?"라고 오타가 말했다.

"그렇군."

"미야모토 기요미는 가자마 도시유키가 발레에 전혀 관심이 없었다고 했잖아요?"

"흠, 그렇지도 않았던 모양이네."

고바야시는 티켓을 다른 수사원에게 건네주었다.

하지만 그와 발레단을 연결할 만한 물건은 그것 외에는 한 가지도 발견되지 않았다. 사이토 하루코를 비롯해 다른 단원들과의 관련을 보여주는 것도 없었다.

또한 그날 밤 감식과에서 지문에 관한 보고회가 있었는데 가자마 도시유키의 방에서는 앞서 사건에서 채취한 관계자들의 지문―, 즉 발레단원 등의 지문과 일치되는 것은 하나도 발견되지 않았다는 이야기였다.

가자마 도시유키는 다카야나기 발레단의 공연을 본 적이 있다―. 그것만이 유일한 접점이었다.

다음 날부터 가자마 도시유키에 대해 철저한 탐문 수사가 시작되었다. 그가 일했던 곳은 신주쿠에 있는 디자인 사무실이었다. 그리고 한때는 기치조지의 스낵바에서 밤에만 바텐더로 일한 적도 있었다. 각 일터와 그때 관계가 있었던 사람들을 알아보러 수사원들이 파견되었다.

가가는 그날 오타와 함께 다시 발레단을 찾아갔다. 우선 다카야나기 시즈코를 만나봤지만, 가자마 도시유키라는 이름은 전혀 기억에 없다고 그녀는 잘라 말했다.

"발레 쪽 관계자가 아니어도 좋아요. 가자마라는 성씨만이라도 기억나는 사람은 없습니까?"

오타가 붙들고 늘어졌지만 시즈코는 꼿꼿이 등줄기를 편 채 눈을 감고 두 번 세 번 고개를 저었다.

"그런 성씨를 가진 분도 기억에 없습니다. 게다가 저희가 아는 사람 중에 절도범이 있을 리가 없잖아요?"

"아니, 하지만 우리가 조사한 바로는 가자마는 단순히 절도를 목적으로 침입한 게 아닌 것 같단 말씀이죠. 뭔가 짐작 가는 건 없습니까?"

"없습니다."

시즈코는 딱 잘라 말했다.

응접실을 나오자 오타는 가가를 돌아보며 쓴웃음을 흘렸다.

"왜 저렇게 쌀쌀맞게 굴지?"

"우리가 사이토 하루코를 석방시켜주지 않아서 단단히 화가 난 모양이에요. 다른 수사원들도 날이 갈수록 발레단원들의 태도가 차가워진다고 하던데."

"하긴 뭐, 우리 일이 사람들한테 환영받는 직업은 못 되지."

경찰서 쪽에 전화하고 오겠다면서 오타는 사무실로 들어갔다. 사건이 일어난 그곳은 이미 사무직원들이 정상 근무를 시작했다.

오타를 기다리는 동안 가가는 연습실을 들여다보았다. 평소에는 여럿이 한꺼번에 연습을 했었는데, 점심시간인지 지금은 한 사람이 춤을 추고 있을 뿐이었다. 자세히 보니 그 사람은 아사오카 미오였다. 가가는 조용히 문을 열고 안으로 들어가 한쪽에 놓인 둥근 의자에 앉았다.

미오는 카세트테이프의 음악을 틀어놓고 거기에 맞추어 춤 추고 있었다. 그 음악은 가가도 들은 적이 있지만 누가 만든 어떤 곡인지는 알지 못했다. 클래식이라는 건 분명한데, 그런 쪽의 지식이 그에게는 없었다.

하지만 그런 가가도 아사오카 미오의 춤에는 마음을 빼앗 겼다. 그녀의 몸은 마치 만화경 같았다. 음악에 맞추어서라기 보다 완전히 음악과 혼연일체가 되어 다양한 변화를 표현했 다. 때로는 흐르는 듯이, 때로는 튕겨 오르듯이 그녀는 온몸 을 사용하는 것이었다. 돌고 뛰어오르고 다리를 높이 들어 올 리는 하나하나의 동작이 보는 이에게 뭔가를 간절히 호소하는 것 같았다. 그리고 좀 더 찬찬히 관찰해보니 그녀의 움직임은 무섭도록 정확했다. 빙빙 돌 때에도 결코 그 축이 어긋나는 일 이 없었다. 다음 동작으로 옮겨갈 때 역시 조금의 낭비도 없었 다. 이만한 기술을 익히고 체력을 유지하기 위해 얼마나 피나 는 노력을 했을지 생각하면서 가가는 다시 한번 놀람과 감탄 에 빠졌다.

갑작스럽게 미오의 팔다리가 정지했다. 기계인형이 멈추는 것처럼 돌연한 정지였다. 테이프의 음악은 아직도 흐르고 있었다. 그런데도 그녀는 음향기기 쪽으로 다가가 스위치를 껐다. 그리고 얼굴을 들었을 때, 그제야 비로소 가가의 존재를 알아차린 듯한 표정을 보였다.

"언제 오셨어요?"

"네, 조금 전에. 근데 왜 갑자기 그만두세요?"

가가가 물어보았지만, 미오는 침묵한 채 뭔가 불안한 기색으로 고개를 숙이며 바에 걸려 있던 타월을 등에 걸쳤다. 그리고 가가에게 다가왔다.

"대단하시네요. 감탄하면서 보고 있었어요."

그가 말하자 미오는 멈춰 서서 빤히 가가의 얼굴을 바라보았다.

"감탄?"

"네, 감탄하면 안 됩니까? 나한테는 아주 훌륭한 춤으로 보였는데."

그녀는 가가가 말하는 것을 진지한 눈빛으로 바라보더니 잠시 틈을 두듯이 눈을 깜빡이고, "고맙습니다"라고 입술을 부드럽게 풀었다.

"방금 그 춤은?"

가가의 질문이 너무 막연한 것이었는지 그녀는 잠깐 고개를 갸우뚱했다.

"방금 그건 〈잠자는 숲속의 미녀〉의 일부인가요?"

다시 물어보았더니 미오는 "아, 네"라고 고개를 끄덕였다.

"맞아요, 플로리나 공주의 솔로 부분이에요."

그 의미를 가가는 잘 알 수 없었다.

"공연이 언제지요?"

"이번 일요일이에요. 도쿄 플라자 홀에서."

가가는 호주머니에서 수첩을 꺼내 날짜와 장소를 메모했다.

"전에 〈백조의 호수〉를 봤다고 하셨죠?"라고 그녀가 질문을 던져왔다.

"네, 그때 당신은 검은 의상을 입었어요."

"흑조 오딜 역할이었어요."

"아, 맞아요. 진짜 대단하다고 생각했어요. 어떻게 그런 걸 할 수 있는지……. 진심입니다."

미오는 잠깐 고개를 숙이더니 다시 가가의 얼굴로 시선을 돌렸다. 그리고 그때는 벌써 어두운 표정으로 변해 있었다.

"저어, 하루코는 아직 석방이 안 되는 건가요?"

가가가 눈을 돌릴 차례였다.

"이래저래 의문점이 많아서요. 아, 그런데……."

가가는 가자마 도시유키의 생전 사진을 보여주었다. "이 사람이 죽은 남자예요. 가자마 도시유키라는 이름인데, 어디선가 들은 적이 있습니까?"

하지만 미오는 즉시 고개를 저었다. "아뇨, 없어요."

"가자마 도시유키가 현금 이외의 뭔가를 훔쳐 가려고 했던 게 아닌가, 라는 게 대다수의 의견이에요. 그래서 좀 물어보겠는데요, 이 발레단에서 가장 소중한 것이라면 뭐가 있을까요? 누군가 훔쳐 갈 위험성이 있는 것 말이에요."

미오는 얼굴을 고정한 채 눈으로만 가가를 흘끗 쳐다봤지만, 그와 시선이 마주치자마자 원래 위치로 돌려버렸다. 그녀 나름대로 그의 질문에 대해 생각을 굴리는 것 같았다.

하지만 결국 그녀는 고개를 저었다.

"훔쳐 갈 만한 것이라니, 전혀 모르겠어요. 이런 사무실에 그런 건 없을 텐데."

"그래요"라고 가가는 말했다. "하긴 그렇겠네요."

"굳이 찾아보자면"이라고 미오는 말했다. "댄서가 아닐까요? 어떤 발레단에서나 댄서를 가장 소중하게 생각하니까요."

아하, 하고 가가는 고개를 끄덕였다. "당연히 그렇겠네요. 댄서는 발레단의 보물일 테니까요."

"하지만 훔쳐 갈 수 있는 게 아니에요."

"유감스럽지만 그것도 맞는 얘기네요."

말을 하고 나서 가가는 다시 한번 그녀를 보았다. "당신도 이 발레단의 보물이겠지요?"

그러자 미오는 아주 잠깐이지만 뺨을 풀며 웃는 듯했다. 그러고는 눈을 감고 조용히 얼굴을 가로저었다.

"글쎄, 그건 잘 모르겠어요."

그 한순간만은 그녀의 마음이 다른 세계로 가버린 것 같다는 생각이 들었다.

문을 노크하는 소리가 들려서 돌아보니 오타가 빨리 나오라고 손짓을 하고 있었다. 가가는 미오에게 고맙다는 인사를 건넸다.

그녀는 뾰족한 턱을 당겨 슬쩍 고개를 끄덕이더니 "안녕히 가세요"라고 중얼거리듯이 말했다.

발레단을 나온 뒤에 가가는 오타와 둘이서 발레 공연 스태프들을 만나러 갔다. 무대 장치며 조명 관계자들이다. 가자마 도시유키가 화가 지망생이었기 때문에 특히 무대미술 담당 쪽에 은근히 기대를 걸었지만, 여기서도 눈에 띄는 정보는 얻을 수 없었다.

"왜 사서 고생을 하는지 모르겠네요."

오히려 그런 비난의 눈초리만 돌아왔다. "그건 틀림없는 정당방위인데, 상대가 어떤 사람이건 상관없는 거 아니에요? 그보다 제발 하루빨리 하루코를 풀어주시면 좋겠습니다."

한편 가자마에 대해서도 조사가 진행되었지만 다카야나기 발레단과의 접점은 찾아내지 못한 모양이었다. 친한 사람들을 일일이 탐문해봐도 가자마가 발레 혹은 발레단과 뭔가 관계가 있으리라고는 전혀 생각할 수 없다는 증언이 나올 뿐이었다. 그가 그런 얘기를 하는 건 전혀 들어본 적도 없다고들 했다.

또한 가자마에 대해 말하는 대부분의 증인들은 마지막에 반드시 이런 결론을 내리곤 했다.

"그가 도둑질을 하려고 남의 사무실에 몰래 들어가다니, 그런 건 상상도 할 수 없는 일이에요. 이건 뭔가 크게 잘못 짚은 거예요."

그리고 그런 이야기는 가자마가 다녔던 중고등학교 교사들에게서도 나왔다.

"정의감이 강한 학생이었어요"라는 게 고등학교 때 담임교사의 말이었다.

"잘못된 일, 이치에 닿지 않는 일은 아주 싫어해서 그런 때는 상대가 누가 됐건 당당하게 따지곤 했어요. 약간 지나치게 나서는 면도 없잖아 있었지만, 평소에는 온순하고 유머가 있는 학생이었습니다."

대학시절의 친구와 교수들에게서도 엇비슷한 이야기가 나왔다. 그리고 가자마 도시유키에 대한 주위 사람들의 그런 인상은 최근까지도 거의 변한 게 없었다.

수사원들은 혼란에 빠졌다. 조사하면 할수록 가자마 도시유키라는 인물과 그가 다카야나기 발레단에 침입했다는 사실이 도무지 연결이 되지 않는 것이다.

그런 속에서 가가가 거의 유일하다고 할 만한 단서―, 다카야나기 발레단과 가자마 도시유키의 공통점을 알아낸 것은 사건 발생 후 5일이 지났을 때였다.

다카야나기 발레단은 우수한 댄서에게 해외 유학의 특전을 주었는데, 그 유학지 중에 뉴욕 발레단이 있었던 것이다. 게다가 그 발레단의 소재지가 예전에 미국에서 가자마가 살았던 아파트와 가까운 곳이었다.

즉 가자마가 뉴욕에서 생활할 때, 다카야나기 발레단의 댄서와 접촉했을 가능성이 있었던 것이다.

"그리고 또 한 가지 알아낸 게 있어요."

가가는 고바야시와 오타의 얼굴을 보며 말했다. "가자마의 방에서 발견된 그 발레 티켓 말인데요. 날짜가 1년 전 3월이었지요? 그러니까 가자마가 뉴욕에서 일본으로 돌아온 직후예요. 발레에는 전혀 관심이 없었던 가자마가 어째서 그런 변화를 보였는가. 나는 그 변화의 원인이 뉴욕에서의 경험 때문일 거라고 생각합니다."

가가의 의견에 대해 고바야시 쪽이 동의하면서 이 의견에 바탕을 둔 수사 방침이 세워졌다. 우선 다카야나기 발레단의 댄서 중에서 가자마와 뉴욕에서 접촉했을 가능성이 있는 인물을 골라내야 했다. 이 조사는 즉시 성공해서 두 명의 관계자가 가장 유망하다는 것이 밝혀졌다. 한 사람은 곤노 다케히코, 그리고 또 한 사람은 가지타 야스나리였다.

거기에 재작년부터 작년까지라는 범위 제한을 풀어버리자 다시 몇 사람이 대상으로 떠올랐다. 다카야나기 아키코도 그 속에 끼어 있었다. 하지만 사이토 하루코와 아사오카 미오는 뉴욕에 간 적이 없었다. 그 대신 그녀들은 런던에서 유학한 경험이 있었다.

곤노와 가지타에 대해서는 특히 면밀하게 신변을 조사했다. 혹시 그쪽에서 가자마를 알게 되었다면 도쿄에 돌아온 뒤에도 어디선가 만났을 가능성이 있었기 때문이다.

일이 이렇게 되자 당연히 그들의 뉴욕에서의 동향을 조사할 필요가 있었다. 세계적으로도 유명한 범죄 도시인만큼 과연 이쪽의 요구에 얼마나 응해줄지는 모르지만 일단 경찰청을 통해 뉴욕 경찰에 수사를 요청하기로 했다.

생각할 수 있는 한 모든 수단을 동원한 셈이다.

가가와 오타도 탐문 수사팀에 합류해 연일 바깥을 떠돌았다. 최근에는 사업이나 업무 등의 목적으로 뉴욕에 건너가는 사람들이 많다. 그런 사람들이 타지에서 되도록 동향인끼리 뭉치려는 경향을 보인다는 이야기를 들었기 때문에 분명 그들 중에 가자마 도시유키를 아는 사람이 있을 거라고 생각했던 것이다. 그렇다고 무턱대고 한 사람 한 사람 조사할 수도 없어서 미술 관계자들 중 최근에 뉴욕에 갔던 사람들의 목록을 만들었다. 하지만 그것만 해도 상당한 숫자였다.

"그만큼 매력이 있거든요, 그곳이."

판화가라고 자기소개를 한 비쩍 마른 젊은이는 생기 없는 얼굴에 눈빛만 번뜩이며 말했다. "꿈을 가진 사람에게는 그 힌트가 무한대로 널려 있는 도시예요. 그래서 그걸 모조리 흡수해서 가져오고 싶은데, 그게 도무지 안 되는 거예요. 사막을 청소기로 깨끗이 청소하려고 덤비는 꼴이죠. 결국 저마다 한 가지 결론에 도달합니다. 바로 여기서 뭔가 꿈을 이루고 싶다, 라고요. 그러면 별다른 꿈이 없는 사람에게는 어떤 곳인가. 인간은 반드시 꿈을 가져야 한다는 식의 압박감 따위는 말끔히 잊게 해주는 도시예요. 날마다 새로운 자극을 누릴 수 있죠. 그런 사람은 그 나름대로 생각해요. 계속 여기서 살고 싶다, 라고요."

그의 설명에 감탄하여 가가는 고개를 끄덕였다. 그래서 다시 물어보았다.

"근데 당신은 왜 일본에 돌아왔어요?"

그러자 그는 씁쓸한 뭔가를 입에 넣은 듯한 얼굴이 되었다.

"힌트는 무수하게 널려 있죠. 하나에서 열까지 죄다 힌트예요. 하지만 답을 찾아낼 수가 없어요. 그걸 깨달으면 문득 도망치고 싶은 순간이 찾아와요. 그래서 돌아왔어요. 지금 마침 그런 시기였다는 얘기죠. 이러다가도 조금 지나면 다시 뭔가를 알 듯한 마음이 들어요. 그래서 다시 힌트를 찾아 뉴욕행 비행기를 탑니다. 네, 그게 자꾸 반복되는 거예요.”

“흠, 역시 마력을 가진 도시로군.”

“딱 맞는 말씀.”

그 도시에서 이 남자를 본 적이 없느냐고 가가는 가자마의 사진을 내보였다.

“아뇨, 그쪽에 가 있는 동안은 일본 사람에게는 전혀 관심이 없었어요”라고 그 젊은 판화가는 말했다.

물론 뉴욕에 대한 인상은 제각각 다양했다. 그 젊은 판화가처럼 해석하는 사람이 있는가 하면, 그곳은 그저 끔찍한 도시일 뿐이라고 말하는 사람도 있었다.

“우리 오빠는 그 도시에 잡아먹혔어요.”

사흘 전에 오빠의 사망 소식을 들었다는 여자는 담담한 어조로 말했다. 가가는 바로 그 ‘오빠’라는 사람을 만나려고 찾아갔던 것이다.

“오빠가 미술 공부를 위해 뉴욕에 건너간 건 6년 전이었어요. 처음에는 2년 만에 돌아올 예정이었죠. 근데 몇 년이 지나도 돌아오지를 않는 거예요. 결국 자기는 일본에 돌아오지 않는 것으로 생각해달라는 편지를 보내왔더군요. 마지막 편지를 받은 게 작년 여름이었어요. 그리고 사흘 전에 오빠와 같은 아파트에 산다는 일본인 친구에게서 전화가 왔어요. 오빠가 자기 방에서 자살했다고."

"자살 원인은 어떤 것이었습니까?"

"모르겠어요"라고 그녀는 고개를 저었다.

"아버지가 유체를 인수하러 갔으니까 어떤 사정이었는지도 알아오겠지요. 하지만 자살 동기 같은 거, 아마 없었을 것 같아요."

그리고 그녀는 다시 한번 중얼거렸다. 오빠는 뉴욕에 잡아 먹혔다, 라고.

오빠가 보내준 편지들에 혹시 가자마 도시유키라는 이름이 없었느냐고 가가는 물어보았다. 전혀 없었다, 라고 그녀는 대답했다.

형사들이 만난 사람마다 모두 그렇게 흥미 깊은 이야기를 해준 건 아니었다. 개중에는 뉴욕은 대단한 도시다, 라는 것뿐 전혀 알맹이 없는 소리만 늘어놓는 사람도 있었다. 아니, 비율을 따지자면 오히려 그런 사람들이 더 많았다. 하지만 형사들의 질문에 대한 대답은 공통되어 있었다. 그쪽에서 사귄 사람 중에 가자마 도시유키라는 남자는 없었다, 라는 것.

"이거 참, 바다 건너 경찰 아저씨한테 기대를 걸어봐야 하나? 얼마나 진지하게 조사해줄지, 그것도 심히 의심스럽다만."

도쿄만 쪽으로 시선을 던지며 오타는 커피 잔을 기울였다. 오늘은 결국 하마마쓰까지 허위허위 찾아왔다. 그 근처에 가자마 도시유키의 친구가 살고 있었기 때문이다. 그 친구는 가자마가 뉴욕에 갔다는 건 알고 있지만, 그쪽에서의 생활에 대해서는 하나도 아는 게 없었다.

"우리 쪽에서 수사원을 파견하는 건 어때요?"

가가가 말하자 오타는 헤에, 하고 입 끝을 홱 구부렸다.

"그럼 자네가 지원하려고?"

"물론이죠."

그러자 오타는 소리 없이 웃었다.

"일본 형사가 바다 건너 뉴욕에서 맹활약한다? 스페셜 형사 드라마 같은 이야기군."

"형사 드라마도 보세요?"

"봐, 가끔씩. 이게 꽤 재미있어. 한 시간 내에 결말을 내야 하니까 착착 단서가 나오거든."

"현실과는 달라도 너무 다르네요."

"누가 아니래."

오타는 담배에 불을 붙이고 천장을 향해 천천히 연기를 토해냈다. "그 발레단, 어떻게 생각해?"

"뭔가 냄새가 나긴 해요. 하지만 딱히 부자연스러운 점이 있는 것도 아니고."

아사오카 미오의 얼굴이 아무 이유도 없이 가가의 머릿속에 떠올랐다.

"나도 그래. 원래 발레단이라는 건 일반 사회와는 좀 다른 곳이야. 그 다카야나기 시즈코 씨도 재벌가의 딸인데 결혼도 안 하고 발레 외줄기 인생을 보내온 괴짜거든."

"아키코는 양녀라고 했지요?"

"응, 사촌언니의 딸이야. 발레에 재능이 있어서 양녀로 들인 모양이야. 어렸을 때부터 철저하게 영재교육을 했다고 하더라고. 그 덕분에 이제는 다카야나기 발레단을 떠받치는 존재가 됐지. 하지만 그런 경력을 가진 건 그 여자뿐만이 아니야. 곤노 다케히코와 사이토 하루코도 마찬가지야. 매사에 발레를 우선하면서 살아왔어. 그쪽 세계는 자기들끼리의 관계로만 완성되는 거야. 이를테면 예술과는 전혀 다른 세계의 사람들과 소통하는 방법을 전혀 모르는 거지."

"편견으로 들리는데요?"

"그게 편견이 아니라는 걸 자네도 곧 알게 될걸? 내가 예전에 또 다른 발레단과 인연을 맺은 적이 있어서 잘 알아. 그러고 보니 자네, 아사오카 미오와 꽤 친하게 이야기하던데?"

"그 여자는 정상으로 보였어요."

"아니, 그 사람들이 정상이 아니라는 얘기는 아냐. 뭐, 나중에 알 거야."

계산서를 들고 오타가 자리에서 일어서기에 가가도 식은 커피를 얼른 마시고 따라나섰다. 오늘 안으로 세 군데를 더 돌아야 한다.

그리고 그게 끝나면 시부야로 갈 것이다.

〈잠자는 숲속의 미녀〉를 관람하기 위해.

6

정식 무대 연습은 오후 2시 정각에 시작되었다. 6시 반 개막이니까 말 그대로 마지막 총연습이다.

이 연습은 본 무대와 완전히 똑같이 진행된다. 댄서들은 물론이고 무대 장치와 조명까지 함께 총 점검을 하는 것이다.

〈잠자는 숲속의 미녀〉는 프롤로그와 3막으로 이루어져 있다. 프롤로그는 오로라 공주의 명명식命名式. 왕과 왕비의 등장에 이어 여섯 명의 요정이 나타나 느긋한 템포의 서곡에 맞추어 함께 춤을 춘다. 미오도 이 여섯 명의 요정 중 한 사람이었다.

"게이코, 위치 잘 잡아. 방금 거기는 간격이 너무 벌어졌어!"

스피커를 통해 가지타 야스나리의 목소리가 들려왔다. 그는 객석 가운데쯤에 앉아 이 무대를 지켜보았다. 중간중간 눈에 거슬리는 부분이 있을 때는 마이크를 사용하여 거침없이 고함을 날렸다.

여섯 명의 요정이 저마다의 개성을 표현하기 위해 솔로로 춤춘다. 그리고 마지막에 다시 합동 춤에 들어갔다.

그다음은 검은 옷으로 치장한 나쁜 요정 카라보스가 나올 차례였다. 카라보스는 여자였지만 발레에서는 남성 무용수가 연기하는 게 전통이다.

카라보스는 16년 뒤에 오로라 공주가 물레 바늘에 손가락을 찔려 죽으리라는 저주를 내린다. 하지만 라일락 요정은 카라보스를 쫓아내고, 공주는 100년 동안의 기나긴 잠 뒤에 한 왕자에 의해 눈을 뜰 것이라고 예언한다.

여기까지가 프롤로그, 그다음에 곧바로 1막으로 들어간다. 오로라 공주의 열여섯 살 생일이다. 우선 마을 사람들과 시녀들의 왈츠.

"도시오, 최대한 가운데로 들어와. 그렇지, 반걸음 더 가운데로!"

가지타의 목소리가 날아왔다. 최종 점검이라고 대충 넘어가 주는 일은 없었다.

왕과 왕비, 그리고 공주에게 결혼을 신청하는 네 명의 왕자들이 등장한다. 거기에 마침내 아름답게 성장한 오로라 공주가 나타난다. 다카야나기 아키코다. 우선 공주는 구혼자들과 차례차례 춤을 춘다. 각 왕자의 부축을 받으며 춤을 추다가 마지막에 그들에게서 장미꽃을 받아 들기 때문에 '로즈 아다지

오'라는 다른 이름으로 불리는 유명한 장면이다. 그리고 마지막은 오로라 공주의 솔로.

"아키코, 방금 거기는 좀 더 빨리 고개를 당겨. 사토루, 네가 그런 곳에 있어봤자 객석에서는 전혀 안 보여. 최대한 앞으로 나와!"

춤추는 사람의 동작에 대해서는 물론, 주위에서 공주의 춤을 구경하는 역할에게까지 세세한 지시가 날아갔다.

춤을 추는 오로라 공주에게 노파로 분장한 카라보스가 꽃다발을 들고 다가왔다. 공주가 받아 든 꽃다발에는 물레 바늘이 숨겨져 있었고 거기에 손가락을 찔려 그녀는 쓰러진다. 모든 사람들의 절망감. 네 명의 왕자와 카라보스의 싸움. 일동이 탄식하며 슬퍼하는 가운데 라일락 요정이 나타난다. 그녀는 오로라 공주가 잠이 들었노라고 고하고, 성 전체와 함께 모든 사람을 마법으로 잠재운다.

그리고 라일락 요정은 성 주위를 모조리 숲으로 감싸 숨겨버리는데, 여기는 무대 장치와 조명 부문의 솜씨가 발휘되는 대목이다.

이상으로 1막이 끝난다. 2막에 들어갈 때까지 댄서들은 무대 뒤 분장실에서 잠깐의 휴식을 취한다.

"미오, 컨디션 좋은데? 몸이 굉장히 가벼워 보여."

땀을 닦으며 아키코가 말했다. 그녀와 미오는 같은 분장실을 사용하는 것이다.

"고마워요. 쓸데없는 생각은 다 잊어버리고 춤을 춰서 그럴까요?"

"그러는 게 좋아."

"하지만 리듬이 아무래도 착 감겨들지 않는 부분이 있어요. 잘될 때도 있지만."

그렇게 말하며 미오는 옆에 있는 볼펜으로 테이블을 두드리며 이미지 트레이닝을 반복했다.

"괜찮아. 미오라면 본 무대에서도 틀림없이 잘할 수 있어."

아키코는 화장 상자에 손을 내밀었다.

10분의 휴식 시간 뒤, 2막이 시작되었다. 2막은 오로라 공주가 잠이 들고 100년이 지난 뒤의 세계. 공주를 구해주는 데자이어 왕자가 등장한다. 왕자 역할은 곤노 다케히코였다. 숲속에서 사냥을 즐기는 왕자와 그 일행의 유희와 춤이 연출된다. 이윽고 일행은 출발하고 왕자 혼자 그 자리에 남아 있는데 라일락 요정이 나타나 아름다운 공주에 대한 이야기를 해준다. 요정들에 에워싸인 채 왕자는 오로라 공주의 환영과 춤춘다.

"저 두 사람이 춤추니까 역시나 무대가 단숨에 환해진다."

미오가 무대 옆 날개 쪽에서 보고 있는데 파랑새로 분장한 야기유가 옆에 다가와 말했다. "높이나 기술에서는 곤노에게 절대로 뒤지지 않을 거 같은데, 관객에게 자신을 보여주겠다는 탐욕스러운 욕망만은 도저히 따라갈 수가 없어. 하긴 뭐, 타고난 성격도 있겠지."

집안 환경이 달라서 그런가, 라고 덧붙이며 야기유는 웃었다.

"하지만 파랑새 역할은 야기유 군이 더 잘 어울려. 진심으로 하는 말이야."

"고마워, 라고 해둘까?"

하지만 여기서 문득 야기유의 웃음이 사라졌다. "이 무대, 하루코도 그토록 기대했었는데. 보여주지 못해서 안타깝다."

그의 중얼거림에 대답할 말을 찾지 못해 미오는 시선을 무대로 향한 채 침묵했다.

무대에서는 라일락 요정의 안내를 받아 왕자가 숲속에 들어가는 참이었다. 중간에 카라보스 일행이 방해하려고 나타나지만 왕자는 용감하게 싸워 그들을 쓰러뜨리고 좀 더 안으로 들어간다. 그리고 마침내 성 안에서 잠자는 오로라 공주를 찾아낸다. 그의 입맞춤으로 오로라 공주는 눈을 뜨고 주위 사람들도 100년 동안의 긴 잠에서 해방되면서 2막이 끝난다.

막이 내려가자 무대 위에서는 대대적인 장면 전환이 시작되었다. 가지타도 객석에서 올라와 무대 감독과 뭔가 상의를 하고 있었다. 미오는 야기유와 다른 무용수들과 함께 분장실로 물러나왔다. 중간의 복도에서는 곤노와 아키코가 꼼꼼하게 춤

동작에 대해 상의하고 있었다.

그리고 3막―.

오로라 공주와 데자이어 왕자의 결혼식이다. 수많은 귀족들이 구름처럼 모여든 가운데 왕과 왕비, 오로라 공주와 왕자가 모습을 드러낸다. 맨 먼저 보석 요정들의 춤, 이어서 장화 신은 고양이와 흰 고양이가 춤춘다.

"다카코, 동작이 작아! 좀 더 크고 빠르게 팔을 움직여야지."

변함없이 객석에서는 가지타가 지시를 날렸다. 머리 장식의 위치를 바로잡으며 미오는 가지타를 보았다. 그는 팔짱을 끼고 서 있었다.

그리고 마침내 미오 일행이 나갈 순서였다. 파랑새와 플로리나 공주의 파드되pas de deux+다. 우선 둘이서 춤추고, 이어서 각자 춤추는 베리에이션. 야기유는 도약 실력을 뽐내듯이 한껏 높게 뛰어오르며 춤추었다. 파랑새는 남성 무용수가 다이내믹함을 최대한 강조할 수 있어서 콩쿠르에서는 솔로 연기의 단골 종목이다.

마지막으로 다시 두 사람이 함께 춤춘다. 하지만 곡이 끝나갈 때쯤 미오는 뭔가 이상하다는 생각이 들었다. 자신과 야기유가 춤에 들어간 뒤로 가지타에게서 아무런 지시도 날아오지

+ 주요 발레리나(여성 무용수)와 발레리노(남성 무용수)의 2인무.

않았던 것이다. 아무리 잘 춰도 완벽이라는 건 있을 수 없기 때문에 반드시 지적이 날아왔을 터였다.

춤을 마치고 마지막 포즈를 잡았을 때, 미오는 객석 쪽으로 흘끔 시선을 던졌다. 가지타는 의자에 앉아 있었다. 하지만ㅡ.

"왜 그래?"

우뚝 서버린 미오에게 야기유가 말을 건네왔다.

"가지타 선생님이……, 뭔가 이상해."

미오의 시선이 객석에 못 박힌 것처럼 고정되었다. 가지타는 몸을 숙이듯이 옆자리에 기대고 있었다. 그리고 그 자세 그대로 꼼짝도 하지 않았다.

"선생님!"

이윽고 변고를 감지한 단원들이 무대 아래로 뛰어 내려갔다. 미오와 야기유도 달렸다.

가장 먼저 가지타의 몸을 껴안은 사람은 객석 쪽에서 무대 상태를 점검하던 조명 담당자 모토하시였다. 모토하시는 가지타를 반듯하게 일으키더니 "이봐요, 정신 차려요!"라면서 어깨를 흔들었다. 하지만 반응이 없었다. 그는 가지타의 손목을 잡고 잠깐 그대로 있다가 흠칫 가지타의 몸을 놓아버렸다.

"의사를 불러!"라고 모토하시는 말했다. "그, 근데 벌써 늦은 거 같아."

제2장

1

'전혀 예상치 못한 전개'라는 게 가가의 솔직한 심정이었다.

그날 저녁 가가는 다카야나기 발레단의 〈잠자는 숲속의 미녀〉를 보기 위해 도쿄 플라자 홀에 갈 예정이었다. 하지만 그전에 삐삐가 울려서 본청에 연락해봤더니 "도쿄 플라자 홀에서 살인사건이 났어. 지금 당장 가봐"라는 명령이 떨어졌던 것이다.

"피해자가 다카야나기 발레단 사람이에요?"

"그런 모양이야. 가지타라는 연출가."

가가와 오타의 상사인 도미이 경감은 침착한 목소리로 말했다.

"가지타가……?"

가가는 저도 모르게 침을 꿀꺽 삼켰다. 발레단 사무실에서 일어난 사건 때문에 몇 번 만난 적이 있다. 그 사람이 살해되었다는 것인가. "가지타 씨라면 내가 아는 사람이에요"라고 가가는 말했다.

"그렇겠지. 아무튼 서둘러서 그쪽으로 가봐."

"알겠습니다."

가가는 전화를 끊고 오타에게 사건을 알렸다. 역시나 이 선배 형사도 크게 놀란 눈치였다.

"그쪽에서 또 살인이? 그렇잖아도 힘든 판에 자꾸 복잡한 사건이 터지네."

"아무래도 우연이 아닌 거 같은데요."

"이봐, 불길한 소리 좀 하지 마."

오타는 얼굴을 찌푸렸다.

도쿄 플라자 홀은 요요기 공원 안에 있어서, 도로를 사이에 끼고 국립 요요기 경기장과 마주하고 있다. 가가 일행이 뛰어들었을 때, 이미 홀 입구에는 개장을 기다리는 손님들이 장사진을 치고 있었다. 건물 옆에 선 경찰차 세 대에 손님들은 호기심의 시선을 던지고 있었지만, 설마 홀에서 살인사건이 일어났을 줄은 꿈에도 생각하지 못할 터였다.

경찰차 옆에 시부야 경찰서의 젊은 제복 경관이 있어서 가 가는 그에게 다가가 신분을 밝혔다. 경관은 잠시 긴장하는 눈 치를 보이더니 "이쪽으로"라면서 두 사람을 뒤쪽 출입구로 안 내해주었다.

"오늘 공연은 그대로 할 모양이죠?"

걸으면서 가가는 물었다.

"예, 예정대로 6시 반부터 시작한답니다."

"갑자기 중지할 수는 없겠지. 그리고 그럴 필요도 없는 거 아냐? 범인이 어디로 도망칠 수도 없을 테니까."

오타가 의미심장한 말을 했다. 범인은 내부 사람이라고 단 정하는 말투였다.

가가 일행이 경관의 안내를 받아 분장실에 도착해보니 그곳 은 온통 다급함과 긴박함이 뒤섞인 공기에 휘감겨 있었다. 살 인사건 때문에 생겨난 것과는 명백히 질이 다른 것이었다. 한 눈에도 형사로 보이는 사람들이 몇 명 돌아다녔지만 그들의 표정도 서로의 팔 밑을 날다시피 긴박하게 뛰어다니는 젊은이 들에 비하면 우아한 편이었다. 댄서는 물론이고 다른 무대 관 계자들까지 아무튼 지금은 몇 분 뒤로 다가온 본 무대를 준비 하느라 정신없이 돌아가고 있었다.

전에 함께 근무했던 시부야 경찰서의 우치무라 경위가 대 기실 의자에 앉아 멀거니 무대 관계자들의 움직임을 바라보고 있었다. 가가와 오타가 그 곁으로 다가가 인사를 건넸지만 그의 입에서 가장 먼저 튀어나온 것은 하소연이었다.

"상황을 알아보려고 해도 일단 공연이 끝난 다음에 하자고 손을 홰홰 젓고 도망쳐버리니, 이걸 억지로 잡아다 물어볼 수도 없고 진짜 미치겠어."

답답하다는 듯 우치무라의 입이 비뚜름하게 틀어졌다.

"현장은 어딥니까?"라고 가가가 물었다.

"그게 또 객석 한복판이야. 완전 골치 아프게 됐어."

"객석 한복판?"

오타의 눈이 휘둥그레졌다.

거기서 우치무라는 사건 개요를 설명해주었다. 그에 따르면, 한창 무대 총연습이 진행되던 중에 가지타가 돌연 쓰러져서 발레단원이 황급히 의사를 불렀다. 의사는 척 보자마자 즉시 경찰에 연락해야 한다고 했다. 그때 이미 가지타는 숨을 거둔 상태였고, 중독사일 가능성이 높다고 얘기한 것이다. 연락을 받고 시부야 경찰서 수사원이 달려와 그 자리에 있던 의사와 함께 사체의 상태를 보게 됐는데, 검시 담당자가 이상한 점을 발견했다. 가지타가 입고 있는 면 셔츠의 등판 한가운데 다갈색 얼룩이 묻어 있었던 것이다.

"그게 뭐였는데요?"라고 가가는 물었다.

"아직 단정할 수는 없지만 독극물인 것 같아."

우치무라 경위는 신중한 말투로 대답했다. "셔츠를 들춰봤더니 그 액체가 살갗에도 묻어 있었어. 게다가 그 부분에 아주 작은 상처가 있고, 소량이지만 출혈도 보였어. 그리고 셔츠를 다시 살펴보니까 바늘로 뚫은 듯한 구멍이 나 있었어."

"그렇군요."

가가는 고개를 끄덕였다. 독극물에는 연하嚥下 독, 주사 독, 흡입 독이 있다. 아주 작은 상처가 있고 거기에 수수께끼의 액체가 묻어 있었다면 이건 주사 독에 당했을 가능성이 높은 것이다.

아무튼 그런 정황상 살인사건이라고 판단되어 즉시 경시청 본부로 연락이 들어간 모양이었다.

"사체는 어디 있어?"라고 오타가 물었다.

"대기실 하나를 비워달라고 해서 거기 모셔뒀어. 전원이 다 모였을 때, 다시 검증에 들어갈 거야."

"사체는 수사원이 옮겼어요?"

"아냐, 우리가 도착했을 때는 이미 그쪽에 옮겨진 뒤였어. 발레단 사람들이 옮겼어. 그 사람들로서는 살인사건의 현장 보존보다 차질 없이 공연을 마치는 게 훨씬 더 중요한 모양이야."

우치무라 경위는 혀를 차면서 다시 한바탕 툴툴거렸다.

곧이어 경시청 본부에서 다른 수사원이 도착했다. 며칠 전

사건 때도 신세를 진 도토 대학의 안도 조교수도 참석해 좁은 대기실에서 사체 검증에 들어갔다.

가지타 야스나리는 흰색과 연두색 스트라이프 셔츠에 면바지라는 캐주얼한 차림이었고, 바닥에 깔린 비닐 시트에 엎드린 자세로 눕혀져 있었다. 등을 위로 향하게 눕힌 것은 문제의 다갈색 얼룩이 잘 보이게 하려는 배려일 것이다.

"확실한 건 자세히 조사해봐야 알겠지만, 아마 니코틴일 거예요."

안도 조교수는 액체에 코를 대고 냄새를 맡아본 뒤에 말했다.

"니코틴이라면 담배의 그 니코틴 말인가요?"

가가 일행의 팀장인 도미이 경감이 물었다. 도미이는 작은 몸집에 마른 체격이지만 가슴을 내밀고 이야기하는 버릇이 있어서 항상 당당하게 보였다.

"그렇습니다. 그게 맹독이거든요. 담배에 불을 붙여 연기를 빨아들일 때는 문제가 없지만."

조교수의 말에 가가는 마음속으로 고개를 끄덕였다. 전에 읽은 추리소설이 생각났기 때문이다. 그 소설에서는 코르크에 수십 개의 바늘을 꽂아 밤송이처럼 만들고 그 바늘 끝에 니코틴 농축액을 바른 뒤, 살해하려는 사람의 호주머니에 넣어둔다는 트릭이 나왔던 것이다. 호주머니에 손을 넣자마자 니코

100

틴 바늘에 손가락이 찔려 죽는다는 얘기다.

"저 작은 상처는 뭐죠?"

등의 상처를 가리키며 오타가 물었다.

"바늘에 찔린 거 같아요"라고 조교수는 말했다. "주사 바늘인지 뭔지는 아직 모르겠군요."

사체에서는 그밖에 다른 외상은 발견되지 않았다. 이어서 사체는 시부야 경찰서로 실려가 조금 더 자세한 검증을 한 뒤에 다시 지정 대학의 법의학 교실로 옮겨져 부검에 들어가게 된다.

수사원으로서는 바로 이어서 현장 검증에 들어가고 싶었지만, 공연은 이미 스탠바이 상태였다. 사건 관계자들은 잠시도 경찰을 상대해줄 시간이 없고, 살인 현장에는 가까이 갈 수도 없는 상황이니 수사원으로서는 어떻게 손을 써볼 도리가 없었다.

유일하게 진술 조사가 가능한 사람은 다카야나기 시즈코였다. 그녀와는 도미이 경감 팀이 만나서 이야기를 듣기로 했다.

"그럼 저는 발레를 좀 봐야겠어요."

하릴없이 서 있는 오타에게 작은 소리로 말하면서 가가는 안주머니에서 가늘고 긴 종이를 꺼냈다. "오늘을 위해 진즉에 티켓을 샀거든요. 안 보면 나만 손해죠."

"앞으로 지겨울 만큼 보게 될 텐데?"

오타의 비아냥거림을 뒤로하고 가가는 무대 출입구로 향했다. 아직 1막 중간이라서 객석으로 들어갈 수는 없었다. 그 대신 무대의 윙 쪽에서 보기로 했다.

무대 뒤에는 다양한 도구가 자리다툼을 하듯이 가득 들어찼다. 모형 마차까지 있었다. 가까이에서 보니 지저분하게 먼지가 꼈고 싸구려 티를 풍풍 풍겼지만, 그래도 조명이 켜진 무대에 내놓으면 나름대로 화려하게 보일 터였다.

정면에서 볼 때는 알지 못했지만, 무대 뒤는 상상했던 것보다 훨씬 넓은 곳이었다. 너비와 폭이 정면 무대의 두 배 가까이나 된다. 생각해보면 이런 정도의 면적이 아니고서는 거대한 세트와 무대 장치를 넣었다 뺐다 할 수 없는 것이다.

윙 쪽에 서서 가가는 무대로 시선을 던졌다. 오로라 공주로 분장한 다카야나기 아키코가 춤추는 장면이었다. 그 주위에서 바라보는 구경꾼 역할 중에 아사오카 미오의 모습도 있었다. 그녀는 머리에 하늘하늘한 깃털 장식을 달고 있었다.

아키코를 비롯한 수많은 댄서들이 자신의 역할에 몰입하여 온몸으로 기쁨을 표현하고 있었다. 이 공연의 연출가가 뜻하지 않은 죽음을 맞이한 직후라고는 도저히 생각할 수 없는 표정들이었다. 가가는 거기에서 프로다운 자세를 본 듯한 마음이 들었다.

이윽고 가가와는 반대편 윙 쪽에서 노파로 분장한 댄서가 등장했다. 노파는 오로라 공주에게 꽃다발을 건네주지만 그 속에 감춰진 물레 바늘에 손가락을 찔려 공주는 쓰러진다. 슬 퍼하는 왕과 왕비.

독침이야―. 뭔가 묘한 느낌이 들어 가가는 혼자 중얼거렸 다. 생각해보니 가지타는 오로라 공주와 똑같은 방법으로 살 해된 것이다.

1막이 끝나자 댄서들이 무대를 떠나 뒤쪽으로 들어왔다. 전 원이 공연 중과는 완전히 딴판으로 심각한 얼굴 표정이다. 그 것이 살인사건 때문인지 아니면 공연에 대한 진지한 열의 때 문인지, 가가는 알 수 없었다. 하지만 그 거친 숨소리와 땀 냄 새에는 저절로 압도되는 느낌이었다.

아, 하는 소리가 나서 그쪽으로 시선을 던지자 아사오카 미 오가 가가를 보며 멈춰 서 있었다. 가가가 슬쩍 고개 숙여 인 사를 건네자 그녀는 그에게로 걸어왔다.

"수고하셨습니다"라고 가가는 말했지만, 그녀는 거기에는 대답하지 않고,

"가지타 선생님에 대해 뭔가 알아냈나요? 왜 갑자기 돌아가 신 거예요?"
라고 매달리듯이 물었다. 그러더니 그녀는 자신이 무의식중에 형사의 옷자락을 잡고 있다는 것을 깨닫고 급히 손을 놓고 머

리를 숙이며 "미안해요"라고 작은 소리로 중얼거렸다.

"아직 자세한 건 모르겠어요"라고 가가는 말했다. "이쪽 관계자들과 얘기할 새도 없었고."

"아, 그렇겠네요."

대답하면서 미오는 눈을 깜빡였다. 그러자 그녀의 눈가에 붙어 있던 작위적인 속눈썹이 위아래로 껌뻑껌뻑 움직였다. 인형 같다, 라고 가가는 생각했다.

"나중에 미오 씨에게도 진술을 듣게 될 텐데, 잘 부탁합니다."

가가의 말에 미오는 고개를 끄덕이고 인사를 건넨 뒤에 분장실 쪽으로 갔다. 그 뒷모습을 지켜보며 가가는 자신의 옷자락을 만져보았다. 아직도 그녀가 움켜쥐고 있는 듯한 느낌이 들었기 때문이다.

자신을 부르는 소리가 들려서 퍼뜩 고개를 들자 오타가 이쪽으로 오라고 턱짓을 하고 있었다.

막간에 잠시 현장을 살펴보려는 모양이었다. 하지만 눈빛 사나운 사람들이 여기저기 돌아다니면 다른 관객들에게 공연히 불안감을 줄 우려가 있었다. 최대한 부드러운 표정으로 아무 일도 아닌 척 관찰하라는 것이 지시 내용이었다.

문제의 좌석은 1층 한복판에 있었다. 객석을 가로지르는 중앙통로 쪽이라 앞에 다른 좌석이 없는 만큼 시야가 툭 트여서 관람에는 최고의 위치라고 할 수 있었다. 가지타가 이 자리에 앉아 무대 연습을 감독했던 것도 그런 이점을 생각했기 때문일 것이다.

현재 그 좌석은 물론이고 양 옆자리와 뒷좌석, 대각선으로 뒤쪽의 좌석까지 '사용금지'라는 종이가 붙어 있었다.

"특등석 티켓을 샀던 손님이 딱하게 됐네."

가가는 저도 모르게 중얼거렸다.

"그리 걱정할 것도 없는가 봐. 갑작스런 내빈이 찾아올 때를 대비해서 이쪽의 좋은 자리들을 발레단에서 미리 확보해두었대. 다카야나기 시즈코가 그러더라고."

"아, 다행이네요."

오타의 말에 가가는 긴 숨을 내쉬었다.

"근데 관할서 형사들은 현장 조사를 전혀 못 한 거예요?"

"공연 시작 전에 그나마 이 좌석 주변은 조사해본 모양이야. 하지만 특별히 눈에 띄는 건 없었다고 하더라고."

"제대로 하자면 무대에서 통로에 이르기까지 샅샅이 조사했어야 하는데."

"당연히 조사했어야지. 하지만 상황이 이러니 현장 검증이고 뭐고 도무지 할 수가 없었을 거야."

겨우 두 시간 전에 이 객석에서 사람이 죽었다는 사실을 전혀 알지 못하는 관객들이 다음에 이어질 2막에 대한 기대감을 품은 얼굴로 살인 현장을 마구 밟고 다녔다.

막간 휴식 시간은 20분이었다. 어차피 공연이 끝날 때까지는 할 일이 없었다. 가가는 티켓을 꺼내 그곳에 적힌 좌석을 찾아 앉았다. 바로 뒷자리에 있던 젊은 여자가 노골적으로 싫은 표정을 지었다. 가가의 키가 커서 방해가 된다고 생각했기 때문일 것이다. 그는 허리를 낮추고 깊숙이 들어앉아 최대한 앉은키를 낮췄다.

2막은 숲속 장면에서 시작되었다. 곤노 다케히코가 분장한 왕자의 모습으로 등장했다. 그 순간 객석에서 박수가 터지는 것을 보고 가가는 곤노가 발레계에서 상당한 위치에 있다는 것을 실감했다.

스토리를 제대로 알지 못해서 무대에서 펼쳐지는 춤이 어떤 의미인지 가가는 거의 이해하지 못했다. 대충 짐작한 것은 곤노 왕자가 아키코 공주를 좋아하게 되었다는 것뿐이었다. 아사오카 미오는 나오지 않았다.

가지타가 쓰러졌던 게 3막이라고 했지—. 멍하니 무대로 시선을 던진 채 가가는 사건에 대해 생각하고 있었다. 등에서 독침으로 찔린 흔적이 발견되었다고 했다. 그러면 누군가 뒤에서 몰래 다가와 주사를 놓았다는 건가. 상당히 대담하고 무모한 행동이지만 범인이 순식간에 사람을 죽이는 독의 효과를 확신했다면 전혀 불가능한 이야기는 아니다. 시부야 경찰서 수사원들도 그렇게 생각했기 때문에 사건이 일어난 자리의 뒷좌석까지 모두 사용금지 처분을 내렸을 것이다.

만일 직접 주사한 게 아니라면—. 가가는 다시 예전에 읽은 추리소설을 머릿속에 떠올렸다. 이를테면 압핀 같은 것을 미리 적당한 자리에 붙여놓고 가지타가 무심코 등을 기대는 참에 찔리기를 기다리는 방법은 어떨까.

그 압핀을 어디에 어떻게 붙이느냐는 것도 중요하지만 언제 붙였느냐는 점도 생각해볼 필요가 있다. 3막을 할 때 쓰러졌다는 건 그 전의 막간에 붙였다는 얘기인가. 아니면 2막을 하는 중이었을까.

무대에서는 곤노와 아키코의 춤이 계속되고 있었다. 살해 도구를 설치한 게 2막을 하는 도중이었다면 저 두 사람은 무죄겠구나, 라고 가가는 생각했다.

하지만, 이라고 그는 생각을 가다듬었다. 압핀에 찔리는 게 가능하다고 해도 그렇다면 독은 또 어떻게 되는 건가. 쿠라레*나 오두鳥頭** 같은 독극물은 바늘 끝에 극소량을 묻혀도 즉사할 수 있지만, 니코틴이라면 아무리 농축했더라도 그렇게는 안 될 것이다. 아까부터 자꾸 떠올리는 추리소설만 해도 바로 그

---

* 남미 인디언이 쓰던 식물성 독극물에서 유래한 것으로, 현대 의학에서는 일반 마취제로 쓰이기도 한다.
** 바곳이라는 식물의 어린 뿌리로 맹독성을 띤다. 한약에서 쓰이는 부자附子.

점에 대해 가가도 내내 의문을 품었던 것이다.

무엇보다 그 셔츠에 묻은 얼룩을 생각해보면 그런 미량을 사용했을 리는 없다. 역시 어떤 방법으로든 일정량을 몸속에 주입했다고 하는 게 옳을 것이다.

트릭인가—.

가가가 한차례 진한 한숨을 내쉰 것은 곤노가 역할을 맡은 왕자가 잠자는 공주를 구하기 위해 숲속으로 들어갈 때였다.

2막이 끝나자 가가는 다시 분장실에 들러보았다. 댄서들이 다급하게 복도를 지나가고 있었다. 그들에게 거치적거리는 존재가 되어서 하릴없이 대기실을 얼쩡거리는 사람들은 수사원들이다. 오타 선배는 종이컵 커피를 앞에 놓고 느긋하게 담배를 피우고 있었다.

"뭐 좀 알아냈어요?"라면서 가가는 그의 옆자리에 앉았다.

"알아낼 턱이 있어? 아직 수사한 게 아무 것도 없는데."

그러더니 천장을 향해 연기를 토해내며 "근데 아무래도 마음에 걸린단 말이야"라고 오타가 고개를 갸웃거렸다.

"뭔데요?"

"겉옷."

"겉옷?"

"사망 당시 가지타는 상의를 입고 있었어. 점퍼인지 블루종 재킷인지, 아무튼 그런 옷이야. 발레단 사람들이 가지타를 옮겨놓을 때, 그 겉옷을 벗긴 모양이야. 점퍼인지 블루종인지 그 겉옷을 누군가 대기실에 아무렇게나 던져뒀더라고."

"누가 거기에 뒀을까요?"

"글쎄, 아직 자세한 건 모르지. 아무튼 그 상의 말인데, 거기에도 적갈색 얼룩이 등 근처의 안감에 묻어 있었어."

"쓰러졌을 때 그걸 입고 있었다면 당연히 그렇겠죠"라고 가가는 말했다.

"그야 그렇지. 하지만 마음에 걸리는 건 그 상의의 안감에는 얼룩이 묻었는데 바깥쪽은 말끔했다는 거야."

"그 겉옷은 어떤 재질이죠?"

"견과 마가 섞인 천이었어. 상당한 고급품이야."

"감식과에서는 뭐래요?"

"그쪽에서도 마음에 걸리기는 하는데 아직은 정확히 말할 수가 없다는 거야."

"거참, 뻔한 말씀을 하셨네요."

가가는 장난하듯이 미운 소리를 한마디 던지고 "하지만 혹시 독을 주입하는 장치를 붙였다면 그 상의의 안감 쪽인지도 모르겠네요"라고 다시 진지한 표정으로 돌아왔다.

3막이 시작되어 가가가 다시 공연을 보러 객석으로 돌아가려는 찰나에 도미이 팀장이 불러 세웠다. 오타와 함께 자기 쪽으로 오라고 손짓을 하는 것이었다. 고소하다는 듯 느물느물 웃는 오타를 향해 가가는 짜증스러운 표정을 보이며 도미이의 뒤를 따라갔다.

조금 전에 사체 검증을 했던 분장실은 이미 사체를 실어 내갔는지 텅 비어 있었다. 작은 테이블을 끼고 가가와 오타는 도미이와 마주 앉았다.

도미이는 우선 이번 사건을 어떻게 생각하느냐고 물었다. 가가와 오타가 지난번 정당방위 사건으로 샤쿠지이 경찰서에 지원을 나갔던 만큼 다카야나기 발레단에 대해서는 누구보다 잘 알 거라고 생각한 모양이었다. 물론 두 가지 사건의 관련성도 감안하고 있는 눈치였다.

"솔직히 말해서 아직 잘 모르겠어요."

오타가 먼저 말했다. "지난번 정당방위 사건도 이제야 죽은 남자의 신원을 파악한 정도예요. 게다가 발레단과의 관계가 아직껏 명확하지를 않아요. 단지 특정한 발레단이라는 좁은 범위에서 단기간에 두 번이나 살인사건이 발생했다는 건 역시 깊은 관련이 있다고 봐야겠지요. 그동안 연이어서 발레단 사람들을 만나봤는데, 아무래도 몹시 폐쇄적이고 사실을 제대로 말해주지 않는다는 느낌이 들었습니다."

도미이는 흠, 하고 한 차례 턱을 끄덕이고 나서 "자네는 어때?"라며 가가를 보았다.

"지난번 사건과의 관련에 대해서는 저도 지금은 아무 말도 할 수가 없습니다"라고 가가는 말했다. "이번 사건에 대해서 말하자면 살해된 사람이 가지타라는 게 정말 뜻밖이었습니다. 왜냐하면 그는 다카야나기 발레단으로서는 그야말로 핵심적인 인물이거든요."

"응. 조금 전에 다카야나기 시즈코에게서도 들었는데 그 사람이 연출가이자 안무가이자, 그리고 또 뭐라고 했는데……."

"발레 마스터, 즉 발레를 가르치는 선생님이에요. 댄서 중에서 이 발레단을 떠받치는 사람이 다카야나기 아키코라면, 제작자 중에서 이 발레단을 이끄는 사람은 가지타였어요. 그러니 그가 사망했다는 건 다카야나기 발레단의 모든 관계자들에게 상당한 타격이 될 겁니다."

"그런데 그런 것까지 각오하고 살인을 감행한 사람이 있었다는 얘기네."

도미이는 손바닥으로 턱을 쓸며 미간에 주름을 잡았다. "가지타는 독신이었다던데?"

"맞습니다. 다카야나기 발레단에서 도보로 얼마 안 되는 곳에 맨션을 빌려 혼자 살았어요."

오타가 메모를 보며 설명했다.

"사귀는 여자는 없었나?"

"글쎄요, 거기까지는"이라고 오타는 고개를 갸웃거렸다.

"지난번 사건에서 체포된 여자하고는 뭔가 특별한 관계는 없었어?"

"사이토 하루코요? 아뇨, 가지타하고 사적인 관계는 전혀 없었어요."

"사이토 하루코의 연인은 야기유 고스케라는 젊은 댄서예요"라고 가가가 곁에서 덧붙였다. "지금 무대에서 춤추고 있을 겁니다."

"그렇군. 아닌 게 아니라 정말 좁은 세계네."

도미이는 쓴웃음을 지었다. "샤쿠지이 경찰서 쪽은 그 사이토 하루코를 어떻게 할 생각이지? 아직 결론을 못 내렸나?"

"아무튼 구류 기간을 최대한으로 활용해서 사망한 가자마 도시유키의 일을 조사할 예정이에요. 그 결과에 따라 기소 아니면 불기소……. 경우에 따라서는 처분 보류라는 게 나올 수도 있겠지요."

오타의 말에 "어휴, 일이 점점 복잡해지잖아"라고 도미이는 우울한 탄식을 흘렸다.

가가 일행이 방을 나와 대기실로 가자 객석에서 요란한 박수 소리가 들려왔다. 무대 뒤를 들여다보니 모두들 다급하게 움직이고 있었다. 아무래도 공연이 끝나가는 모양이었다.

가가는 통로로 나와 객석 쪽의 문을 열었다. 공연이 끝난 뒤에도 자리에서 일어서는 사람이 거의 없는 것은 커튼콜이 이어졌기 때문이다. 가가는 무대로 시선을 돌렸다. 출연자가 모두 나와 관객의 환호에 답하고 있었다. 세 명의 여성 관객이 꽃다발을 들고 나가 아키코와 곤노와 오케스트라 지휘자에게 각각 건네주었다.

커튼은 일단 닫혔지만 박수가 멈추지 않자 다시 열렸다. 아키코와 곤노, 그리고 야기유와 미오도 보였다. 미오는 조금 전에 봤을 때와는 다른 의상이었다. 엷은 파란색 바탕에 금빛 수를 놓은 옷이다. 기품과 우아함, 그리고 가련함을 느끼게 하는 코스튬이었다.

플로리나 공주라고 했던가―. 그 모습으로 분장한 아사오카 미오는 가가의 눈에 한층 더 눈부시게 보였다.

2

본 무대가 끝난 다음에도 댄서들은 옷을 갈아입어야 하고 무대 장치 관계자는 뒷정리를 해야 한다. 결국 본격적인 진술 조사가 시작된 것은 밤 11시가 다 된 시간이었다.

몇 개의 분장실을 빌려 수사원들이 각자 분담하여 사정 청취에 들어갔다. 오타와 가가는 지난번 사건으로 얼굴이 익숙하다는 점도 있어서 주로 댄서들을 맡게 되었다.

우선은 곤노 다케히코였다. 곤노는 공연을 마친 직후라서

인지 상기된 얼굴이었지만, 가지타가 사망하던 순간의 상황을 설명할 때는 역시 긴장하는 빛이 배어났다.

"전혀 생각도 못 했죠. 우리는 나갈 순서를 기다리면서 무대 윙 쪽에서 미오 팀의 춤을 지켜보고 있었어요. 미오가 뭔가 비명을 질러서 그제야 겨우 알았습니다."

"당신이 기억하는 범위에서, 이때까지는 분명히 가지타 씨가 살아 있었다 하는 때는 언제죠?"

"그건 미오 팀이 춤을 추기 전까지예요. 그 직전에 장화 신은 고양이라는 춤이 있었는데, 그때 선생님의 지시가 날아왔거든요."

오타의 질문이 상당히 난해한 것이었는데도 곤노는 의외로 간단히 대답했다.

"그때쯤 가지타 씨의 행동 중에 뭔가 기억에 남는 건 없어요? 누군가와 이야기를 하고 있었다든가."

가가가 물었지만, 그는 눈을 감고 고개를 저었다.

"나는 계속 무대 쪽에만 집중하고 있었으니까요."

그다음에는 오늘 본 가지타의 행동이나 최근의 모습 등에 대해 물었다. 곤노는 특히 기억에 남을 만한 일은 없었다고 대답한 뒤에 "굳이 말하자면 하루코 일이겠죠"라고 덧붙였다.

"아무래도 크게 걱정하시는 눈치였어요. 그건 물론 선생님뿐만 아니라 우리도 마찬가지지만."

"그 사건에 대해 가지타 씨가 했던 말 중에 특별히 생각나는 건?"

어떤 작은 것이라도 상관없다고 말해봤지만, 곤노는 생각나는 게 없다고 대답했다.

마지막으로 곤노 본인이 오늘 어떻게 움직였는지를 물었다. 곤노는 불쾌한 듯 입술이 삐뚜름해졌지만, 군소리 없이 설명해주었다. 그 내용을 간단히 말하자면, 오늘 그는 2막이 시작될 때까지 대부분 분장실에 있었고, 2막 이후에는 막간과 3막의 일부를 빼고는 계속 무대 위에 있었다는 것이다.

곤노에 이어 아키코에게서도 이야기를 들었다. 하지만 곤노가 했던 말과 거의 비슷한 내용일 뿐이었다. 막 공연을 마친 뒤여서 그런지 아키코는 다른 때와는 달리 약간 흥분한 기색이었다.

"정말 믿을 수가 없어요. 가지타 선생님이 살해되다니. 혹시 단순 사고 같은 거 아닌가요?"

"그럴 가능성이 전혀 없는 건 아니지만 우리가 조사해본 한에서는 단순 사고나 병사는 아니에요."

오타의 말에 아키코는 깊은 한숨을 내쉬며 말없이 고개를 두세 번 저었다.

그녀에게도 오늘 어떻게 움직였는지 물었다. 그녀는 곤노보다 훨씬 더 빡빡한 스케줄이었다. 막간 이외에는 거의 무대에

나가 있었다. 정말 대단하다고 가가가 말하자,

"〈잠자는 숲속의 미녀〉의 오로라 공주는 특히 육체적으로 힘든 역할이라고들 하죠."

라는 대답이 돌아왔다.

아키코 다음은 야기유 고스케였다. 야기유는 자리에 앉자마자 두 형사를 노려보더니 "또 당신들이에요?"라는 첫마디를 내뱉었다.

"그건 우리가 할 소리인데요?"

가가가 대꾸했다. 오타는 옆에서 빙글빙글 웃고 있었다.

"하루코는 건강하게 잘 있겠죠? 풀려났을 때, 혹시 더 마르기라도 했으면 제가 당신들 가만 안 둘 겁니다."

"오늘 사건이 그 하루코 씨와도 관계가 있을 가능성이 커요. 여자 친구를 구해주기 위해서라도 우리한테 최대한 협조해주면 좋겠군요."

오타의 말에 "내가 협조 안 한다는 말은 안 했는데요?"라고 야기유는 홱 고개를 돌렸다.

반항적이기는 하지만 형사들의 질문에 대한 야기유의 대답은 제법 날카로운 데가 있었다. 특히 가가 일행의 흥미를 끈 것은 그가 가지타의 겉옷에 대해 증언한 내용이었다.

"그 겉옷이 젖어 있었다고요?"

가가가 되물었다.

"맞아요. 발레 반 레슨이 끝난 뒤였어요. 선생님이 의자에 걸쳐둔 블루종 재킷을 집어 들었는데 젖어 있더라고요."

"발레 반?"

"기초 레슨을 하는 반이에요."

가가가 옆에서 일러주자 야기유는 "와우, 잘 아시네"라고 감탄한 듯 눈을 큼직하게 떴다.

"나도 공부는 좀 하는 편이거든요. 근데 그 옷이 왜 젖어 있었죠?"

"모르죠. 누가 뭘 흘린 모양이에요. 그냥 물이 좀 묻은 거 같아서 분장실 앞 복도에 잠깐 널었다가 입겠다고 하시던데."

"그래서 그 옷을 거기다 널었어요?"

"예. 2막이 끝날 즈음에 다 말랐다면서 선생님이 다시 입었어요."

가가는 오타와 서로 마주보았다. 혹시 범인이 그 겉옷에 뭔가를 붙였다면 바로 그때가 아니었을까.

그 일에 대해 좀 더 자세히 물어본 뒤에 야기유를 보내주었다.

"누가 가지타의 겉옷에 물을 흘렸는가. 그걸 밝힐 필요가 있겠네요."

가가가 말했다.

"그래, 맞는 말인데 혹시 범인이 물을 흘렸다면 쉽게 남의

눈에 띄게는 안 했을 거야. 그러니까 각자의 동선을 점검해봐
야 돼."

오타가 말했을 때, 문을 두드리는 소리가 났다. 가가가 대답
하자 문이 열리고 그 틈새로 아사오카 미오가 불안한 표정의
얼굴을 내밀었다.

미오는 맨 처음으로 가지타의 변고를 알아차린 사람이었다.
따라서 가가와 오타의 질문도 거기서부터 시작했다. 그녀는
긴장한 마음을 가라앉히려는 듯 조용히 눈을 깜빡여가며 그때
의 상황을 설명했다.

"가지타 선생이 지적을 안 해줘서 뭔가 이상하다고 생각했
다……. 그런 얘기지요?"

가가는 메모하던 손을 멈추고 확인했다.

"네. 보통 때는 아무리 잘해도 반드시 한두 가지는 주의를
주셨거든요."

"그렇군요. 당신은 그때까지는 가지타 씨 쪽은 쳐다보지 않
았던가요?"

"네, 댄서는 되도록 먼 곳에 시점을 두어야 해요."

가가는 고개를 끄덕였다. 미오가 항상 먼 곳을 바라보는 듯
한 눈매인 것은 그 탓인가, 하는 생각도 했다.

"가지타 씨가 사망한 것에 대해 혹시 마음에 짚이는 건 없어
요?"

"마음에 짚이는 것……."

"어떤 것이라도 좋아요."

그러자 미오는 속눈썹을 내려뜨고 입술을 살짝 달싹거린 뒤 고개를 저었다.

"전혀 짚이는 게 없어요. 우리는 다들 선생님을 존경했어요. 굉장히 엄했지만 연습실 밖에서는 따스하고 남을 배려할 줄 아는 분이었습니다."

"연습 중에 혹시 댄서들과 의견이 맞지 않는 일은 없었어요?"

"아뇨, 그런 건 없었어요. 우리는 선생님이 하라는 대로 하면 틀림없다고 믿었는걸요. 실제로 지금까지 그렇게 해서 매번 성공을 거뒀어요. 선생님이 갑자기 돌아가셔서 다들 슬퍼서 어쩔 줄을 모르고 있어요."

가가는 미오가 알아채지 못하게 슬쩍 한숨을 내쉬었다. 그녀는 그렇게 말하지만 가지타의 죽음을 슬퍼하지 않는 사람이 이 발레단에 분명히 존재하는 것이다.

그다음에는 곤노와 아키코에게 했던 것과 비슷한 질문을 몇 가지 던져보았다. 하지만 미오의 대답 역시 특별한 것은 없었다.

"저어……."

미오는 형사들의 표정을 살피듯이 눈을 슬쩍 치켜떴다.

"뭐죠?"라고 가가는 물었다.

"선생님의 사망 원인은 무엇이었어요?"

가가는 오타의 얼굴을 보았다. 오타는 눈가를 새끼손가락으로 긁적이며 슬쩍 고개를 저었다.

"미안하지만 지금은 알려줄 수 없어요"라고 가가는 말했다. "분명히 밝혀질 때까지는 발설하면 안 되는 게 규칙이에요."

"그렇군요."

별로 큰 기대는 하지 않았는지 미오는 그리 실망하는 기색 없이 다시 고개를 숙이고 시선을 떨구었다.

가가는 오타에게 그밖의 질문은 없느냐고 물었다. 오타는 손으로 뺨을 괸 채 다른 빈손을 휘휘 저었다. "이번 진술 조사는 자네가 유난히 열심히 해주는 바람에 나는 전혀 낄 자리가 없어."

선배의 말에 가가가 무슨 실없는 농담이냐고 말하려고 했을 때, 미오가 뭔가 생각난 듯 아, 하는 소리를 흘렸다.

"왜 그래요?"

"아뇨, 그리 큰 건 아닌데요……. 우리가 무대에서 춤추기 시작했을 때, 선생님은 분명 통로에 서서 지켜보셨던 거 같아요."

"서 있었다고요?"

"네. 근데 그다음에 봤을 때는 의자에 앉아……, 아니, 의자에 쓰러져 계셨어요."

"틀림없습니까?"

"네, 틀림없어요."

미오가 대답하는 것과 동시에 오타는 자리에서 벌떡 일어섰다. 그리고 잽싸게 문을 열고 밖으로 나갔다.

아사오카 미오의 증언은 다른 댄서들이 차례차례 증언한 말에 의해 사실로 밝혀졌다. 특히 미오 일행 직전에 장화 신은 고양이 춤을 추었던 다카코라는 댄서가 분명하게 증언했다.

"네. 우리가 춤출 때까지 선생님은 통로에 서서 팔짱을 끼고 무대를 보셨어요. 주의를 받을 때, 나도 모르게 선생님 쪽을 쳐다봤기 때문에 분명하게 기억나요."

그녀 이외의 댄서들도 대개 비슷한 진술을 했다. 아무래도 가지타는 3막이 시작된 직후에는 계속 서 있었고, 미오 팀이 춤을 출 때에야 자리에 앉은 것으로 보였다.

"등에 난 상처의 위치를 봐도 의자에 앉은 순간, 어딘가에 붙여둔 독침에 찔렸을 가능성이 충분해요. 그에 비해 등 뒤에서 누군가 주사로 찔렀다는 건 의자 등받이가 걸려서 불가능하겠죠."

검은 테 안경을 쓴 감식과 직원은 직접 객석에 앉아가면서 설명했다. 그런 그를 가가와 다른 수사원들이 둘러선 채 지켜보았다. 벌써 자정이 지난 시각이어서 일단 관계자들은 귀가

시킨 뒤, 다시 한번 수사원들끼리 상황 검증을 한 것이다.

"독침 장치라……. 그걸 어떤 식으로 붙였을까."

도미이 경감이 혼잣말처럼 중얼거렸다.

"역시 상의에 붙였을 겁니다."

가가가 의견을 밝혔다. "의자에 붙여두는 방법도 있겠지만, 그래서는 자리에 앉기 직전에 가지타의 눈에 띌 우려가 있어요. 아마 상의 안감 속에 감춰두지 않았을까요? 그 옷이 젖어 있었던 것도 독침을 붙일 기회를 얻기 위한 거라고 생각하면 설명이 됩니다."

"동감이에요"라고 오타도 말했다.

도미이는 고개를 끄덕이고 감식과 직원을 보았다.

"찔리는 순간에 독이 들어가는 어떤 장치를 의류에 부착하는 게 가능할까?"

"검토해보겠습니다만, 가능할 것 같긴 합니다."

"그럴 경우에 옷을 입은 사람이 뭔가 이물감을 느끼지는 않을까?"

"물론 크기에 따라 다르기는 하겠지만, 그 상의는 블루종 재킷 타입이라 입고 서 있을 경우에는 등에 공간이 생겨요. 따라서 1센티미터 전후의 것이라면 알아차리지 못했을 겁니다. 게다가 방금 가가 형사의 말대로 안감 속에 감춰졌다는 건 꽤 설득력이 있어요. 그런 쪽으로 생각하면 다갈색 얼룩이 안감에는 묻었고 바깥쪽 천에는 묻지 않았던 것도 이해할 수 있습니다."

"흠, 그렇군. 그런 거였어."

도미이는 만족스러운 듯 몇 번이나 고개를 끄덕인 뒤 "언제 그런 걸 붙였는지는 일단 제쳐놓고 언제 그걸 떼어냈는지, 그거라도 좀 알아낼 수 있을까?"라고 수사원들을 둘러보며 말했다.

"근데 그게 아무래도 확실하지를 않습니다."

도미이 휘하의 팀 중에서는 중견에 속하는 형사가 입을 열었다. "사체를 옮길 때, 누가 상의를 벗기자고 했는지, 그리고 그 옷을 누가 어디로 가져갔는지, 그 점을 집중적으로 물어봤는데 아는 사람이 한 명도 없었어요. 다들 사체 쪽에 정신이 팔려서 다른 건 돌아볼 새가 없었던 거예요."

"그만큼 범인이 영악하게 움직였다는 얘기인가. 근데 그렇게 영악한 사람이 범행 장소는 상당히 경솔하게 택했단 말이야. 이런 좁은 곳에서 사람을 죽였으니 발레단 관계자 말고는 용의자가 없다는 걸 광고하는 셈이잖아. 그렇지?"

도미이의 말에 몇몇 수사관이 동의했다. 한정된 공간과 한정된 인원 속에서 일어난 사건이기 때문에 분명 그렇게 생각하는 것도 타당한 일이었다.

하지만 가가는 범인이 경솔하다고는 생각하지 않았다. 도미이는 발레계가 얼마나 폐쇄적인 세계인지 알지 못하는 것이다. 범인은 자신과 가지타가 마주치는 다양한 기회에 대해 충분히 검토한 끝에 공간적으로나 인간관계 면에서나 가장 넓은 곳이라고 생각해서 이번 장소를 선택한 게 틀림없었다.

3

"몸이 몹시 피곤하구나."

담뱃불을 재떨이에 비벼 끄고 다카야나기 시즈코는 한숨을 내쉬며 조수석의 아키코를 흘끔 보았다. 아키코는 아무 말 없이 고개만 끄덕인 모양이다.

"너희도 고단하지? 보통 때 같으면 공연 끝내고 푹 쉬었을 텐데."

시즈코는 뒷좌석의 미오 일행에게 말을 건넸다. 미오는 문에 기대고 있던 머리를 들고 "네, 조금"이라고 대답했다.

경찰의 진술 조사에서 풀려난 것은 자정이 가까운 시각이었다. 그래서 미오 일행은 집까지 다카야나기 시즈코가 운전해주는 차를 얻어 타게 되었다. 차에는 미오 외에도 아키코와 모리이 야스코가 함께 타고 있었다. 오늘 밤 아키코는 시즈코의 집에서 자고 갈 모양이었다.

"사건이 사건이니만큼 이 정도 시달리는 건 감수해야겠지."

시즈코의 목소리에서도 진한 피로가 묻어났다.

"선생님께는 어떤 질문을 했어요?"

미오 옆에 앉은 야스코가 등을 꼿꼿이 세운 채 물었다. 차에 탄 뒤로 계속 그 자세를 무너뜨리지 않았다. 손은 무릎 위에 얌전히 포개져 있었다.

"이래저래 질문을 많이 했어. 너희가 무대에 나가 있는 동안 나 혼자 그이들을 대응해야 했잖니. 하지만 아무 도움도 못 된 거 같아. 가지타 씨가 살해된 거, 뭐가 뭔지 전혀 짐작 가는 것 도 없는 데다 사건이 일어났을 때 나는 극장 사무실에 있었기 때문에 당시 상황을 설명할 수도 없었어."

"가지타 선생님 정말 살해된 거예요? 틀림없어요?"

아키코가 물었다. 시즈코는 담배에 손을 내밀어 다시 한 개 비를 입에 물고 불을 붙였다.

"아직 단언할 수는 없지만 틀림없대. 하지만 어떤 식으로 살 해되었는지, 그건 알려주지 않았어. 독살이라는 거 같던데, 뭘 먹은 것도 아닌 모양이고."

"진짜 믿을 수가 없어요."

야스코가 목이 멘 소리로 말했다. "가지타 선생님에게 원한 을 품은 사람이 있었다니."

미오도 말없이 고개를 끄덕였다.

우선 야스코의 맨션에 들러 그녀를 내려준 뒤, 자동차는 미오의 맨션으로 향했다. 미오는 얼마 전에 가가가 배웅해준 일이 머릿속에 떠올랐다.

지난번 사건과 이번 일을 경찰에서는 어떤 관계가 있다고 생각하는 걸까—. 그 점에 대해 시즈코에게 물어보니 그녀는 고개를 갸웃거린 뒤,

"관계가 없다고는 생각 안 하겠지."

라고 유난히 나지막한 목소리로 말했다. "하지만 그 사건과 이번 사건이 관계가 있을 리 없어. 그 사건은 그대로 해결된 거 잖아? 이제는 하루코의 정당방위를 인정하고 석방해주기를 기다리는 것만 남았어."

스스로 다짐하는 듯한 말투였다.

맨션에 도착해 자신의 방에 들어서자마자 미오는 옷도 갈아입지 않고 침대에 쓰러졌다. 다카야나기 시즈코의 말이 아니더라도 정말 몸도 마음도 지칠 대로 지쳤다. 솔직히 오늘 공연에서 자신의 춤은 형편없었다. 특히 3막의 플로리나 공주 부분은 야기유의 보조가 없었다면 여기저기 삐거덕거렸을 것이다.

미오만 그랬던 게 아니다. 대부분의 댄서들이 집중력을 잃고 생기 없는 연기를 하고 말았다. 물론 관객은 알지 못했겠지만 댄서들은 각자 통감하고 있었으리라.

그 속에서도 아키코와 곤노와 야기유 세 사람만은 자신의

실력을 남김없이 발휘했다. 무슨 일이 있어도 춤출 때는 무심해질 수 있는 것일까. 그렇기 때문에 프리마발레리나고, 프리미에르 당쇠르겠지만.

오늘 공연을 가지타 선생님이 봤다면 뭐라고 나무라셨을까. 프로로서의 자각이 부족하다고 고함을 치셨을까. 아니면 기초가 부족해서는 안 된다고 화를 내셨을까.

하지만 그런 가지타가 죽은 것이다.

대체 누가 그런 끔찍한 짓을 저질렀을까.

미오는 침대 위에서 몸을 뒤척였다. 그녀가 아는 한, 가지타는 발레에 인생을 걸었고 오로지 발레만을 사랑한 사람이었다. 그런 그를 대체 어느 누가 죽이고 싶을 만큼 미워했단 말인가.

역시 하루코의 일이 마음에 걸렸다.

다카야나기 시즈코는 그렇게 말했지만, 지난번 사건과 정말로 아무 관계가 없다고 단정할 수 있을까. 뭔가 관계가 있어서 그 복잡하게 뒤엉킨 실타래가 가지타의 죽음이라는 모양새로 나타난 건 아닐까.

미오는 어쩐지 점점 더 깊은 어둠으로 끌려들어가는 듯한 불안에 휩싸였다.

다음 날은 아침부터 비가 왔다. 추적추적 길게 내릴 듯한 비였다. 아아, 싫다, 라고 미오는 생각했다. 하필 이런 때에 비까지 내릴 건 뭐람.

미오가 다카야나기 발레단에 도착했을 때, 건물의 문은 폐쇄되고 그 앞에 기자인 듯한 사람들이 몰려와 있었다. 기자들은 그녀를 알아보자마자 무서운 기세로 다가와 코멘트를 청했다. 가지타 씨 사건에 대해 어떻게 생각하십니까, 그는 어떤 사람이었습니까, 지금의 심정은 어떠십니까, 등등. 조용히 시선을 떨어뜨린 채 문을 열고 안으로 들어갔다. 이봐요, 말 좀 해주세요, 잠깐, 이봐요. 허참, 고고하시네, 발레 댄서들은—. 그런 소리를 등지고 꼿꼿하게 걸었다. 쓸데없는 발언은 하지 말라고 어젯밤 다카야나기 시즈코가 못을 박았었다.

입구의 문을 열자 마침 사무실에서 가가 형사가 나오는 참이었다. 그는 아 하는 모양새로 입을 벌리고 오른손을 가볍게 쳐들었다.

"안녕하세요?"라고 미오는 인사를 건넸다.

"네, 안녕하세요. 어젯밤은 정말 힘들었죠? 잠은 잘 잤어요?"

미오는 어깨를 으쓱 쳐들고 눈을 감은 채 천천히 고개를 가로저었다. 그러시겠죠, 라고 가가는 울상을 짓는 표정을 보였다. 입 주위에 덥수룩하게 수염이 자라 있었다. 그 모습을 보고 경찰은 자신들보다 훨씬 더 힘든 거라고 미오는 해석했다.

"뭔가 알아냈어요?"라고 그녀는 물어보았다.

"아뇨, 아직 아무것도. 방금 사무실 직원에게 가지타 씨의 경력에 대한 자료를 정리해달라고 부탁하고 나온 참이에요."

가가는 엄지손가락으로 사무실 쪽을 가리키며 말하고는 미오의 손 쪽으로 시선을 던졌다. "무거워 보이는데, 들어드릴까요?"

그녀가 들고 있는 가방을 보고 말한 것이었다.

"아뇨, 괜찮아요."

미오가 사양하자 그도 그 이상은 권하지 않았다.

"전부터 생각했던 건데, 댄서들은 하루도 빠짐없이 연습을 하는군요. 지난번에도 그랬지만 사건 다음 날에도 쉬지를 않아요."

"그렇죠. 쉬는 건 없어요."

"전혀?"

가가는 놀란 모양이었다.

"네. 하루를 쉬면 그걸 회복하느라 한참 더 고생해야 하니까요."

미오는 딱 잘라 말했다. 처음부터 그렇게 배웠고, 스스로도 그렇게 생각했다.

"정말 엄격한 세계로군요. 아니, 그만큼 열정을 쏟는 건가?"

가가는 그렇게 말하고 한마디 덧붙였다. "부럽군요."

옛? 하고 미오는 그의 얼굴을 보았다. 그리고 저도 모르게 피식 웃음이 터졌다.

"왜요?"라고 그도 얼굴 표정이 풀어지며 물었다.

"지난번에도 그런 말을 했어요. 부럽다고."

맨션에 배웅해줄 때였다.

"아, 그랬던가?"라고 가가는 뺨을 슥슥 긁었다. 그러더니 그녀의 눈을 마주 보며 "하지만 진심으로 그렇게 생각해요. 어떤 일에 열정을 바친다는 건 그것만으로도 대단하죠. 요즘에는 그런 게 별로 유행하지 않지만, 나는 존경합니다"라고 말했다.

그의 눈빛은 날카로웠지만 자신의 감정을 전하려는 마음이 뜨겁게 담겨 있었다. 미오는 순수하게 고맙다는 대답이 흘러나왔다. 그리고 탈의실로 향했다. 도중에 한 차례 돌아보니 가가는 아직 그녀를 보고 있었다.

이상한 사람이네, 라고 미오는 생각했다. 뭔가 지금까지 한 번도 느껴본 적이 없는 공기 같은 것을 던져주는 사람이다.

탈의실에는 아키코와 야스코가 와 있었다. 두 사람 모두 간밤에 거의 못 잤다고 했다. 특히 야스코는 눈이 붉게 충혈되어 있었다. 아키코는 미즈와리*를 다섯 잔이나 마셔서 지금까지 속이 좋지 않다고 했다.

✦ 술에 물을 타서 마시는 음주 방법.

연습실에 가자 곤노와 야기유가 벌써 준비운동을 하고 있어서 미오 일행도 그들 곁으로 갔다.

"열심히 하는데?"라고 아키코가 두 사람에게 말했다.

"몸을 마구 움직이고 싶어서."

대답한 건 곤노였다. 벌써 이마에 땀이 흘렀다. "몸을 움직이면 안 좋은 생각이 날아가거든."

여자들은 고개를 끄덕였지만, 야기유는 "나는 아냐"라면서 바닥에 책상다리를 틀고 앉았다.

"내 머릿속은 어제의 사건으로 꽉 차 있어. 정확히 말하자면 하루코의 일과 어제의 사건이지. 그밖의 일에는 요만큼도 관심이 없어."

"우리가 생각해봤자 아무 소용도 없어."

"아니지, 우리가 생각하지 않으면 누가 생각해? 형사가? 그 사람들이 뭘 알겠어? 아무것도 모른다고. 무능한 작자들이라 여태까지 하루코의 정당방위조차 증명을 못 하고 있잖아."

"야기유 군은 좋은 생각이라도 있어?"

이야기를 듣고 있었는지 조금 떨어진 곳에서 야스코가 물었다.

"있죠"라면서 야기유는 콧방울을 벌름거렸다. "나는 그 가자마라는 남자―, 지난번에 여기에 몰래 들어온 그 남자 말이야, 그자와 가지타 선생님을 죽인 범인이 친구 사이일 거라고 생각해요."

곁에 있던 댄서들이 일시에 동작을 멈추었다. "무슨 소리야?"라고 아키코가 물었다.

"무슨 소리는요, 말 그대로예요. 그 가자마라는 남자도 가지타 선생님을 죽이려고 침입했던 거예요. 근데 하루코한테 들키는 바람에 그만 엉뚱한 결과가 나온 거지."

"그래서 그 사람의 친구가 대신 선생님을 살해했다는 거야? 그럼 가자마의 친구라는 사람이 우리들 중에 있다는 얘기잖아."

곤노가 연습실을 한 바퀴 둘러보며 말했다.

"마지막 총연습 때는 무대 장치나 조명을 맡은 사람들도 있었어요. 하지만 뭐, 나는 우리 쪽 사람이라고 생각해요."

그렇게 말하는 야기유의 목소리는 역시 미오 일행에게만 들리도록 작게 낮춰져 있었다.

"하지만 아무도 가자마라는 사람을 모른다고 했어."

야스코의 말에 저절로 웃음이 터진다는 듯 야기유의 뺨이 풀어졌다.

"야스코 씨는 여전히 순진하군요. 그거야 당연히 거짓말이죠. 누가 사실대로 말하겠어요?"

"하지만 증거가 없잖아?"라는 곤노.

"물론 지금으로서는 없지. 하지만 어떻게든 찾아낼 거야. 내가 지금 주목하고 있는 건 미국 쪽이야."

"그 가자마라는 사람이 2년쯤 뉴욕에서 살았다고 했지? 그
렇다면 경찰에서도 조사하고 있을 거라고. 마침 그때쯤에 뉴
욕에 있었던 게 나와 가지타 선생님이니까 더욱더 꼼꼼하게
수사할 거야."

"그건 나도 알지."

야기유는 빤한 얘기를 듣는 건 재미없다는 듯이 일부러 목
덜미 근처를 긁적였다. "곤노 씨는 계속 뉴욕에 있었지만, 가지
타 선생님은 다른 곳도 돌아다녔다는 얘기를 들은 적이 있어.
경찰은 가자마라는 남자와의 접점이라는 것 때문에 뉴욕에만
집착하는 모양인데, 나는 조금 생각이 달라."

"뉴욕이 아닌 다른 곳에서 선생님과 가자마가 만났을지도
모른다는 얘기?"

"이를테면 그렇다는 얘기야. 그런 경우를 경찰은 놓치고 있
거든. 나는 그쪽으로 방향을 잡고 조사해볼 거야. 가자마가 침
입한 이유가 선생님을 죽이기 위해서였다는 게 판명되면 하루
코는 틀림없이 무죄니까."

"그러면 동료를 의심하는 일이 될 텐데?"

곤노가 야기유를 노려보았다.

"그런 소리 할 때가 아니지. 선생님이 그런 변을 당한 상황
이야. 어차피 의심한다는 말을 들을 거, 차라리 당당히 밝히고

캐보는 게 낫겠지. 내가 할 거야, 하루코를 위해서. 앞으로는 모두를 의심할 거니까, 잘 부탁해요."

그렇게 말하더니 야기유는 쓰윽 일어나 빙글빙글 돌면서 건너편 벽으로 다가갔다. 그 모습을 지켜보며 곤노가 한숨을 내쉬었다.

"기운이 넘치는 녀석이네. 저런 열의를 춤추는 쪽으로 발휘했다면 나는 도저히 못 당했을 거야."

미오를 포함한 여자들은 내내 아무 말도 하지 못했다.

10시가 되자 항상 하던 대로 수업이 시작되었다. 가지타가 없어도 그밖에 발레 마스터 한 명, 발레 미스트레스(여성 교사) 세 명이 있고 어시스턴트도 있다. 따라서 연습에는 별다른 지장이 없었지만 역시 뭔가 부족한 느낌이 들었다. 긴장된 분위기 때문에 차이가 나는 건지, 아니면 단순히 있어야 할 사람이 없는 데서 오는 위화감인지 알 수 없었다. 어느 쪽이건 하루빨리 이 분위기에 익숙해져야 한다는 것이 현재 다카야나기 발레단 전원에게 부과된 숙제였다.

레슨은 바를 이용한 연습에서부터 시작한다. 무릎을 굽히는 플리에 동작에서부터 발끝으로 바닥을 쓸 듯이 다리를 길게 펴는 바트망 탕뒤, 이어서 발끝으로 반원을 그리는 롱드 장브 아테르─. 연습은 항상 오른쪽부터 시작하고 그다음에 왼쪽을 반복한다.

미스트레스 나카노 다에코가 미오에게로 다가왔다. 카세트에서 흘러나오는 음악에 맞추어 정확하게, 그리고 날카롭게 자르듯이 다리를 움직였다. 어제보다는 상태가 좋다, 라고 미오는 생각했다. 팔다리가 유연하게 뻗어나간다는 자각이 있었다.

하지만 그렇게 생각하며 다음 동작으로 옮겨가려고 했을 때, 갑자기 코가 꽉 막히는 듯한 느낌이 들었다. 이어서 목 근처가 뻐근해졌다.

앗, 하고 미오는 입 안에서 조그맣게 부르짖었다. 머리 전체가 불쾌한 묵중함에 휘감겼다. 코가 막혀서 괴로웠다. 서 있기가 고통스러웠다.

내가 휘청거리고 있어—.

"미오!"

멀리서 부르는 소리가 들리고 누군가 붙잡아주었다. 미오는 더 이상 견딜 수 없어서 몸을 맡기고 눈을 감았다. 주위에 있던 동료들이 황급히 다가오는 것을 바닥의 울림으로 느꼈다.

바닥에 눕혀졌다. 누군가 맥박을 짚고 있었다. 웅성거림이 먼 곳에서처럼 들려왔다.

난 괜찮아요, 라고 말한 뒤 미오는 눈을 떴다. 걱정스럽게 들여다보는 눈이 있었다. 가가 형사였다. 그가 맥박을 짚고 있었다. 왜 이 사람이 여기에 있는 거지?

미오는 다시 눈을 감았다. 그러는 게 상대도 편할 것 같았다.

머리가 무거웠다.

이윽고 누군가 껴안고 일어서는 느낌이 들었다. 옮겨지고 있다. 연습실을 나가는 것이다. 등에 따스한 손의 감촉이 느껴졌다.

소파에 눕혀졌다. 연습실 옆의 휴게실인 것 같았다. 사람들이 다급하게 움직이는 기척이 들렸다.

"괜찮을 겁니다."

문득 소리가 들렸다. 가가의 목소리였다. 미오는 눈을 떴다. 바로 옆에 가가가 앉았고, 그 반대편에 있는 사람은 미스트레스 나카노 다에코였다. 그녀는 미오의 얼굴을 들여다보며 "괜찮아?"라고 걱정스럽게 양 눈썹 끝을 늘어뜨리고 있었다.

"네, 이제 괜찮아요. 레슨 받으러 가야죠."

일어나려는 그녀를 가가와 다에코가 붙잡았다.

"지금 의사를 불렀으니까 진찰 받아본 뒤에 하는 게 좋아요."

"그래, 무리할 거 없어. 하지만 다행이다. 난 또 미오까지 무슨 일 난 줄 알았어."

또 살해되는 줄 알고 놀랐다는 뜻인 모양이다.

"아직 안심할 수는 없어요. 지금까지 이런 식으로 쓰러진 적

136

이 있었어요?"

"아뇨"라고 미오는 가가에게 대답했다.

"연습 전에 뭘 먹지 않았어요? 집에서 나온 뒤에."

"아뇨, 아무것도."

"지금 어딘가 불편한 데는 없어요?"

"없어요. 괜찮습니다."

그러자 가가 형사는 복잡한 표정으로 고개를 갸웃거린 뒤, 아무튼 의사를 기다려보자고 말했다.

의사는 금세 나타났다. 머리가 벗겨지고 금테 안경을 썼다. 그야말로 동네 의사 분위기의 남자였다. 그는 간단히 진찰을 해보더니 밖에서 기다리고 있던 가가 일행을 불렀다.

"가벼운 빈혈 같군요. 피곤이 겹친 탓이에요"라고 의사는 말했다. "간밤에 잠도 못 잤다고 하고, 잠시 쉬게 해주면 별문제는 없을 겁니다."

가가도 다에코도 그 말을 듣고 안심한 모양이다.

"그럼 나는 이만 가볼게요. 다른 볼일이 있어서."

가가는 다에코에게 말하고는 미오 옆으로 다가와 "이 참에 좀 쉬지 그래요? 절호의 기회인데"라고 말했다. 그 말투가 재미있어서 미오는 가만히 웃었다.

가가가 나가는 것을 지켜본 뒤에 다에코가 물었다.

"저 형사, 아까 갑자기 뛰어들었어. 생각나?"

"뛰어들어요?"라고 미오는 되물었다.

"네가 쓰러지려는 순간에 바로 옆에 있던 사람보다 더 빨리 뛰어왔다니까. 아마 밖에서 미오가 춤추는 걸 내내 지켜봤던 가 봐."

"네에……."

미오는 가슴에 걸쳐 있던 담요를 슬쩍 끌어당겼다.

4

가지타 야스나리가 살해됐다는 말을 들은 순간, 사이토 하루코는 길쭉한 눈을 큼직하게 뜨더니 그대로 얼어붙은 것처럼 표정이 굳어버렸다. 그러고는 천천히 눈을 아래로 떨구며 고개를 저었다.

"설마, 어떻게 그런 일이……"라고 그녀는 중얼거렸다.

"〈잠자는 숲속의 미녀〉 공연의 마지막 총연습을 하던 중에 살해됐어요. 자세한 건 아직 보고가 들어오지 않았지만 십중 팔구 독살이죠. 독극물이 묻은 바늘에 찔렸어요, 오로라 공주처럼."

도미이가 설명했다. 이 경감은 가끔 이런 식으로 자극적인 비유를 쓰는 일이 있다.

"대체 누가 그런 짓을?"

"아직 모르지. 우리가 그래서 찾아왔어요. 하루코 씨라면 뭔가 알지도 모른다고 생각해서. 어때요, 짐작 가는 거 없어요?"

도미이의 물음에 하루코는 호흡을 가다듬듯이 가슴을 몇 차례 들먹거린 뒤에 "없어요"라고 대답했다. "가지타 선생님이 살해되다니…… 나는 아무것도 생각나는 게 없어요."

"흠."

도미이는 볼펜 끝으로 책상을 톡톡 치면서 하루코의 표정을 살피고 있었다. 사실대로 말하는지 어떤지, 자신의 경험에 비춰보고 있는 게 틀림없다. 하루코는 이미 이런 상황에 익숙해졌는지 감정이 사라진 얼굴을 숙인 채 침묵하고 있었다. 도미이의 뒤쪽에 선 채로 가가는 그런 두 사람의 모습을 조용히 지켜보았다.

샤쿠지이 경찰서의 취조실 안이었다. 사이토 하루코를 한번 만나봐야겠다면서 도미이가 가가를 데리고 찾아온 것이다. 샤쿠지이 경찰서에서도 지난번 사건이 가지타 살해 사건과 분명 관계가 있다고 판단한 것 같았다.

하루코는 일주일 동안 유치장 생활을 한 사람치고는 그리 추레한 모습은 아니었다. 아무래도 약간 여위기는 했지만 안색은 나쁘지 않았다. 화장기 없이 긴 머리를 뒤로 땋아 내렸지만 하루코의 미모는 그대로였다.

"죽은 가자마 도시유키에 대해 하루코 씨는 전혀 모르는 사람이라고 했다던데요."

"네, 모르는 사람이에요."

"가자마의 머리를 내리친 뒤에 하루코 씨는 정신을 잃었고, 그때에 가지타와 다카야나기 시즈코 씨가 돌아왔다고 진술했지요?"

"네."

"그때 가지타 씨는 가자마를 발견하고 어떤 반응을 보였어요?"

"어떤 반응……."

"아는 사람인 것 같은 느낌이었다든가."

하루코는 잠시 생각해보는 것 같았지만 결국 고개를 저었다.

"아뇨, 그런 느낌은 없었어요. 그 남자를 보자마자 '누구야, 이 사람?'이라고 하셨던 게 생각나요."

"누구야, 이 사람……, 이라."

도미이는 다시 몇 가지 질문을 던진 뒤에 가가 옆에서 듣고 있던 샤쿠지이 경찰서 형사에게 고개를 끄덕였다. 그러자 그 형사가 하루코를 데리고 나갔다. 도미이와 가가는 형사과 사무실로 자리를 옮겼다.

도미이가 형사과장에게 보고하자 뚱뚱한 과장은 의자를 권하며 물었다.

"그래서 어때요, 감이 좀 잡혀요?"

"아직은 좀 애매하네요. 내 감으로는 가지타 살인에 대해서는 정말 아무것도 모르는 거 같긴 한데."

"그래요?"라고 대답하는 형사과장은 뭔가 못마땅한 표정이었다. 이번 사건을 계기로 지난번 사건까지 분명하게 매듭이 지어지기를 내심 바랐을 것이다.

그런 눈치를 채고 도미이는 앞으로 사이토 하루코에 대해서는 어떻게 처리할 거냐고 물었다.

"아무튼 구류 기한까지 계속 가자마와 관련한 조사를 해야죠. 뉴욕에서 날아올 정보에 기대를 걸고 있는데, 글쎄, 어떻게 될지."

형사과장이 그렇게 말한 것은 오늘 아침에 드디어 뉴욕으로 수사원이 파견되었기 때문이다.

경찰청, 경시청 수사1과, 샤쿠지이 경찰서에서 각각 한 명씩 차출되었다.

가가와 도미이가 시부야 경찰서 수사본부에 돌아와보니 마침 부검 소견서가 도착해 있었다. 사인은 역시 급성 니코틴 중독이었다. 등에 난 상처를 통해 주입되었다는 것도 틀림없는 모양이었다. 옷에 묻어 있던 얼룩이 니코틴 농축액이라는 건 이미 감식과에서 보고가 들어왔다.

"독침을 어떻게 부착했는지, 알아냈어?"

칠판과 가장 가까운 의자에 앉은 도미이가 물었다. 검은 테 안경의 감식과 직원이 일어서서 칠판의 분필을 집어 들었다.

"부검 소견에 의하면 등의 상처는 그다지 깊지 않습니다. 주사 바늘이 3밀리미터쯤 살갗에 들어간 정도였어요. 그래서 우리는 이를테면 이런 게 아닐까 하고 추측해봤습니다."

그가 칠판에 그린 것은 두 장의 둥근 판 사이에 작은 타원형 캡슐을 끼운 모양이었다. 위쪽의 둥근 판 가운데에 짧은 주사 바늘이 튀어나와 있었다.

"이 캡슐에 독약을 넣습니다. 그리고 주사 바늘은 이 캡슐과 연결되어 있어요. 여기서 주사 바늘에 힘이 가해지면 캡슐이 두 장의 판에 눌려 안에 든 독약이 주사 바늘 끝으로 밀려 나오는 거죠."

그의 설명에 수사원 전원이 고개를 끄덕였다. 간단하면서도 효율적인 방법이었다.

"그걸 얼마나 작게 만들 수 있을까?"라고 도미이가 물었다.

"바로 그 점이 문제인데요, 니코틴의 양을 통해 추정해보면 1센티미터 전후의 두께까지 줄일 수 있습니다."

그 크기를 손가락으로 만들어보며 도미이는 중얼거렸다.

"음, 이 정도면 충분히 가능하겠군."

"니코틴 농축액과 그 주사 바늘의 출처를 찾아가면 답이 나올 것 같은데요"라고 오타가 말했다.

"그렇지. 어때, 그런 쪽으로도 조사해봤나?"라고 도미이는 감식과 직원을 보았다.

"네, 상처를 통해 추정해보면 바늘은 지름 0.5밀리미터 전후로 생각됩니다. 일반 의료에서 사용되는 건 물론이고, 곤충채집 세트 등에도 이런 주사 바늘이 들어 있어요. 니코틴 농축액은 일반 담배를 물에 담가서 만들었을 겁니다."

"흠, 니코틴은 누구라도 만들 수 있다는 얘기군. 그렇다면 주사 바늘 쪽에 중점을 두고 진행해야겠어."

"그리고 가지타의 겉옷이 어떻게 옮겨졌는지도 알아봐야 합니다."

오타의 말에 도미이는 생각난 듯이 고개를 끄덕였다.

"그래, 그거. 뭐가 알아낸 게 있나?"

"몇 명의 댄서들이 진술한 것을 종합해보면, 가지타의 겉옷을 분장실 복도 가에 넣어둔 것은 총연습이 시작된 직후부터 2막이 끝난 직후까지예요. 가지타가 그 옷을 다시 입은 건 2막이 끝나고 휴식 시간에 들어갔을 때입니다. 가지타가 젊은 여성 댄서에게 옷을 가져오라고 했다고 합니다. 그러니까 그 옷에 뭔가를 붙이는 작업을 했다면 총연습 시작에서부터 2막이 끝날 때까지, 그사이였다는 얘기죠."

"그 시간에 각 단원들이 어떻게 움직였는지 반드시 밝혀내야겠군."

그 점도 내일부터의 과제에 더해졌다.

이어서 가지타의 인간관계를 담당한 수사원의 보고가 있었다. 결론부터 말하면 평소의 교제 범위가 지극히 협소했다는 얘기였다. 다카야나기 발레단과 무대 관계자를 빼고는 거의 사귀는 사람이 없었다. 발레학교의 교사도 겸하고 있었지만, 상급 클래스만 맡았던 데다 이쪽 학생들도 공연을 도와주는 팀이었다. 즉 그 마지막 총연습 때 함께 있었던 사람들이 그가 아는 모든 사람이었다.

"가지타가 사는 맨션의 주인도 만나봤지만 전혀 교제는 없었습니다. 단지 얼굴이 마주치면 공손하게 인사를 해서 좋은 느낌을 받았다는 얘기는 하더군요. 하지만 가지타가 발레 교사라는 것도 이웃에서는 알지 못했어요."

"여자가 드나들었다는 얘기는 없었어?"

"여자뿐만 아니라 사람이 드나든 일 자체가 없었다고 옆집에 사는 사람이 말했어요."

어떻게 인간관계가 씻은 듯이 하나도 없는 거야, 라고 도미이는 투덜거렸다.

발레단 사무국에 대한 탐문 수사는 오늘 가가와 오타가 다녀왔다. 댄서들과 마찬가지로 사무국에서도 가지타에 대해 나쁘게 말하는 사람은 없었다. 가지타의 경제 상태도 조사했지만 특히 마음에 걸리는 점은 없었다. 그는 다카야나기 발레학교의 교사이기도 해서 월급이 다달이 그의 통장으로 입금되는데 아직까지 한 번도 월급을 미리 당겨다 쓴 적도 없다는 이야기였다.

"가지타는 친척도 없다고 했지?"

도미이가 물었다. "그의 사망으로 유산이나 보험금을 상속하게 되는 사람도 없는 셈이야."

"생명보험에는 가입했는데 부상으로 발레를 가르칠 수 없을 때를 대비할 목적이었어요"라고 가가는 대답했다.

"가지타의 죽음으로 이익을 보는 건 누굴까?"

다른 수사원이 중얼거렸다. 아무도 대답하지 못하고 침묵만 이어졌다.

"이런 쪽은 어떨까요?"

가가는 마음먹고 의견을 발표해보았다. "가지타는 실질적으로 다카야나기 발레단을 장악하고 있었어요. 연출가이자 안무가이기도 했으니까요. 그러니 그의 예술성이나 재능에 대해 혹시 불만이 있어도 아무도 그를 거스를 수 없었을 겁니다. 하지만 그가 사망하면 얘기가 달라지겠죠."

"가지타 대신 그 자리를 차지하려고 한 사람이 있었다?"라고 오타가 말했다.

"하지만 그런 게 살인 동기가 될까?"라고 다른 형사가 말했다. 몇 사람이 그 말에 고개를 끄덕였고, 다시 몇 사람인가는 생각에 잠긴 표정이었다.

"그럴 수도 있어요, 발레의 세계에서라면."

오타가 도미이 쪽으로 몸을 내밀며 말했다. "그 사람들은 예술에 목숨을 겁니다. 자신의 주장을 관철시키기 위해서라면 살인도 불사할 거예요."

"그새 발레 쪽으로 아주 빠삭해졌네?" 도미이가 쓴웃음을 지었다.

"좋아, 오타와 가가는 그쪽으로 조사해봐."

그날 밤 가가는 시부야 경찰서를 나서자 이케부쿠로에서 오이즈미가쿠엔으로 갔다. 다카야나기 발레단에 가려는 게 아니다. 댄서들이 자주 가는 〈NET BAR〉라는 가게로 향한 것이다.

문을 열고 들어서자 안에 다섯 명의 손님이 있었다. 테이블에 네 사람, 카운터에 한 사람. 가가는 버번 록을 주문하고 지난번과 마찬가지로 카운터 자리에 앉았다.

"오늘 밤에는 발레 하는 친구들은 안 왔어요?"

가가의 말에 마스터는 흘끔 카운터 구석으로 시선을 던졌다. 그와 동시에 그쪽에서 술을 마시고 있던 여자가 고개를 들고 가가를 보았다.

아, 하고 여자는 놀란 얼굴이었다. "아까 아침에 고마웠어요"라고 살짝 머리를 숙이며 인사를 건네왔다.

발레 미스트레스 나카노 다에코였다. 오늘 아침, 미오가 쓰러졌을 때 곁에 함께 있었던 사람이다.

"아, 선생님이었군요. 혼자 오셨어요?"

"네."

"그럼 잠깐 이야기 좀 해도 될까요?"

"그건 괜찮지만 나한테서는 아무 정보도 안 나올 텐데요."

"아뇨, 그런 거 아니에요."

가가는 의자에서 일어나 다에코 옆자리로 옮겨 앉았다. 마스터가 온더록스 잔을 그 앞에 놓아주었다. 잔을 들어 한 입 마신 뒤에 가가는 용건에 들어갔다.

그의 말을 듣자마자 "가지타 씨의 철학?"이라고 다에코는 되물었다.

왼손으로 뺨을 괸 채 고개를 갸우뚱하고 있었다. 코가 유난히 높아서 인도의 미인을 떠올리게 하는 얼굴이다. 눈 주위의 주름을 보면 이미 중년에 접어든 나이일 텐데도 피부가 처지는 등의 흔적은 전혀 보이지 않았다. 항상 몸을 단련하기 때문일 것이라고 가가는 해석했다.

"철학이라고 하면 너무 거창한가요? 달리 말하면 신념이라고 할까, 아무튼 가지타 씨가 연출이나 안무를 짤 때 바탕이 되는 생각을 말하는 거예요."

가가는 단어를 신중하게 골라가며 설명했다.

"아휴, 어려운 질문을 하시네요."

다에코는 미간에 주름을 잡았지만 입가는 웃고 있었다.

"제가 생각해도 어려운 질문이군요. 처음에는 그리 어려운 질문도 아니라고 생각했는데. 대답하시기가 어렵습니까?"

"아니, 대답하기 어렵다기보다……."

다에코는 여전히 팔을 괸 채 브랜디를 입 안에 머금었다. 손 끝의 매니큐어가 깜짝 놀랄 만큼 새빨간 색깔이었다.

"대답하기 어렵다기보다 대답을 할 수 없는 질문이에요. 솔직히 우리는 아무도 그 사람의 머릿속에 그려진 이미지를 파악하지 못해요. 굳이 말하자면 그 사람의 머릿속에서는 음악과 영상이 완벽하게 일체가 되어 있고, 그것과 똑같은 것을 몸으로 표현하려고 했다고 할까, 아니면 눈으로 음악을 전달하려고 했다고 할까. 가가 씨는 혹시 〈판타지아〉라는 영화, 알아요?"

"디즈니의?"

"네, 그 영화가 바로 그런 거였어요. 약간의 스토리도 있지만 가장 중요한 건 영상과 음악의 융합이었죠. 가지타 씨는 그 영화를 좋아했어요. 그런 세계를 발레로 그려내려고 했죠. 그래서 그가 안무를 짤 때는 복잡한 내면 묘사 같은 건 철저히 배제했어요. 그가 요구하는 건 정확한 동작뿐. 자신이 원하는 영상을 만들어내기 위해 댄서들이 각자 하나의 부품처럼 움직여주기를 바랐어요."

"그렇다면 아무래도 불만도 나오지 않았을까요? 다른 뭔가를 표현하려고 했던 무용수라면."

"아이, 그렇지도 않은데?"

그렇게 말하고 다에코는 브랜디를 마시고 빈 잔을 마스터에게 건넸다. 혀가 잘 돌아가면 친근한 말투로 바뀌는 모양이었다.

"가지타 씨의 요구가 얼마나 까다로운지, 정말 굉장했어. 하라는 대로 동작을 취하는 것만으로도 너무 바빠서 도저히 내 머리로 뭔가 생각할 여유가 없어. 그리고 그런 식으로 연습해서 드디어 완성이 되면 그게 또 아주 훌륭한 거야. 음악과 몸동작이 완벽하게 어우러져서 그야말로 정신없이 몰입하는 거지. 무엇을 호소하는 건지는 분명하지 않지만, 아무튼 보기에 기분 좋은 춤─, 그게 가지타 씨의 춤이야. 그렇게 멋있다는 걸 다 아니까 댄서들도 불만이 있을 수 없지."

다에코가 건넸던 술잔에 어느새 브랜디가 채워져 있었다. 그것을 번쩍 쳐들어 입에 옮기더니 그녀는 빙긋이 웃었다.

"정말 대단한 분이었던 모양이군요."

솔직한 감상을 가가는 말했지만,

"대단하지. 하지만……."

이라고 다에코는 고개를 갸웃했다. "겉으로 보기에는 그냥 평범한 사람이에요. 사람 좋은 아저씨 같은 느낌? 댄서들을 누구보다 소중하게 생각했어요. 특히 자기 마음에 드는 아이는."

"마음에 드는?"

가가는 기울이던 술잔을 내려놓고 그녀를 보았다.

"아니, 무슨 이상한 뜻은 아니고"라고 다에코는 말했다. "가지타 씨에게 댄서는 발레 작품을 만들기 위한 부품이었으니까 아무래도 자신의 이미지에 맞는 댄서가 좋았겠죠. 그런 의미에서 마음에 든 사람이라는 뜻이에요."

"주문이 정말 까다로웠던 것 같군요. 가지타 씨에게 이상적인 댄서란 어떤 사람이었지요?"

"내면적인 건 바라지 않았으니까 전적으로 겉모습의 조건이 뛰어난 댄서였어요."

"이를테면 어떤 타입?"

"그야 첫째로는 마른 사람."

다에코는 시원하게 말했다. "그것도 철저하게 마른 사람. 마르면 마를수록 좋은 거예요."

"마른 사람을 좋아했다고요?"

"좋아했다기보다 그게 세련된 육체의 상징이라고 생각한 거예요. 여성 본래의 곡선을 가진 통통한 몸은 그에게는 게으름을 보여주는 것일 뿐이었어요. 가느다란 몸이 좀 더 가볍게 움직일 수 있다는 이론도 신봉했던 것 같고."

다에코의 말투에는 명백히 가지타에 대한 비난이 숨어 있었다.

"그럼 여성스러운 체형을 가진 사람은 힘들었겠네요."

"그의 눈높이에 맞추기 어렵다는 점은 분명 있었겠죠."

다에코는 곁에 놓인 가방에서 담배를 꺼내더니 은색 라이터로 불을 붙여 맛나게 피웠다. 그리고 다시 가가 쪽을 향해 턱을 짚었다.

"가지타 규격이라는 게 있었어."

"가지타 규격?"

"네. 다리 모양은 이렇고, 몸은 이 정도는 말라야 하고, 얼굴은 이런 모습, 하는 식으로. 구체적으로는 아키코 같은 타입이죠. 그녀는 발레 테크닉도 일류급이지만 그 가지타의 규격에 맞는 댄서이기도 했어요. 그런데도 가지타 씨는 아키코에게 조금만 더 마르면 완벽할 거라고 늘 말하곤 했다니까."

가가는 아키코를 머릿속에 떠올렸다. 그의 기억으로는 다카야나기 아키코는 충분히 가녀린 몸매였다.

"아름답게 마른 몸매였는데요?"

"여성으로서는 그렇겠죠"라고 나카노 다에코는 말했다. "하지만 댄서로서는 불충분하다는 게 가지타 씨의 생각이었어요. 해골처럼 마른 여자가 그의 이상형이었으니까."

어휴, 하고 가가는 한숨을 내쉬었다.

"다이어트가 필요했겠군요."

"상식이죠, 그건."

다에코는 진지한 표정으로 말했다. "대부분의 댄서가 다이어트를 해요. 특히 어떻게든 가지타 씨의 마음에 들려고 하는 애들은 거의 단식 수준이에요. 가지타 씨가 그런 걸 강요한 적은 내가 아는 한, 한 번도 없어요. 하지만 댄서들은 스스로 알아요. 그가 어떤 몸매를 원하는지. 사실 생각해보면 정말 위험한 일이에요. 정확한 지시가 없으니 댄서들은 대체 언제까지 감량을 계속해야 하는지 갈피를 못 잡게 되거든."

"정상이라고는 할 수 없는 상태군요. 그런 무리한 다이어트는 결국 부작용을 낳을 텐데요."

"당연히 부작용이 있죠. 사실 이런 이야기는 하고 싶지 않지만……."

나카노 다에코는 담배를 두세 번 연이어 빨더니 그 연기의 행방을 응시했다. 신중하게 말을 고르는 것처럼 보였다.

"뭐, 당연한 증상이 나왔다고나 할까"라고 그녀는 말했다.

"영양실조라든가?"

가가의 물음에 그녀는 고개를 끄덕였다.

"그리고 생리불순, 피로가 쉽게 회복되지 않고, 부상이 잦고, 말하자면 그런 정도?"

152

"그런데도 계속 다이어트를 해야 했군요."

"가지타 씨에게 인정받으려면 그럴 수밖에 없으니까요."

다에코는 담뱃갑과 라이터를 가방 안에 챙겨 넣더니 "이런 얘기, 이제 그만하죠"라고 말했다.

"앞으로는 누구에게 인정을 받아야 할까요."

가가는 물었다. "가지타 씨가 세상을 떠나셨으니까 이제 누군가가 그 일을 이어받겠지요?"

그러자 다에코는 높은 콧날을 양손 사이에 끼우듯이 눈두덩을 꾹 누르며 입에 엷은 웃음을 띠었다.

"연출이나 안무라는 이름이 붙은 일을 누군가 대신하게 되긴 하겠죠. 하지만 다카야나기 발레단이라는 큰 배의 키를 조종하는 역할까지 맡을 수는 없을 거예요."

"그 키를 당신이 잡을지도 모르겠네요."

"나? 어휴, 말도 안 돼."

그렇게 말하더니 다에코는 재떨이에 담배를 비벼 끄고, 브랜디가 반쯤 남은 잔을 버려둔 채 자리에서 일어섰다. "그럼 이만 실례할게요."

"아, 죄송하지만 한 가지만 더 말해주세요."

다에코가 가가의 뒤쪽으로 나가려고 하는 바람에 그는 의자를 돌려 그녀를 불러세웠다. 다에코는 몸을 돌려 카운터에 팔꿈치를 짚었다.

"뭐죠?"

그녀도, 라고 가가는 말했다. "그녀도 그런 일이 있었습니까?"

다에코는 누구를 가리키는 말인지 언뜻 알아듣지 못한 듯했지만 가가의 눈을 바라보는 사이에 생각이 났는지, 아아, 하고 고개를 끄덕였다. "아사오카 미오 말이구나?"

"아까 그 다이어트 이야기가 마음에 걸려서요."

"아, 그게⋯⋯."

다에코는 시선을 아래로 떨어뜨린 채 눈을 깜빡이고 나서 다시 그를 보았다. "오늘 같은 일은 처음이었지만, 연습하다가 갑자기 멈춰 서는 일이 두어 번 있었어요. 미오 얘기로는 앉았다 일어나면서 잠깐 현기증이 났다고 했죠. 아무튼 내가 아는 한에서는 미오는 무모한 다이어트는 한 적이 없어."

"⋯⋯그렇군요."

다에코의 말에 가가는 저도 모르게 안도의 한숨을 내쉬었다. 그것을 눈도 빠르게 알아본 다에코가 짓궂게 그의 얼굴을 들여다봤다.

"가가 씨, 미오가 마음에 든 모양이네요?"

가가는 슬그머니 시선을 돌렸지만 곧바로 다시 다에코 쪽으로 향했다.

"아름다운 분이라고 생각했어요"라고 가가는 단호한 어조로 말했다. "그녀의 '흑조'를 봤거든요. 솔직히 눈도 마음도 빼앗겼습니다."

다에코는 눈가에 주름을 잡으며 웃었다. 그것은 오늘 밤 그녀가 보인 어떤 웃음보다 멋있었다.

"미오에게 전해줄게."

"흑조에 관한 얘기는 내가 직접 말했어요."

"아름다운 아가씨라는 건?"

"그건 그냥 우리끼리만 아는 얘기로 해주세요."

"아이, 아까워라. 난 그걸 말해주고 싶은데."

다에코는 과장스럽게 낙담하는 척하더니 약간 진지한 표정으로 돌아와 "그래, 미오는 신비한 애야"라고 말했다.

"평소 모습을 보면 도저히 '흑조' 오딜 역 같은 건 어울릴 것 같지 않죠. 오딜이라는 건 '백조' 오데트 공주로 변장해서 왕자의 마음을 빼앗으려는 악역이니까. 그래서 가끔 이런 생각이 들어요. 미오라는 아이가 사실은 마음속에 몹시 강한 심지 같은 걸 갖고 있는 게 아닐까 하는."

가가는 미오의 모습을 머릿속에 떠올렸다. 흑조의 그녀와 지난번에 본 플로리나 공주의 그녀가 그의 머릿속에서 교차했다.

"그럴지도 모르겠네요"라고 가가는 말했다.

"틀림없다니까."

그렇게 말하고 다에코는 마스터와 눈짓을 나누더니 가방을 어깨에 걸고 자리를 떴다. 그 뒷모습을 지켜본 뒤에 가가는 버번을 한 잔 더 주문했다.

5

〈백조의 호수〉 1부를 이용한 기본 레슨―.

오른발 앞으로 시작한다. 공중에서 다리를 교차하는 앙트르샤 쿠트르, 5번 포지션으로 마무리한다. 5번은 가장 중요한 포지션으로 양 발목을 바깥쪽으로 180도 벌리고 그대로 한쪽 다리를 다른 쪽 다리 앞에 일직선으로 어긋나게 놓는 형태다. 발끝이 다른 쪽 발의 뒤꿈치에 닿게 된다.

왼다리로 반복한 뒤에, 5번 포지션에서 무릎을 구부렸다 다시 펴면서 다리를 벌려 발끝으로 서는 에샤페 4회.

콤비네이션 전체를 4회 반복한다.

오늘은 컨디션이 좋아, 라고 미오는 춤을 추면서 확인했다. 어제 같은 일은 두 번 다시 겪기 싫었다. 자꾸 그랬다가는 신용을 잃고 만다.

몸이 가벼웠다. 역시 날씨가 좋은 날은 기분도 좋다. 아침에 일어나 창문으로 파란 하늘을 보았을 때, 오랜만에 머릿속 심지에서부터 상쾌한 마음이 들었다.

기본 레슨이 끝나면 휴식 시간. 그다음은 리허설이다. 20일 후에 다시 〈잠자는 숲속의 미녀〉를 공연하는 것이다.

미오는 야스코와 함께 근처 커피숍으로 나갔다. 항상 그곳에서 샐러드 등으로 가볍게 점심을 먹었다.

"커피하고……."

야스코는 테이블 위에 세워진 메뉴를 한 차례 쳐다보더니 "에그 샌드위치"라고 말했다.

"먹을 거예요?"

미오가 놀라서 물었다. 야스코는 코를 슬쩍 위로 치켜들며 "응, 먹을래"라고 대답했다.

"지금까지 점심에는 커피만 마셨잖아요?"

"응. 하지만 약간씩 먹기로 했어, 앞으로는."

야스코는 유리잔의 물을 반쯤 마셨다. 가느다란 목젖이 맥박을 치듯이 움직였다. 몇 년 전까지만 해도 목덜미에서 어깨로 흐르는 라인이 매력적인 여자였는데, 철저한 감량으로 인상이 완전히 바뀌어버린 것이다. 나쁘게 말하자면 닭 뼈처럼 보였지만, 그게 그녀가 바라는 몸매이고 나름대로 만족해왔을 터였다.

미오는 토마토 주스와 함께 참치 샐러드를 먹었다. 미오는 딱히 다이어트를 하겠다는 생각은 없었다. 원래부터 이 정도의 식욕밖에 없는 것이다. 댄서로서의 체질을 타고 났는지 몸무게에 거의 변화가 없었다. 고등학교 때, 반 친구들에게 "부러질 듯한 몸매"라는 말을 들었지만 그때 그대로 전혀 변한 게 없었다. 젖가슴이 약간 불어난 느낌이지만 변화라고 할 정도는 아니다.

미오 앞에서 야스코는 에그 샌드위치를 덥석덥석 베어 먹었다. 어쩐지 화가 나서 먹고 있는 사람처럼 보였다. 그 심정을 미오도 조금은 알 것 같았다.

가지타에 대한 강한 존경심 때문에 야스코는 필요 이상의 가혹한 감량을 해온 면이 있었다. 하지만 가지타가 사라진 지금, 그 감량의 의미도 희박해져버린 것이리라. 물론 발레 댄서는 좀 더 마른 편이 유리하다는 건 변함없는 사실이지만, 야스코를 비롯한 몇몇 댄서의 지나친 다이어트는 미오의 눈에는 이상하게 비쳤다. 그녀들 중에는 위험한 약을 먹는 사람도 있다는 이야기가 떠돌았다. 충분히 아름답고 날씬한 몸매를 그런 식으로 거의 추하다고 할 만큼 쥐어짜고 있었던 것이다.

"그래도 너무 갑자기 많이 먹는 건 좀⋯⋯."

순식간에 싹싹 비워버릴 듯한 기세의 야스코에게 미오는 조심스럽게 충고했다. 야스코는 그제야 퍼뜩 깨달은 듯이 입과 손을 멈추더니, 움켜쥐고 있던 샌드위치를 천천히 접시에 내려놓았다.

"그래, 고마워."

야스코는 반쯤 남은 커피를 마시고 후우 숨을 내쉬었다. 항상 명랑하던 그녀의 표정에 허탈함과 나른함이 달라붙어 있었다.

발레단에 돌아오자 어쩐지 들썽거리는 듯한 분위기였다. 그 원인은 금세 알았다. 몇몇 형사가 곳곳에서 댄서를 붙잡고 선 채로 탐문 수사를 하고 있었던 것이다.

미오와 야스코가 복도에 멀거니 서 있으려니 즉시 한 남자가 다가왔다. 긴 얼굴의 중년 형사였다. 미오는 주위를 둘러보았지만 가가 형사의 모습은 보이지 않았다.

긴 얼굴의 형사는 스가와라라고 이름을 밝혔다. 다시 한번 사건 당시의 일을 묻고 싶은데요, 라고 그는 말했다.

"뭐, 그리 대단한 건 아니고요. 그날 총연습이 시작된 뒤부터 2막이 종료되기까지 어떤 일을 했는지, 특히 어떤 사람과 함께 있었는지, 그런 걸 말해줬으면 합니다."

"이건 알리바이 확인이네요."

미오가 불쑥 말하자 스가와라는 주춤하는 기색도 없이 "아하하, 그렇네요"라고 머리를 긁적였다. 그러고는 "말씀해주시겠습니까?"라고 수첩에 메모할 자세를 취했다.

미오는 1막에서는 무대에 나갔고, 그다음 휴식 시간에는 아키코와 함께 있었다고 말했다. 2막이 시작된 뒤에는 무대 윙 쪽에서 공연 모습을 지켜보았다.

"그때 누구와 함께 있지는 않았나요?"

"야기유와 함께 있었어요."

둘이서 아키코와 곤노의 춤을 홀린 듯이 바라본 기억이 있다.

"그다음에는?"

"다음 막간에도 아키코 씨와 함께 있었어요."

스가와라는 긴 얼굴을 끄덕이며 미오의 말을 메모했다. 이어서 야스코에게도 똑같은 질문을 던졌다.

"나는 대부분 가오루하고 함께 있었어요. 나가는 순서도 똑같고 분장실도 같아서."

"대부분이란 건 무슨 말씀인지?"라고 형사의 손이 멎었다.

"말 그대로 대부분이란 뜻이에요. 화장실까지는 함께 못 가잖아요?"

"아, 그건 그렇죠."

다음에 형사는 총연습에 들어가기 전에 했던 바 레슨 전후에 대해서도 똑같이 물었다. 야스코는 바 레슨이 시작되기 전부터 무대에 있었다고 대답했고, 미오는 아키코와 함께 있었다고 말했다.

"잘 알겠습니다. 고마워요."

스가와라는 두 사람에게 인사를 하더니 다시 다음 댄서에게로 다가갔다.

"왜 저런 걸 묻고 다니죠?"

"글쎄, 왜 그럴까."

야스코도 고개를 외로 꼬고 있었다.

연습실에 들어가 워밍업을 하고 있는데 단원이 모두 모였을 즈음에 사무국장 사카기와 다카야나기 시즈코가 들어왔다.

사카기가 단원들을 소집하여 발표한 것은, 다음 날 저녁에 가지타의 장례 통야通夜+가 있다는 것이었다. 연습이 끝난 뒤에 시간이 있는 사람은 되도록 참석해달라고 시즈코도 당부했다.

"얼굴만 내밀고 바로 돌아가도 좋으니까, 꼭."

사카기가 전원에게 눈짓을 보내는 듯한 얼굴로 덧붙였다.

안내 사항을 듣고 두 사람이 연습실을 나서려는데, 출구 쪽에서 사카기가 야기유를 부르는 소리가 들렸다. 그가 대답하자,

"자네가 부탁한 그 자료, 사무실에 준비해뒀어. 야스모토 군에게 말하면 내줄거야"라고 사카기가 말했다.

야기유가 고맙다고 인사하는 게 보였다.

"자료라니, 그게 뭐지?"

+ 죽은 이를 장사하기 전날, 가족 친지들이 밤새 곁에서 보내며 명복을 비는 일.

다카야나기 시즈코가 옆에서 묻자 사카기는 야기유를 흘끔 쳐다보며 말했다.

"가지타 씨가 2년 전에 뉴욕에 갔을 때, 견학을 위해 워싱턴과 캐나다도 둘러보셨잖습니까? 야기유가 그때의 일정표나 기록 같은 걸 좀 보여달라고 해서요."

"아, 별 뜻은 없고요."

야기유가 약간 당황한 기색으로 손을 저었다. "저도 언젠가는 유학하고 싶거든요. 한번쯤 가지타 선생님에게 자세한 내용을 물어보려고 했어요. 근데 이제 그럴 수도 없고 해서."

"그래?"

시즈코는 어딘가 차가운 눈빛으로 야기유를 보고 있었다. 그의 말을 그대로 받아들이지 않는다는 것이 분명하게 보이는 눈빛이었다. 시즈코는 이윽고 고개를 끄덕였다. "뭐, 별문제는 없겠지만, 때가 때이니 만큼 오해를 살 만한 짓은 하지 말아요."

"그래, 특히 뉴욕에는 조사를 위해 형사까지 파견되었다잖아."

사카기도 말했다.

"네, 알고 있습니다."

야기유가 머리를 숙이자 시즈코는 횅하니 연습실을 나갔다. 사카기가 그녀의 뒤를 따랐다. 그 모습을 지켜보던 야기유가 미처 몸을 돌리기도 전에 "자, 리허설 시작하자!"라는 발레 마스터의 목소리가 울려 퍼졌다.

　연습은 5시 정각에 끝났다. 옷을 갈아입는 데 시간이 걸려 다른 사람보다 늦게 탈의실을 나오는데,

　"앗, 고모 친구다!"

라는 어린아이의 목소리가 났다. 미오가 바라보니 현관에 초로의 남녀와 초등학교 저학년쯤의 사내애가 서 있었다.

　미오는 저도 모르게 크게 입을 벌리며 "안녕하세요?"라고 인사했다. 초로의 두 사람은 하루코의 부모님이었다.

　"지난번에도 왔었는데 급하게 가느라 미오도 못 보고 그냥 내려갔어."

　하루코의 아버지 마사오 씨가 하얀 머리를 정중하게 숙였다. 그 얼굴은 여전히 온화했지만 역시나 예전에 만났을 때보다 초췌해 보였다.

　"아뇨, 그런 건 괜찮아요. 그보다 오늘은?"

　"응, 하루코 일이 어떻게 되어가는지 잠깐 상황을 보러 왔다. 실은 방금 하루코를 만나고 왔어. 면회를 허락해줘서."

　"어땠어요? 건강하게 잘 지내던가요?"

　미오가 덤비듯이 물었다.

　"응, 생각했던 것보다는 훨씬 건강해 보이더라. 유치장이라

고 해서 형사에게 형편없는 대우를 받는 줄 알았더니만, 다행히 그런 건 없는 모양이야. 한시름 놓았다."

마사오의 말에 어머니 히로에도 고개를 끄덕였다. 그녀 역시 단번에 늙어버린 것처럼 보였다. 아마 잠들지 못하는 나날이 이어지고 있으리라.

그들 뒤에 웬일인지 가가가 서 있었다. 미오가 그를 보고 의아한 얼굴을 하자 히로에가 "이 형사 분이 택시로 여기까지 태워다주셨어"라고 말했다. "어차피 오시는 길이라고 해서."

부부는 다시금 가가에게 고맙다고 인사했다. 그는 어딘지 겸연쩍은 표정을 짓더니, 미오를 바라보며 말했다.

"당신에게 잠깐 물어볼 게 있어요."

그 사이에 다카야나기 시즈코가 나와서 사이토 부부를 맞아주었다. 지난번에는 고마웠습니다, 라고 마사오가 인사한 것을 보면 시즈코와는 몇 차례 만난 모양이었다.

시즈코가 그들을 응접실로 안내하는 것을 보고 미오가 "다카시 군은 제가 봐줄게요"라고 말했다. 다카시는 이 노부부의 장남의 아들―, 즉 하루코의 조카로 미오도 몇 번 만난 적이 있었다.

부부는 괜찮다고 사양했지만, 다카시가 미오를 따라가려는 눈치인 것을 보고 미안해하면서 그녀의 말을 받아주었다.

"제 아빠가 출장 중이고 엄마는 둘째 출산 때문에 친정에 갔어. 그래서 별수 없이 데리고 왔네."

마사오는 변명하듯이 말했다.

부부가 응접실로 사라지자 미오는 "자, 뭐 하고 놀까?"라고 다카시에게 물었다. 다카시는 말하기 어렵다는 듯이 한참 머뭇거린 끝에 "나, 가고 싶은 데가 있는데"라고 중얼거렸다.

"가고 싶은 데? 어디야?"

"세이부 야구장"이라고 다카시는 대답했다.

"야구장?" 미오는 놀라서 되물었다. "야구 시합을 보려고?"

다카시는 꾸벅 고개를 끄덕이고 "전에 하루코 고모랑 함께 갔어."

"그랬구나. 근데 좀 곤란하네. 난 거기 잘 몰라."

"여기서 아주 가까운 데였어."

"그래, 가까운 것 같긴 하더라. 하지만 가본 적이 없어."

"내가 함께 가죠."

갑자기 옆에서 목소리가 들려왔다. 가가였다. 그는 손목시계를 보더니 "지금이라면 시간도 충분해요. 오늘 밤에 세이부 야구장에서 니혼햄 팀이 경기를 할 겁니다."

"아, 그거예요!"라고 다카시가 말했다.

"하지만 가가 씨한테 미안해서……."

"나는 괜찮아요. 그 대신 몇 가지 질문에 답해주세요."

"그건 괜찮지만……."

"자, 그럼 정해졌네요."

가가는 다카시의 머리에 척 손을 얹었다.

하얀 유니폼을 입은 선수가 볼을 치고 내달렸다. 그 볼을 상대측 선수가 쫓아갔다. 교차하는 선수와 볼. 흡인한 순간에 옆자리의 다카시가 손뼉을 치며 기뻐했다.

태어나서 처음으로 와보는 진짜 야구장은 미오가 상상했던 것보다 훨씬 더 색채감이 넘치는 곳이었다. 인조 잔디는 선명한 초록색이고 선수들의 유니폼도 컬러풀했다. 요란한 조명은 눈이 부실 정도였지만 그 조금 위쪽에는 짙은 어둠이 펼쳐졌다.

세 사람이 앉은 곳은 3루 쪽의 내야 지정석이었다. 티켓을 살 때, 1루 쪽에 자리가 있으면 좋았을 텐데, 라고 가가는 다카시에게 안타까운 듯 말했지만 미오는 그게 무슨 뜻인지 알지 못했다.

미오는 오른편 옆자리에 앉은 가가를 보았다. 그는 그라운드 쪽을 보며 양손을 움켜쥐고 있었다. 볼을 때리는 경쾌한 소리가 울리면 좋았어, 라고 중얼거리며 그의 주먹에 더욱더 힘이 들어갔다. 날카로운 시선이 재빨리 움직이는가 싶더니 마지막에는 무릎을 내리치며 쯧쯧 혀를 찼다.

이윽고 가가는 미오의 시선을 깨닫고 일순 멈칫하듯이 눈을 다른 곳으로 돌렸다. 그러고는 겸연쩍은 웃음을 지었다.

"바보 같지요?"라고 그는 말했다.

"야구를 좋아하시나 봐요."

"특별히 야구를 좋아하는 건 아니지만, 시합을 보면 나도 모르게 힘이 들어가요. 승부에 관한 건 다 그렇죠. 스모든 아이스하키든."

"스모하고 아이스하키도 보세요?"

"그냥 텔레비전으로 보는 거예요. 직접 경기장에 나갈 시간이 없어서."

맥주 판매원이 근처에 있는 게 눈에 띄어서 가가가 불러 세웠다. 미오에게도 함께 마시자고 권했다. 하지만 그녀는 사양했다.

판매원은 익숙한 손놀림으로 캔맥주를 큼직한 종이컵에 따라서 가가에게 건네주었다. 그는 바지 호주머니에 손을 넣어 꾸깃꾸깃해진 천 엔짜리 한 장을 꺼냈다. 그리고 받아 든 거스름돈도 그대로 호주머니에 넣었다. 현금을 지갑이 아니라 바지 호주머니에 직접 넣고 다니는 사람을 미오는 처음으로 보았다.

종이컵에 든 맥주를 그는 정말 맛있다는 듯이 마셨다. 주위를 살펴보니 마찬가지로 맥주를 마시는 손님이 여기저기서 눈에 띄었다. 개중에는 몇 잔씩 마신 끝에 좌석에서 금세 미끄러질 듯한 모습으로 잠이 들어버린 샐러리맨도 있었다.

"일부러 여기까지 와서 잠을 자다니……."

미오가 그 남자를 보며 말하자,

"저것도 나름대로 아주 기분 좋은 일이에요."

라고 가가는 아무것도 아닌 일처럼 말했다. "저 사람은 술에 취해 푹 자기 위해서 야구장을 찾은 거예요. 시합 같은 건 아무려나 상관없죠. 어쩌다 눈을 떴을 때 야구를 하고 있구나, 하는 정도면 충분할 겁니다."

"그게 뭐가 재미있어요?"

"재미가 있는지 없는지는 모르지만, 스트레스 해소는 되겠지요. 대부분의 사람들이 그것 때문에 야구장에 올 거예요. 큰 소리로 야유도 하고 응원도 하는 게 스트레스 해소에 큰 도움이 될 테니까요. 야구장이 항상 사람들로 북적거리는 건 그만큼 스트레스가 쌓인 사람이 많다는 얘기겠지요?"

"그런 사람들은 발레는 안 볼까요?"

"아마 안 볼걸요"라고 가가는 분명하게 대답했다. "발레는 정신적으로나 금전적으로나 여유가 있는 사람들이죠. 하지만 유감스럽게도 대부분의 국민은 그중 어느 쪽도 아니에요. 다들 지칠 대로 지쳐 있다고 할까."

"어째서 그렇게 지친 걸까요?"

"사회 구조가 그렇기 때문이에요. 기계체조 같은 데서 인간

피라미드를 만들죠? 그럴 때 가장 괴로운 건 가장 아랫단에 있는 사람들입니다."

능숙한 설명이었다. 미오는 내심 감탄하며 고개를 끄덕이며 운동장을 내려다보았다. 어느새 공격과 수비가 바뀌었다.

"전부터 궁금한 게 있었어요."

가가가 질문을 해왔다. "당신들은 발레 이외의 세계에는 전혀 관심이 없어요?"

아뇨, 라고 미오는 대답했다.

"관심을 가질 여유가 없었어요. 발레만으로도 너무 벅차서. 그래서 오늘 이렇게 야구를 보러 오기를 잘한 거 같아요. 언제 또 이런 기회가 있을지."

"그 말을 들으니 흐뭇한데요?"

가가는 하얀 이를 내보이며 웃고는 종이컵의 맥주를 마셨다. 컵에서 얼굴을 뗐을 때, 그의 입술 위에는 하얀 거품이 살짝 남아 있었다.

시합은 세이부 라이온스의 승리로 끝났다. 중간중간 저마다 몇 번의 찬스가 있었고 그때마다 다양한 작전을 동원했지만, 결국 실수가 적었던 세이부가 승리를 거머쥔 모양이다. 미오는 야구에 대해서는 거의 알지 못했지만 다카시와 가가의 설명을 들으며 관전했기 때문에 평소에는 불가해하게만 보이던 선수들의 움직임도 제법 이해할 수 있었다. 아무튼 그녀는 아웃을 잡을 때, 야수가 상대 선수에게 터치해야 하는 때와 하지 않아도 되는 때의 구별도 못 할 정도였던 것이다.

게다가 미오는 아직 좋아하는 팀도 없었지만 시합이 끝나갈 즈음에는 왠지 세이부 라이온스를 응원하고 있었다. 주위 사람들 대부분이 세이부를 응원하고 있었고, 옆자리의 다카시가 각 선수의 특징이며 최근의 컨디션, 상대 투수와의 상성相性 등을 자세히 해설해주었기 때문이다. 다카시는 좋아하는 선수의 생일까지 외우고 있었다.

그리고 세이부 팀 투수가 니혼햄―솔직히 말하자면 미오는 이런 이름의 야구팀이 존재한다는 것조차 알지 못했다―의 마지막 타자를 아웃으로 잡았을 때, 미오는 저도 모르게 손뼉을 치며 좋아하고 있었다.

그라운드에서는 수훈 선수의 인터뷰가 진행되고 관객석에서는 응원단의 노래가 이어졌다. 그런 소리들을 들으며 미오 일행도 자리에서 일어섰다.

"와아, 재밌다. 아키야마의 홈런, 너무 잘 쳤어요."

다카시가 가가에게 말했다.

"그런 것쯤은 아무것도 아냐. 지난번에 왔을 때는 훨씬 더 기막힌 걸 봤어. 레프트 라이너인 줄 알았는데 그대로 스탠드에 꽂혔거든. 유격수가 폴짝 뛰어서 잡으려고 했을 정도였다니까."

"거짓말, 설마."

"어허, 정말이라니까. 그 한 방으로 대역전을 했다고."

에이, 라고 다카시는 여전히 고개를 갸웃거렸다. 가가가 빙글빙글 웃는 걸 보면 역시 지어낸 이야기인 모양이다. 하지만 그 이야기의 어느 부분이 대단한 건지, 미오는 알지 못했다.

세이부 야구장 앞에서 이케부쿠로로 가는 전차에 탔다. 하루코의 부모님이 이케부쿠로의 호텔에 머물고 있어서 시합이 끝나면 그 호텔까지 다카시를 데려다주기로 했던 것이다.

전차는 상당히 붐볐다. 몸의 방향을 바꾸기가 힘들 정도였다. 출퇴근하는 사람은 날마다 이런 고생을 하겠네요, 라고 미오가 말하자 가가는 눈을 둥그렇게 떴다.

"출퇴근 때는 이 정도가 아니죠"라고 그는 말했다. "훨씬 더 붐벼요."

"이보다 더?"

"이보다 두 배는 꽉꽉 차요. 거의 비인간적일 만큼. 주위 사람들에게 눌려서 얼굴이 찌그러지는 일도 있어요. 가방이 납작코가 되기도 하고."

"어휴, 심하다."

"지난번에 일 때문에 러시아워의 오다 급행을 탔을 때는 마치다에서 신주쿠까지 계속 발이 공중에 뜬 채로 갔어요."

"정말요?"

미오는 놀라서 입이 떡 벌어졌지만, 지금까지 진지한 얼굴로 말하던 가가의 얼굴이 헤실헤실 풀어져 있었다. 그녀는 아래에서 그를 흘겨보았다. "거짓말이군요? 정색을 하고 말해서 난 또……."

"그럴 만큼 붐빈다는 얘기죠. 이것도 미오 씨가 알지 못했던 실제 생활 중의 하나군요."

그때 차체가 덜컹 흔들렸다. 미오가 휘청거리자 가가의 팔이 재빠르게 감싸주었다. 미오도 망설임 없이 그의 팔에 몸을 맡겼다.

호텔에 도착하자 미오는 로비에서 하루코의 부모님 방에 연락을 넣었다. 전화를 받은 히로에가 바로 내려오겠다고 말했다.

"또 야구 보러 가자, 응?"

히로에를 기다리는 동안에 다카시가 말했다. "기요하라가 홈런 치는 거 보고 싶어."

"그래, 다음에는 하루코 고모도 함께 가자."

미오의 말에 다카시는 슬쩍 눈을 치켜뜨며 두 사람을 보았다.

"하지만……, 하루코 고모는 못 나오잖아?"

어린 다카시의 말에 미오는 언뜻 대답할 말이 생각나지 않아 가가를 돌아보았다. 가가는 잠시 미간을 좁혔지만 금세 온

화하게 웃는 얼굴로 "괜찮아, 걱정 마"라고 말했다. "곧 돌아올 거야, 꼭."

미오는 허리를 숙여 다카시의 어깨에 손을 얹었다.

"그래, 틀림없이 곧 돌아올 거야. 내가 약속할게."

"정말?"

"정말이지"라고 미오는 진심을 담아 말했다.

이윽고 히로에가 내려왔다. 그녀는 미오와 가가에게 깊이 머리 숙여 고맙다는 인사를 했다.

호텔을 나오자 미오는 밤이 찾아온 거리를 가가와 나란히 역을 향해 걸었다. 어쩐지 대화가 끊겨버린 것은 다카시의 마지막 말 때문인지도 모른다. 입으로 어떤 얘기를 하건 하루코 일에 대해서는 미오와 가가의 입장은 정반대인 것이다.

역에 도착하자 가가는 발매기에서 재빨리 차표 두 장을 사왔다. 그리고 한 장을 미오에게 건네며 집에까지 배웅해주겠다고 말했다. 미오는 조용히 고개를 끄덕였다.

"아참, 집에 가기 전에 차라도 한잔할까요? 좀 피곤하죠?"

네, 라고 미오는 이번에는 소리 내어 대답했다.

두 사람은 큰길에서 약간 벗어난 커피숍에 들어갔다. 테이블 몇 개와 작은 카운터밖에 없는 좁은 가게였다. 램프 모양을 본뜬 전등불이 장식되어 있었다. 두 사람은 가장 안쪽 테이블에 마주 앉았다. 가가가 소프트 커피를 주문하고 미오는 시나

몬 티를 부탁했다.

"설탕을 안 넣는 건 다이어트 때문인가요?"

그녀가 홍차를 그대로 마시는 것을 보고 가가가 물었다.

"아뇨, 그런 건 아니에요, 전부터 차에는 설탕을 넣지 않아요."

"그래요?"

가가는 커피 잔을 입가로 가져갔다. 그런 그도 블랙으로 마시고 있었다.

"발레 하는 사람은 모두 다이어트를 하는 줄 알았어요. 다들 너무 날씬하니까요. 게다가 가지타 씨의 영향도 있다고 들었습니다."

"몇 명쯤은 분명 그런 점이 있어요"라고 미오는 대답했다.

"지나친 다이어트 때문에 부작용이 적지 않다고 들었는데 그런 점을 본인들은 어떻게 생각하지요?"

"글쎄요"라고 미오는 고개를 갸우뚱하고서 "어떻든 무대에서 춤출 수만 있다면 웬만한 일은 모두 참고 견디는 거 아닐까요?"라고 말했다.

가가는 몇 차례 고개를 끄덕이더니 문득 생각난 얼굴로 미오의 눈을 빤히 바라보았다.

"미오 씨도 많은 것을 참고 견디고 있어요?"

"그야 조금쯤은……."

미오는 시선을 돌렸지만 곧바로 가가를 바라보며 말을 이었다. "조금쯤은 참고 견뎌야 한다고 생각해요. 안 그러면 좋은 춤을 출 수 없고, 금세 무대에 설 수도 없을 테니까요."

"그건 그렇겠지요."

가가는 커피를 마시고 가만히 한숨을 내쉬었다.

미오가 입을 열었다. "오늘 너무 즐거웠어요. 고맙습니다."

"아뇨, 그런 인사는 안 해도 돼요. 솔직히 한숨 돌린 건 오히려 나였는데요."

그는 다시 커피 잔을 들어 올리다가 이미 빈 잔이라는 것을 깨닫고 그 대신 컵의 물을 단숨에 반절쯤 마셔버렸다.

"승부를 좋아한다고 하셨는데, 가가 씨는 어떤 운동을 하셨어요?"

야구장에서의 대화가 생각나 미오는 물어보았다.

"나요?"

그는 잠깐 망설이듯이 검은 눈동자를 굴리고는 "검도를 조금 했죠"라고 대답했다.

"아, 경찰에 계신 분들은 대부분 검도를 하신다는 얘기, 나도 어디선가 들었어요."

"아뇨, 나는 검도를 초등학교 때부터 했어요."

"계속?"

"뭐, 그런 셈이죠."

"그럼 정말 잘하시겠네요. 물론 단증도 있겠지요?"

"예, 그야 뭐."

가가는 입술을 쓱 핥더니 다시 컵에 손을 내밀었다. 이 형사가 이렇게 부끄러운 기색을 내보이는 건 드문 일이었다.

"몇 단이에요? 아차, 이런 걸 꼬치꼬치 묻는 건 실례인가?"

"아니, 괜찮아요. 6단입니다."

"6단?"

미오는 말문이 막혔다. 검도는 2단, 3단만 해도 굉장한 수준일 터였다. 그런데 6단이라니, 그 실력이 어느 정도일지 짐작도 되지 않았다.

"별로 대단한 건 아니에요."

그녀의 마음속을 들여다본 것처럼 가가는 말했다. "그저 꾸준히 오래 했다는 것뿐이죠. 별 의미도 없어요. 정말입니다. 누구든 20년씩 하다 보면 저절로 6단쯤은 따거든요. 비틀비틀하는 할아버지가 9단이니 10단이니 하는 경우도 있어요. 어라, 이거 우스운 얘기인가?"

가가가 그렇게 물은 것은 중간에 미오가 웃음을 터뜨렸기 때문이다.

"아니, 열심히 변명하시는 거 같아서요. 무슨 나쁜 짓을 한 것도 아닌데."

그러자 그는 코 밑을 손가락으로 비비며 "괜히 과대평가를 하실까 봐"라고 말했다.

"하지만 대단하세요. 나한테 열정적으로 뛰어들 일이 있어서 부럽다고 하시더니 가가 씨도 그런 멋진 특기를 갖고 있는데요, 뭘."

하지만 가가는 쓴웃음을 지으며 "내 경우는 그런 게 아니에요"라고 말했다. "타성으로 그냥 계속하는 거지. 경찰관이 되었다고 갑자기 그만둘 수도 없고 해서."

"그래도 대단해요."

미오가 다시 말하자 그는 잠시 생각하듯이 눈을 감더니 이윽고 "고마워요"라며 미소를 지었다. 그러고는 커피를 한 잔더 주문했다.

"가가 씨는 오래전부터 경찰관이 되겠다고 생각했어요?"

커피가 그 앞에 놓이기를 기다려 미오가 물었다. 가가는 뜻밖의 질문이라는 듯한 표정이었다. "왜요?"

"왜라기보다……, 그냥 그런 느낌이 들어요. 실례되는 말이었다면 사과할게요. 미안해요."

미오는 무릎에 손을 얹고 머리를 숙였다.

"아뇨, 사과할 일은 아니고"라며 그는 쓴웃음을 지었다. "정말로 어렸을 때부터 경찰관이 될 생각이었거든요."

"역시 그렇죠?"

"근데 조금씩 생각이 바뀌었어요. 형사가 되기 전에 내가 뭘 했는지 알려드릴까요?"

"곧바로 경찰에 들어온 거 아니었어요?"

미오는 놀라서 물었다. 뜻밖이라는 느낌이 들었다.

"대학을 나와서 중학교 교사로 근무했어요."

"선생님?"

미오의 목소리가 꽤 높아서 주위 손님들이 이쪽을 돌아보았다. 미오는 고개를 움츠리며 작은 소리로 "미안해요"라고 말했다. "하지만 정말 좋은 선생님이었을 거 같아요."

"대학 시절의 여자 친구도 그렇게 말했죠. 하지만 현실은 다르더라고요. 나는 교사로서는 자격이 없는 사람이었어요. 학생들을 위한 일이라는 신념을 갖고 했던 일들이 그들에게 전혀 도움이 되지 못했죠."

"뭘 하셨는데요?"

"그건……, 학생들을 위한 일이라고 믿었던 모든 것."

가가는 빈 잔을 움켜쥐고 있었다. 그의 마음이 손에 전해졌는지 유리잔이 부옇게 흐려졌다.

돌아오는 세이부 선 전차도 사람들로 붐볐다. 이케부쿠로에서 급행 한 대를 그냥 보내고 좀 더 한가한 그다음 보통 전차에 둘이 나란히 앉았다.

"가지타 선생님 사건은 어떻게 되고 있어요?"

미오가 머뭇머뭇 물어보았다.

"전력을 다하고 있습니다. 수사 때문에 한동안 발레단에도 자주 찾아갈 거예요."

"누군가 독극물을 일부러 넣었다고 하던데, 사실인가요?"

가가는 잠시 망설인 뒤에 "사실입니다"라고 대답했다.

"겉옷에 주사 장치를 붙였다나, 그런 얘기가 돌던데요……."

그는 가만히 고개를 끄덕였다. 그리고 주위의 승객을 슬쩍 둘러보더니 미오에게 얼굴을 기울였다. 희미하게 헤어 토닉의 향기가 감돌았다.

"혹시 미오 씨 주위에 주사 바늘을 구할 만한 곳이 있습니까?"

지금까지와는 다른 약간 딱딱한 표정으로 그는 물어왔다.

"주사 바늘?"

"네, 주위에서 누군가 갖고 있는 걸 봤다든가."

미오는 발레단 건물 안을 머릿속에 떠올렸다. 그리고 발레단 친구들 집에 놀러갔던 때도 생각해보았다. 하지만 주사기를 본 기억 같은 건 없었다. 그 말을 하자 "그렇다면 됐습니다"라고 그는 말했다.

가가는 결국 맨션 앞까지 배웅해주었다. 그리고 밤늦은 시간까지 붙잡고 있어서 미안하다고 몇 번이나 사과했다. 그건 괜찮다, 라고 미오는 답했다.

"어차피 일찍 들어왔어도 나 혼자인데요, 뭘. 오늘은 정말 즐거웠어요."

"나도 그래요."

"다음에는 검도하는 모습을 볼 수 있었으면 좋겠어요."

미오가 말하자 가가는 한순간 눈을 내리떴다. 아주 작은 반
응이었지만 미오는 그의 가장 예민한 부분을 건드린 것 같다
고 느꼈다.

"네, 다음에"라고 그는 말했다. "꼭 보여드리죠."

미오는 고개를 끄덕이고 맨션을 향해 걸음을 옮겼다.

6

후지미다이의 맨션까지 미오를 배웅한 뒤, 가가는 택시로
자신의 집에 돌아왔다. 몸은 피곤했지만, 평소에 계단을 오르
면서 느끼던 찌무룩함이 오늘 밤에는 전혀 없었다. 기분이 한
껏 고조된 탓일 거라고 그는 자기 분석을 했다. 그리고 그 이
유도 스스로 잘 알고 있었다.

현관 우편함의 석간신문을 뽑아 들고 집 안에 들어서자 우
선 부재중 전화부터 살펴보았다. 메시지 한 통이라고 표시되
어 있었다. 미오와 함께 있는 동안에도 몇 차례 연락을 넣었고
호출 삐삐도 울리지 않았으니 수사본부에서 온 것일 리는 없

었다.

스위치를 누르자 먼저 헛기침 소리부터 들려왔다. 그것만으로도 가가는 전화한 사람이 누구인지 알았다.

"나다"라고 아버지의 컬컬한 목소리가 스피커를 뚫고 나왔다. "별일은 아니고……."

잠시 침묵이 이어졌다. 항상 이렇다.

"오다와라의 숙모님이 너에게 어울릴 만한 사람이라면서 사진 한 장을 가져오셨다. 우편으로 너한테 보낼 테니까 나중에 대답을 해드려라. 유치원 교사라고 하더라."

가가는 전화기를 보며 한숨을 내쉬었다. 또 중매가 들어온 모양이다.

"그리고 전에도 이야기했던 거 같은데, 친구 아들이 낸 교통사고가 복잡하게 꼬인 모양이야. 내가 잠깐 상담을 해주기로 했다. 오늘 밤에 그 일로 외출한다. 급한 볼일이 있을 때는 ○○○-××××로 전화할 것. 이상."

가가는 혀를 끌끌 차며, 급한 볼일은 무슨 급한 볼일이야, 라고 입속에서 투덜거렸다. 자신이 아버지에게 급한 볼일 따위 있을 리 없었다.

가가는 수화기를 집어 들고 아버지 집의 번호를 돌렸다. 세 번의 호출음 뒤에 "가가입니다. 지금 부재중이니 볼일이 있으신 분은 메시지를 남겨주십시오"라는 유난히 딱딱한 말투의 목소리가 흘러나왔다.

"나, 교이치로야"라고 가가는 수화기에 대고 말했다. "아무리 예전에 경찰이었다지만, 괜한 일에는 끼어들지 않는 게 좋아. 그리고 중매 얘기는 거절해줘. 내 결혼 상대는 내가 정할 거니까."

이상, 이라고 말하고 가가는 수화기를 내려놓았다. 하지만 끝에 '이상'이라는 말을 붙인 것을 후회했다. 그건 아버지의 버릇이기도 했기 때문이다.

다음 날, 시부야 경찰서 회의실에서 수사 회의가 있었다. 수사원들이 차례차례 그간의 탐문 결과를 발표했지만 진전이라고 할 만한 것은 전혀 없었다. 변함없이 살해 동기는 확실하지 않고 유력한 증언도 얻지 못했다. 가지타의 겉옷에 물을 묻힌 게 누구인지도 밝혀지지 않았다.

"각자의 알리바이는 어땠지?"

답답한 목소리로 도미이가 물었다.

"그것도 명확하게 말하기가 어려워요. 본 공연 때도 그렇지만, 총연습 때도 댄서와 무대 관계자들이 초 단위로 움직였거든요. 그런 상황에서 자신의 알리바이를 증명한다는 건 아무래도 힘든 일이에요."

길쭉한 얼굴의 계장이 울상이 되어서 말했다.

"겉옷에 독극물 장치를 붙인 시간이라고 하면 범위가 너무 넓어져. 그 전에 누군가 가지타의 옷에 물을 묻혔잖아? 그게 범인이 한 짓이라는 건 거의 틀림이 없어. 그런 쪽으로는 알리바이를 알아봤나?"

"그건 어느 정도 밝혀졌습니다. 간단히 말씀드리면, 가지타가 겉옷을 벗기 전에 무대에 올라갔고, 그 옷이 젖은 것을 알게 된 시점까지 무대에서 내려오지 않은 사람에게는 알리바이가 있는 셈입니다."

계장은 그렇게 말하고 그에 해당되는 사람들이 누구인지 밝혔다. 모두 합해 여섯 명이었다.

"용의선상에서 제외되는 게 겨우 여섯 명이야?"

누군가가 노골적으로 실망한 소리를 올렸다.

"하지만 한 걸음이라도 발전한 성과라는 건 틀림없어."

도미이는 회의 책상을 타악 내리친 다음, 기름 낀 얼굴을 손바닥으로 쓱쓱 비볐다. "용의자는 겨우 수십 명이야. 그걸 조금씩이라도 좁혀 나가면 의외로 쉽게 결론이 나게 마련이야."

하지만 그 범위를 좁혀가기 위한 방법이 쉽게 찾아지지 않는 것이다.

주사 바늘 쪽을 조사 중인 수사원들도 아직 수확이 없는 모양이었다. 주사 바늘은 일반 약국에서는 취급하지 않아서 판매하는 가게가 몇 군데밖에 없었다. 특히 최근에 마약 단속 문제로 취급이 엄격해졌기 때문에 처음에는 탐문 수사가 효율적으로 진행될 것 같았다. 하지만 이번 사건과 관계가 있을 만한 정보는 아직까지 나오지 않은 것이다.

"곤충채집 세트 같은 것에도 장난감 주사기가 들어 있거든요. 그래서 완구점 쪽도 둘러보는 중입니다. 근데 요즘 그런 세트를 들여놓은 가게가 별로 없더라고요. 곤충이 없는 계절이라서 그런 건 팔리지도 않는다는 거예요."

주사 바늘 쪽의 정보를 캐고 있는 사카키바라는 형사가 말했다. 그것 참, 지당한 말씀이네, 라고 누군가 맞장구를 치며 웃는 바람에 회의실 분위기가 잠시 부드럽게 풀렸다.

"주사 바늘이라는 게 의외로 입수하기 어려운 것이네."

도미이는 혼잣말처럼 중얼거리며 생각에 잠겼다.

"의료 관계자라면 주사 바늘 하나 구하는 것쯤은 별일 아닐 것 같더라고요. 그래서 관계자 전원을 상대로 의료계와 관련이 있는 사람이 없는지 조사 중인데 아직 눈에 띄지 않고 있습니다"라고 사카키바라는 말했다.

"의사에게 앰풀 약을 처방받아서 직접 주사하는 사람도 있잖아? 관계자 중에 그런 사람은 없었어?"

다른 수사원이 질문을 던졌지만 사카키바라는 고개를 저었다.

"그것도 현재 조사 중인데 좀체 시야에 잡히지 않고 있어요.

게다가 의사가 일반인에게 직접 주사를 놓으라고 하는 일은 없어요. 간호사 자격을 가진 사람이 함께 있을 경우에 한합니다. 물론 조직폭력배 쪽 사람이라면 제 손으로 주사를 놓기도 하지만, 그쪽으로 관계가 있을 만한 인물은 없었어요."

"하지만 범인이 주사 바늘을 사용한 건 틀림없지? 전부터 갖고 있었던 게 아니라면 어딘가에서 입수했을 거 아냐. 좀 더 범위를 넓혀서 찾아보는 건 어떨까?"

"아니, 그럴 필요는 없을 텐데요."

베테랑 형사들이 상의하는 가운데 가가가 의견을 내놓았다. 모두의 시선이 집중되었다. "어째서?"라고 도미이가 물었다.

"범인이 그런 살해 방법을 계획한 이유에 대해 생각해봤는데요"라고 가가는 말했다. "직접 손을 대지 않아도 된다든가, 실패해도 누가 했는지 쉽게 알아내지 못한다든가 하는 이점도 있었을 겁니다. 하지만 그보다 더 큰 건, 범인이 손쉽게 쓸 수 있는 방법이었기 때문이 아닐까요? 분명 별다른 수고 없이 간단히 만들었을 거예요. 댄서는 물론이고 무대 관계자들은 이번 공연 때문에 거의 시간적인 여유가 없었어요. 주사 바늘 하나를 구하려고 멀리까지 나가거나 복잡한 절차가 필요했다면 아마 다른 방법을 생각해냈을 거예요."

"무슨 말인지는 알겠는데, 그러면 어떻게 주사 바늘을 입수했다는 거지?"라고 도미이가 물었다.

"우리가 놓친 뭔가가 있을 거예요"라고 가가는 대답했다. "아주 가까운 곳에서 쉽게 구할 수 있는 방법이 분명 있었어요."

그걸 모르니 이렇게 고생하는 거 아니냐는 목소리가 터져나왔다. 도미이는 그런 불만을 제지하고 자리를 정리하듯이 말했다.

"좋아, 그런 관점에서 각자 뭔가 놓친 부분이 없는지 다시한번 검토해보자."

열띤 논의가 이어졌지만 결국 그날 회의에서는 별다른 결론이 나오지 않았다. 지금까지 해왔던 대로 가지타의 과거와 인간관계, 독극물과 주사 바늘에 관련된 사항을 발로 뚜벅뚜벅 돌아다니며 찾아보는 수밖에 없었다.

가가와 오타는 가자마 도시유키 사건과의 관련에 대한 조사를 맡기로 했다. 예술적인 견해에서 가지타와 마찰을 일으킨 사람이 있었을 거라는 가가의 설에 대해서도 지속적으로 수사하기로 했다.

그날 두 사람은 우선 샤쿠지이 경찰서부터 들렀다. 가자마의 뉴욕에서의 행적에 대해 그쪽으로 건너간 수사원으로부터 정보가 들어왔다는 연락이 왔기 때문이다.

"별거 아닌지도 모르겠네만."

수사 주임 고바야시는 리포트 용지에 적힌 보고서를 보며 말했다. "그쪽에서 조사한 바에 따르면 가자마는 일본인과는 거의 사귀지 않았어. 교제 범위는 대부분 그쪽 미술학교 친구들이야. 단지 그즈음의 외국인 친구가 하는 말로는 가자마의 친구 중에 딱 한 사람, 일본인이 있었대."

"누구죠?"라고 가가가 물었다.

"유감스럽게도 이름을 모른대. 가자마가 그 사람을 외국인 친구에게 소개해준 게 한두 번뿐이었고, 직접 대화는 해본 적이 없었던 모양이야. 알코올 중독인지 병에 걸렸는지, 아무튼 얼굴빛이 안 좋고 눈도 흐릿하게 풀린 남자였다는군."

"그즈음이라면 다카야나기 발레단에서는 가지타와 곤노가 뉴욕에 가 있었는데, 방금 그런 인상이라면 그 두 사람과는 전혀 다른데요?"

"맞아. 어떻든 그 가자마의 일본인 친구라는 사람의 행방을 알아보라고 그쪽에 부탁해뒀어."

"제발 찾아냈으면 좋겠네."

오타는 별로 기대하지 않는 얼굴로 말했다. 수사 주임도 떨떠름한 얼굴로 고개를 끄덕였다.

"가자마 주위에서 다카야나기 발레단과 관련된 점은 발견된 게 없었습니까?"

가가가 화제를 바꾸었다.

"아무것도 안 나왔어. 뉴욕 발레단이 가까운 곳에 있었는데,

가자마는 그런 쪽에 대해서는 한 번도 언급한 적이 없었대.”

여전히 가자마 도시유키가 다카야나기 발레단에 몰래 침입한 이유가 밝혀지지 않은 것이다.

가가와 오타는 이케부쿠로 쪽으로 나와서 가자마의 연인 미야모토 기요미가 아르바이트를 하는 부티크에 찾아갔다. 역 근처의 패션 빌딩 3층에 있는 가게였다.

두 사람이 들어섰을 때, 기요미는 또 한 명의 점원과 뭔가 이야기를 나누고 있었다. 손님은 보이지 않았다. 가가가 말을 건네자 그녀는 돌아보고 어라, 하는 표정을 보였다.

“형사 분이야”라고 기요미는 다른 여 점원에게 말했다. 그러고는 가가를 보며 “무슨 일이세요?”라고 물어왔다. 그리 귀찮아하는 기색은 아니었다.

물어볼 게 있다는 가가의 말에 그녀는 고개를 끄덕이더니 여 점원에게 잠깐 나갔다 오겠다고 말했다. 그러자 여 점원이 기요미의 귀에 대고 작은 소리로 뭔가 속닥거렸다. 기요미는 그 말을 듣고 키득키득 웃더니 “자, 그럼”이라며 가가 일행에게로 다가왔다.

“30분 안에 끝내주셔야 해요. 케이크가 맛있는 가게가 있으니까 거기로 가죠.”

기요미는 빠른 말투로 다짐을 받더니 가가의 팔을 잡고 걸음을 옮겼다.

그녀가 데려간 곳은 같은 빌딩의 가게로, 정말 다양한 종류의 케이크가 줄줄이 진열되어 있었다. 가게 안을 둘러보니 젊은 여성들뿐이어서 가가와 오타로서는 적잖이 어색한 곳이었지만, 기요미는 전혀 신경 쓰는 기색 없이 요구르트 타르트를 열심히 입 안에 떠 넣고 있었다. 유리 테이블 밑에서 검은 미니스커트를 입은 다리를 꼬고 있어서 그것 또한 가가와 오타에게는 왠지 조마조마한 장면이었다.

가가가 우선 가지타의 사진을 보여주었다. 하지만 기요미는 즉석에서 고개를 저었다. 생전 처음 보는 사람이라는 것이다. 가지타라는 이름도 들어본 적이 없다고 했다.

"잘 좀 생각해봐요"라고 오타가 말했다. "가자마 씨가 뉴욕에 가 있을 때, 이 사람도 그쪽에 있었거든요. 그러니까 가자마 씨가 이 사람에 대한 이야기를 했다면 아마 뉴욕에서 돌아온 직후였을 텐데요."

하지만 기요미는 불쾌한 듯 미간을 찌푸렸다.

"난 정말 들은 적이 없다니까요? 그 사람은 뉴욕 이야기는 별로 해주지도 않았어요."

"왜 그쪽 이야기를 안 해줬을까요?"라고 가가는 의문을 던져보았다.

"글쎄요"라고 기요미는 어깨를 으쓱 쳐들었다. "아마 귀찮았던 모양이죠."

"그럼 꼭 가지타라는 사람이 아니어도 좋아요. 그쪽에서 일본 사람 누군가를 알고 지냈다는 말은 못 들었어요?"

오타가 질문을 조금 바꾸었다. 샤쿠지이 경찰서에서 들은 정보를 바탕으로 한 질문인 모양이었다.

못 들었는데요, 라고 기요미는 고개를 갸웃거렸지만 그 얼굴에 문득 또 다른 빛깔이 스쳤다. "뭔가 생각났어요?"라고 가가가 물었다.

"이건 상관없는 얘기인지도 모르지만요"라고 기요미는 조심스럽게 말했다. 어떤 것이든 괜찮다고 가가와 오타는 몸을 앞으로 내밀었다. "그가 귀국하고 얼마 안 되었을 때인데요, 그의 방에서 느닷없이 그림 모델을 해달라고 한 적이 있어요."

"그림 모델? 누드인가?"

오타의 말에 그녀는 콧등에 주름을 잡으며 "아이, 아니에요"라고 말했다. "하지만 뭐, 거의 다 벗기는 했죠."

그리고 기요미는 입술 사이로 혀를 쏙 내밀었다.

"그때까지는 그의 그림 모델을 해준 적이 없었어요?"라고 가가가 물었다.

"없었어요. 그는 인물 그림은 안 그렸거든요."

"근데 왜 그때는 갑자기 모델을 해달라고 했을까?"

"모르죠, 뭐"라고 기요미는 고개를 저었다. "둘이 함께 있는데 갑자기 '기요미, 저쪽을 바라보고 서봐'라고 하더라고요. 시키는 대로 자세를 잡고 섰더니 그가 스케치북에 쓱쓱 그렸어요. 근데요, 금세 관뒀어요."

"왜요?"

"처음에는 '역시 모델이 안 좋아'라는 거예요. 어휴, 진짜 말도 안 돼. 그래서 내가 막 화를 냈더니 실실 웃으면서 미안하다고 하고는 '일본을 떠나서 나 자신을 직시하면 나도 좋은 그림을 그릴 수 있으려나' 하고 혼자 중얼중얼했어요. 그때 언뜻 그런 생각이 들었어요. 뉴욕에서 누군가 훌륭한 화가에게 영향을 받은 모양이구나, 하고요."

오타가 가가에게 의미심장한 시선을 던져왔다. 가가도 고개를 끄덕여 응했다. 분명 마음에 걸리는 이야기이기는 했다.

기요미에게서 그밖에 별다른 이야기는 나오지 않았다. 케이크 가게를 나서면서 기요미가 물었다.

"그 사건은 대체 언제나 결말이 나는 거예요?"

그녀가 말하는 건 가자마가 죽은 사건이었다.

"그 사람은 남의 사무실에 뭘 훔치러 갈 사람이 절대 아니에요. 제발 분명하게 좀 밝혀주세요."

"네, 알죠."

가가가 달래듯이 말하자 그때까지 진지한 눈빛이던 기요미가 후후훗 하고 입가를 풀었다.

"아까 우리 가게 친구가 살짝 얘기하던데요, 형사 분이 정말 멋있다고. 나도 잘해주실 거라고 기대하고 있어요."

그렇게 말하더니 기요미는 손을 흔들고 돌아갔다. 그녀가 사라진 것을 확인하고 오타가 탄식하듯이 말했다.

"변화에 적응하는 게 빠른 건지 아니면 원래 태평한 성격인지, 도무지 속을 모르겠는 아가씨네."

"하지만 제법 날카로운 데가 있어요. 조금 전에 그녀가 얘기해준 가자마의 혼잣말, 분명 누군가의 그림자가 어른거리는 것처럼 들렸어요."

"그러니까 가자마가 뉴욕에서 만난 누군가, 라는 얘기야?"

오타가 되물었을 때, 그의 양복 주머니에서 발신음이 울렸다. 삐삐였다. 오타는 서둘러 삐삐 스위치를 끄고 "무슨 일이 생겼나?"라면서 주위를 둘러보았다. 에스컬레이터 옆에 공중전화가 있었다.

그가 수사본부에 전화하러 간 사이에 가가는 기요미의 이야기를 되짚어보았다. 그날 왜 가자마는 기요미를 모델로 세우고 그림을 그렸을까. 어쩌면 그에게 큰 영향을 끼친 사람이 그런 여자 그림을 그렸던 게 아닐까.

가자마가 뉴욕에서 만났다는 일본인이 중요한 인물로 떠올랐다.

가가가 거기까지 생각했을 때, 전화를 마친 오타가 돌아왔다. 그의 표정을 보고 가가는 사태의 급변을 직감했다. 역시 오타가 내뱉은 말은 심상치 않았다.

"당장 다카야나기 발레단에 가봐야겠어."

"무슨 일 있었어요?"

"또 사건이 터졌어. 이번에는 야기유 고스케를 노렸어."

제3장

1

가가와 오타가 다카야나기 발레단에 도착한 것은 오후 3시가 되기 직전이었다. 샤쿠지이 경찰서 수사원들이 현장 검증에 들어갔고, 가지타 사건 수사본부에서도 벌써 수사원 몇 명이 달려와 있었다.

샤쿠지이 경찰서의 고바야시 경위는 복도 벽에 기대서서 감식과의 작업을 지켜보고 있었다. 가가는 그에게 다가가 "야기유 씨는요?"라고 물었다.

"병원에 실려 갔어. 아마 괜찮을 거야."

"그밖에 또 그걸 마신 사람은 없는 거지요?"

"없어. 야기유가 가져온 물통에만 독극물을 집어넣은 모양이야."

"어떤 종류의 독극물이에요?"

"아직 모르겠어."

고바야시는 명백하게 부루퉁한 기색이었다. 이전 사건이 전혀 해결될 기미를 보이지 않는 판에 그의 관할 내에서 또다시 새로운 사건이 터졌으니 당연한 일이었다.

가가는 연습실을 들여다보았다. 댄서들은 하나같이 침울한 기색이었다. 이런 때 공연 연습을 할 수는 없었는지 바닥에서 유연체조를 하거나 바를 잡고 가볍게 몸을 움직이는 사람, 고개를 떨군 채 웅크리고 앉아 있는 사람도 있었다.

아사오카 미오는 거울 앞에 멍하니 서 있었다. 가가가 빤히 지켜보고 있었더니 그녀도 시선을 느꼈는지 이쪽으로 얼굴을 돌렸다. 가가는 슬쩍 턱을 당겼다. 걱정할 것 없다는 뜻으로 고개를 끄덕여준 것인데, 그 작은 몸짓이 그녀에게 전달되었는지는 알 수 없었다.

"야기유 씨의 물통에는 원래 뭐가 들어 있었죠?"

가가는 고바야시에게 물었다.

"오늘은 커피를 가져왔다고 하더라고."

고바야시는 곁에 있던 젊은 형사에게 물통을 가져오라고 지시했다.

"오늘은, 이라는 건 무슨 말이에요?"라고 오타가 옆에서 물었다.

"야기유는 항상 도시락을 싸왔어. 어떤 도시락이냐에 따라서 물통의 내용물도 달라졌던 모양이야. 오늘은 샌드위치 도시락이었기 때문에 커피를 가져왔나 봐."

"그럼 옛날식 장아찌 도시락일 때는 일본차를 가져왔겠네요?"

오타가 말하자, 고바야시는 쓴웃음을 지으며 말했다.

"그런가? 요즘 젊은 사람들은 밥에 장아찌 하나 박아오는 도시락은 먹어본 적도 없을걸?"

젊은 형사가 물통을 가져오자 고바야시는 그것을 오타에게 건네주었다. 통째로 큼직한 비닐봉지에 들어 있었다. 지문 채취가 끝났다고 했지만 그래도 가가와 오타는 장갑을 꼈다.

"냄새만으로는 분명한 커피네."

뚜껑을 열고 코를 대보면서 오타가 말했다. 물통은 스테인리스로 만든 두툼한 것이었다.

"냄새가 끝내주지? 그 속에 독이 들었을 줄은 생각도 못 했을 거야."

"하지만 지금도 독이 들어 있잖아요?"

"아마도. 한번 마셔보든지."

"아이구, 됐네요."

오타는 가가에게 물통을 건넸다. 가가는 뚜껑 안쪽이 젖어 있는 것을 보고 확인차 물어보았다.

"뚜껑에 커피를 따라서 마신 모양이네요."

"그런 거 같아"라고 오타도 고개를 끄덕였다.

"언제 마신 겁니까?"

"점심시간이야. 시각은 2시경. 주위에 목격자가 많아서 그 당시 상황은 분명하게 밝혀졌어. 야기유는 휴게실에서 도시락을 열기 전에 커피부터 마셨어. 그런데 즉시 눈치를 챘던 모양이야. 두세 모금 마시고는 어째 맛이 이상하다고 투덜거렸어. 그리고 고개를 갸웃거리면서 샌드위치를 먹으려는 참에 갑자기 고통이 몰려온 거지. 바닥을 뒹굴면서 위통과 두통을 호소했다더라고. 급기야 안면이 창백해지더니 식은땀을 줄줄 흘렸어. 그제야 곁에 있던 댄서들이 깜짝 놀라서 비명을 지르니까 사무국 사람이 달려오고 경찰과 병원에 급히 연락을 한 거지. 평소 같으면 우선 의사부터 부른 다음에 경찰에 연락했을 텐데, 사건이 연속으로 터지니까 경찰에도 즉시 신고한 모양이야."

어떤 일에든 익숙해지게 마련이네, 라고 오타가 묘한 부분에 감탄을 했다.

의사는 곧바로 중독 증상이라고 판단하고 마신 것을 토하게 한 다음에 암모니아 냄새로 신경에 자극을 주었다. 그렇게 겨우 호흡이 진정됐을 때쯤 경찰차가 도착했다고 한다.

"그럼 야기유 씨가 마신 건 커피뿐이었어요?"

물통 뚜껑을 닫으며 가가는 물어보았다.

"응. 샌드위치는 결국 못 먹었어."

"물통은 어디에 보관했었죠?"

"탈의실에 있는 야기유 본인의 로커. 하지만 로커를 잠그지는 않았어."

"잠그지도 않다니, 허술하네요."

"그만큼 동료들을 믿었다는 뜻이지."

말을 하고 나서 고바야시는 "하지만 앞으로는 믿을 수가 없겠지"라고 덧붙였다. 앞으로 다카야나기 발레단이 어떤 분위기로 변할지 암시해주는 말이었다.

오타는 탈의실을 살펴보러 갔지만 가가는 연습실 쪽으로 슬쩍 빠졌다. 평소에는 열기와 땀으로 후끈하던 곳이었는데 오늘은 썰렁한 공기가 흘렀다. 댄서들도 모두 위에 뭔가를 걸치고 있었다.

가가가 들어가도 아무도 반응을 보이지 않았다. 이 또한 오타의 말대로 사건에 익숙해진 결과인지도 모른다. 그 속에서 아사오카 미오만 까만 눈동자로 그를 맞아주었다.

가가는 망설임 없이 미오 곁으로 다가가 한차례 헛기침을 하고 낮은 목소리로 말을 건넸다.

"놀랐지요?"

저도 모르게 어제는 고마웠다는 말이 튀어나오려고 했지만, 그건 이 자리에서는 적당하지 않은 말이었다.

미오는 고개를 끄덕이는 대신 짙은 속눈썹을 숙였다. 눈가는 붉었지만 뺨에서 목덜미까지의 살빛은 핏기가 빠진 듯 창백했다.

"야기유 씨는 날마다 물통을 들고 다녔습니까?"

야기유에게 '씨'라는 호칭을 붙이는 것에 약간의 저항감이 느껴졌다. 그의 풋풋하고 도전적인 눈매가 떠올랐기 때문이다.

"네, 거의 매일 가져왔어요"라고 미오는 대답했다.

"그걸 모두 다 알고 있어요?"

그러자 미오는 눈동자만 움직여 주위 댄서들의 기색을 살펴본 뒤에 대답했다.

"대부분의 사람들은 알고 있을 거예요. 연구생이나 발레 교실에서 도와주러 온 친구들은 잘 모르겠지만."

가가는 그녀의 설명에 고개를 끄덕이면서 방금 그녀가 한 것처럼 곁눈으로 연습실을 둘러보았다. 그러자 댄서들 사이의 묘한 고요함이 이해가 되었다. 그들은 바로 자신들 중에 살인자가 있다는 사실을 비로소 인식한 것이다.

"야기유 씨는 그 물통의 음료를 건 항상 점심시간에 마셨습니까?"

목소리를 낮춘 채 가는 질문을 이어갔다.

"네, 그랬죠"라고 미오는 또렷하게 대답했다. "오전 레슨 전에 야기유 군이 뭘 먹거나 마시는 일은 한 번도 없었어요."

그렇다면 범인은 야기유가 옷을 갈아입고 탈의실을 나온 뒤부터 점심시간까지, 그 사이에 로커의 물통 속에 독극물을 넣었다는 얘기다.

"이건 약간 다른 이야기인데요"라고 가는 말했다. "레슨 도중에 연습실을 잠깐 빠져나갈 수는 없어요?"

이 질문은 댄서들 중에 범인이 있다는 말이나 마찬가지였다. 하지만 미오는 더 이상 그런 것에 민감한 반응은 보이지 않았다.

"이따금 화장실에 가는 사람이 있죠. 하지만 그런 일도 거의 없어요."

"오늘은?"

"없었어요."

혹시 있었다고 해도 그 사람이 범인일 확률은 거의 없다고 가는 생각했다. 레슨 중에 혼자 빠져나갔다가는 당장 의심을 살 것이기 때문이다. 그렇다면 레슨이 시작되기 전에 탈의실에 몰래 들어가 독을 넣었다는 이야기가 된다.

야기유를 노렸다는 것에 대해 뭔가 짐작 가는 게 없느냐고 물어보고 싶었지만, 이 자리에서 그런 질문을 하면 주위 사람

들에게 들릴 우려가 있었다. 가가는 고맙다는 말만 건네고 그
대로 연습실을 나오기로 했다.

탈의실에 가봤더니 감식과에서 지문 채취를 끝낸 참이었다.
넓이는 두 평 정도, 안으로 들어가 왼편 벽에 로커 열 개가 나
란히 설치되어 있었다. 근처에 있던 젊은 수사원에게 야기유
의 로커는 어디냐고 물었더니 손끝으로 저쪽이라고 알려주었
다. 가장 문 앞쪽에 있는 비교적 새 로커였다.

"로커를 사용할 수 있는 건 발레단 멤버 중에서도 상당한 커
리어가 있는 사람이래."

누가 불쑥 말을 건네기에 뒤를 돌아봤더니 오타가 입구에
서 있었다. "야기유도 춤을 출 때는 준 주연급이지만 연공서열
로는 10위 안에 겨우 들어간다더라고. 아슬아슬하게 로커 사
용이 허락되는 순위야."

가가는 고개를 끄덕이고 안쪽까지 들어가보았다. 가장 안쪽
은 가지타의 로커였다. 그 옆은 발레 마스터의 로커고, 주연급
인 곤노도 반절을 지나 문에 가까운 쪽에 있었다.

그 안쪽에 창문이 있고 창유리 너머로 철쭉이 피어 있는 게
보였다. 가가는 창문 걸쇠 근처를 조사해보았다.

"창문을 열었던 흔적은 없어."

가가의 생각을 알아차린 듯 오타가 뒤에 다가와 말했다. "창
문 틈새에 쌓인 먼지가 그대로거든. 열었다면 흔적이 남았을

거야."

"창문이 아닌 출입문으로 당당히 드나들었다면 역시 남성 댄서가 의심스럽다는 얘기가 되겠네요?"

"꼭 그렇다고 단정할 수는 없어. 얘기를 들어보니까 남성 댄서들은 여자들보다 훨씬 더 빨리 옷을 갈아입고 연습실로 가는 모양이야. 그러니까 이쪽 탈의실에 아무도 없을 때, 옆의 탈의실에는 여자 댄서들이 있는 거야. 그중 한 사람이 기회를 노려 슬쩍 들어와 독극물을 넣은 뒤에 남의 눈에 띄지 않게 나갔을 가능성도 있어."

"상당히 대담한 범행이네요."

"응, 아주 대담해, 이번 범인은."

그리고 오타는 한층 목소리를 낮췄다. "동기가 뭔지는 모르지만, 이런 장소에서 야기유를 죽이려고 한 것 자체가 소심한 사람으로서는 하기 어려운 일이야. 어떻든 이번 일로 용의자의 범위가 부쩍 좁혀졌잖아."

대담한 건 여자들의 특징이지, 라고 오타는 덧붙였다.

그날 밤 시부야 경찰서의 수사본부에서 이 사건에 대한 보고 회의가 있었다. 관할서는 물론 샤쿠지이 경찰서지만 가지타 사건과 밀접한 관련이 있다는 판단 아래, 실질적으로는 합동 수사의 형태를 취하게 되었다. 덕분에 회의실은 수사원들로 가득 찼다.

사건 경과에 대한 건 고바야시가 말했던 대로였다. 탈의실에 관한 설명도 특별히 주의를 끌 만한 것은 없었다.

단지 지금까지의 회의와 크게 다른 점은 범행 동기에 대해 몇 가지 단서가 있다는 것이었다.

"야기유는 가지타를 살해한 범인이 가자마의 친구일 것이라고 추정하고 있었다고 합니다."

쓰루마키라는 비쩍 마른 베테랑 형사가 일동을 둘러보며 말했다. "야기유는 사이토 하루코의 정당방위를 뒷받침하기 위해서는 가자마가 다카야나기 발레단에 몰래 침입한 이유를 밝혀내면 된다고 생각한 것이죠. 그래서 앞서 말한 추정을 바탕으로 가지타와 가자마의 관계를 밝혀내려고 했다는군요. 발레단 동료를 의심하는 일이 있더라도 반드시 하루코를 구해내겠다고 씩씩거렸다는 건 많은 단원들이 직접 들었다고 진술했습니다."

가가는 야기유의 그 모습을 상상하고 저도 모르게 입가에 피식 웃음이 번졌다. 야기유라면 충분히 그 정도로 호언장담을 했을 것이다.

"야기유가 구체적으로 어떤 일을 했지?"라고 도미이가 질문했다.

"그 점에 대해 사무국장인 사카기라는 사람이 흥미로운 이야기를 해줬습니다."

쓰루마키는 넥타이를 조금 느슨하게 풀면서 말했다. "이미 우리 쪽에서도 파악한 정보인데, 가지타는 2년 전에 뉴욕에 건너갔습니다. 가자마가 그쪽에 있었던 것과 같은 시기죠. 이때 가지타는 뉴욕뿐만 아니라 미국과 캐나다의 다른 발레단도 시찰한 사실이 있었어요. 사카기에 의하면 야기유가 그때의 기록을 보여달라고 했답니다. 언젠가는 자기도 그런 곳을 돌아볼 것이고 그때 참고로 하기 위해서라고 이유를 댔다는군요. 그래서 어제 연습이 끝난 뒤에 야기유 혼자 사무실에 남아 해당 자료를 봤다고 합니다."

수사원들 사이에서 수런거리는 소리가 나왔다.

"2년 전에 가지타가 뉴욕에 갔을 때의 일은 파견된 수사원들도 한창 조사 중인 걸로 아는데?"

"네, 조사 중이죠"라고 고바야시가 대답했다. "하지만 아직은 아무것도 나온 게 없어요. 그 사람이 가자마와 접촉한 사실도 없습니다. 그래서 2년 전으로 한정하지 않고 범위를 좀 더 넓혀서 조사할 생각이에요."

"지난번에 가자마가 그쪽에서 사귀었다는 일본인이 가지타일 가능성은 없어요?"

오타의 물음에 고바야시는 고개를 저었다. "사진을 전송해서 증인에게 보여줬는데 아니라고 했어."

"그러면 야기유는 가지타가 뉴욕 이외의 곳을 돌아다녔던 것에 주목했다는 건가."

도미이는 야기유가 그런 조사를 했다는 것을 다른 단원들도 알고 있었느냐고 물었다. 거의 대부분의 단원들이 알고 있었다고 쓰루마키는 대답했다. 사카기와 야기유가 그런 이야기를 나누는 것을 다들 들었다는 것이다.

"혹시 범인이 그 말을 듣고 야기유를 제거하려고 했다면, 야기유의 추리가 사건의 핵심을 제대로 짚은 것이었다는 얘기인데요?"

다른 수사원의 말에 도미이는 아랫입술을 툭 내밀고 짜증스러운 얼굴로 고개를 끄덕였다.

"처음부터 비협조적이라고 느끼기는 했지만 그런 중요한 정보를 감추고 있을 줄은 몰랐네. 이번 사건으로 그 사람들이 화들짝 놀라서 협조나 잘해줬으면 좋겠어. 그나저나 야기유의 몸 상태는 어때?"

"오늘 하루는 절대 안정을 취해야 한대요. 내일 아침이면 진술을 들을 수 있을 겁니다."

젊은 수사원이 대답했다.

"경호는?"

"붙였습니다."

"좋아, 실수 없이 잘 지켜봐. 방금 말했던 그런 이유로 야기유를 노렸다면 그가 무사하다는 소식을 듣고 다시 한번 노릴 가능성이 있어."

"야기유에게서 어떤 이야기가 나올지 기대가 되네요."

"나도 그래. 그걸로 단숨에 해결이 되면 좋겠다만—."

도미이가 말을 어중간하게 끊은 것은, 감식과 직원이 들어와 그에게 서류를 보여주었기 때문이다. 도미이는 그것을 스윽 훑어본 뒤 모두에게 보고했다.

"독극물이 판명되었어. 역시 니코틴이야. 담뱃잎의 침출액이라는군. 가지타 때도 똑같았지? 하지만 농도는 지난번보다 훨씬 낮아. 커피에 넣으려고 약하게 만든 모양이야. 야기유가 목숨을 건진 건 그 덕분이겠지?"

"네, 그렇습니다"라고 감식과 직원이 대답했다. "특히 이번에는 지난번처럼 직접 주사가 아니라 커피였으니까 범행에 성공하기 위해서는 오히려 농도를 높였어야 했어요. 피해자로서는 천만다행이었죠."

"이번에는 범인이 그만큼 다급했다는 얘기인가? 이거, 야기유의 진술이 점점 더 궁금해지네. 아참, 발레단 쪽에도 경호를 붙였지?"

몇 사람이 교대로 지키고 있다는 말을 듣고 도미이는 만족스럽게 고개를 끄덕였다. 오늘 밤, 가지타의 장례식에 갈 예정인 것이다.

2

가지타의 맨션에서 수십 미터 떨어진 곳에 자리 잡은 상조 회관이 장례식장이었다.

사카기를 비롯한 사무국 직원들이 바쁘게 돌아다니고 댄서들과 무대 관계자가 대거 참석해서 나름대로 모양새를 갖춘 장례였다. 하지만 장례식장 전체가 뒤숭숭한 분위기라는 건 부정할 수 없었다. 가지타 살해 사건이 해결되기도 전에 그날 낮에는 하마터면 야기유가 살해될 뻔했다는 이야기가 퍼졌으니 그럴 만도 했다. 그래서 그런지 참석자가 꽤 많았는데도 대부분 일찌감치 돌아갔다. 어쩌면 다음 타깃은 자신이 될지도 모른다는 불안감 때문일 것이다.

미오는 관에서 멀찌감치 떨어진 자리에서 아키코 일행과 함께 잠깐 술을 마셨다. 일찌감치 돌아가고 싶은 마음이 굴뚝같았지만, 자신들이 돌아가면 다른 댄서들도 따라서 우르르 자리를 뜰 게 틀림없었다. 그걸 생각하면 가지타에게 죄송해서 선뜻 일어설 수가 없었다.

"범인은 완전히 미친놈이야."

대각선으로 마주 앉은 곤노가 불그레해진 이마에 손을 짚고 말했다. "동료를 죽이려고 하다니, 이건 정말 미치지 않고서는 못 할 짓이야. 지금까지 대체 뭘 위해서 함께 땀을 흘려왔는

210

데?"

"곤노 군, 취한 거 같아. 너무 많이 마신 거 아니야?"

미스트레스 나카노 다에코가 말을 건넸다.

"아니, 취하지 않았어요. 정말 한심해서 그래요. 모두 힘을 합쳐서 한 무대를 만들어가야 하는데, 우리 속에 미친 배신자가 숨어 있다니, 이게 대체 뭐예요?"

"목소리가 너무 커."

다에코가 나무라자 곤노는 입을 꾹 다물었다. 그러고는 애꿎은 술만 들이켜고 있었다.

미오는 그런 곤노의 모습을 말없이 지켜보았다. 문득 곁에 앉아 있던 야스코가 "미오, 잠깐 얘기 좀"이라고 귓가에 속삭였다.

"오늘 아침에 연습하러 가장 늦게 들어온 게 누구였지?"

그 질문에 미오는 야스코의 얼굴을 마주 바라보았다. 그녀 역시 야기유의 물통에 독을 넣은 사람을 우리 단원들 중에서 찾고 있는 걸까.

"글쎄요, 생각이 안 나는데"라고 미오는 대답했다. 거짓말이 아니었다. 지금까지 그런 일에 주의를 기울인 적도 없는 것이다.

"그래. 하긴 그렇겠지. 나도 기억이 안 나는데, 뭘."

작은 목소리로 말하더니 야스코는 "레슨 중간에 빠져나간 사람은 없었어?"라고 다시 물어왔다.

"없었던 거 같아요."

"역시 그렇지?"

야스코는 엄지손가락의 손톱을 깨물었다. 그녀가 뭔가 생각에 잠길 때면 이따금 보이는 버릇이었다.

"오늘 아침에 나와 미오는 함께 탈의실을 나왔고 그 뒤로도 내내 함께 있었지?"

손톱을 깨무는 자세 그대로 야스코가 물었다.

"함께 있었죠"라고 미오는 대답했다.

"아키코도 있었고?"

"네."

세 사람은 아침마다 탈의실에서 얼굴을 마주쳤다. 그리고 나란히 연습실로 나갔던 것이다.

"내가 어쨌다고?"

미오와 야스코의 대화가 귀에 들어갔는지, 맞은편에 앉아 있던 아키코가 의아한 얼굴로 물었다. 미오가 대답을 머뭇거리고 있자 야스코가 방금 했던 이야기를 알려주었다. 하지만 아키코의 의아한 표정은 바뀌지 않았다.

"근데 그게 왜?"

야스코는 잽싼 시선으로 주위를 슬쩍 둘러보더니 아키코 쪽으로 몸을 내밀었다.

"아침부터 계속 누군가와 함께 있었던 사람은 야기유 군의 물통에 독을 넣을 수 없었어. 그러니까 우리가 의심받는 일은 없을 거야."

"아, 그런 얘기였어?" 아키코는 그제야 알아들었다는 듯 가만히 머리를 끄덕였다. 하지만 뭔가 심드렁한 표정이었다. 야스코의 말에 그다지 관심이 없는 기색이었다. "그건 그럴지도 모르지만, 그렇다고 의심이 완전히 풀리는 건 아니야. 이를테면 아침에 누구를 만나기 전에 그런 짓을 했을 수도 있잖아?"

"하지만 그런 때라면 남자 탈의실에 아직 사람이 있었을 거야."

야스코의 말이 끝나기도 전에 아키코는 벌써 고개를 흔들고 있었다.

"하지만 불가능하다고 단언하기는 어려워."

그녀의 말에 선뜻 대꾸할 말이 생각나지 않는지 야스코는 시선을 아래로 떨구었다. 그런 야스코에게 아키코는 미소를 던졌다.

"걱정 마. 아무도 우리 세 사람 중에 범인이 있다고 생각하지는 않을 거야. 다만 경찰은 그리 만만하지 않다는 말을 하고 싶었을 뿐이야."

그러자 야스코는 고개를 꾸벅 숙이더니 작은 소리로 "미안해"라고 말했다.

한 시간쯤 뒤에 미오 일행은 자리에서 일어서기로 했다. 예상했던 대로 이쪽이 일어나기만을 기다렸다는 듯이 신인 댄서들도 돌아갈 준비를 하기 시작했다.

상조회관을 나오는 길에 아키코가 미오에게 잠깐 시간 좀 내달라고 말을 건네왔다. 미오는 야스코와 함께 역으로 가려던 참이었지만, 그녀에게 양해를 구하고 아키코를 따라 걸음을 옮겼다.

"뒤에서 누가 따라오지?"

말없이 한참 걸어간 참에 아키코가 말했다. 미오는 뒤를 돌아보았지만 인기척은 느껴지지 않았다.

"안 들키게 미행을 잘하는 거야"라고 아키코는 말했다. "뭐, 미행해도 별 상관은 없지만."

형사 얘기를 하고 있는 것이었다.

"앞으로 우리는 계속 미행을 당하는 건가요?"

"아마도 그럴 거야. 사건이 해결될 때까지 계속."

우울한 목소리로 아키코는 말했다.

두 사람이 들어간 곳은 단골주점 〈NET BAR〉였다. 자리에 앉고 잠시 뒤에 낯선 남자 둘이 고개를 숙인 채 들어와 카운터에 나란히 자리를 잡았다.

"그냥 내버려두자."

아키코는 남자들 쪽을 쳐다보지 않고 말했다. 미오도 그녀의 눈을 바라본 채 고개를 끄덕였다.

마스터가 다가와 아키코 앞에는 온더록스와 물을, 미오에게 는 김이 오르는 우롱차를 내주었다. 마스터도 남자들의 정체 를 눈치챘는지 평소에는 한마디쯤 말을 걸어주는데 오늘 밤에 는 별말 없이 카운터 안으로 돌아갔다.

아키코는 스카치위스키를 한 모금 마시고 말문을 열었다.

"솔직히 묻겠는데, 야기유 군의 일, 뭔가 짐작 가는 게 있 어?"

미오는 잠시 망설인 끝에 그동안 마음에 걸렸던 것을 말하 기로 했다. 야기유가 가지타의 2년 전의 미국행을 조사하려고 했던 일이다.

"그건 나도 알고 있어. 그거 말고는 없어?"

없어요, 라고 미오는 대답했다.

"그래?"

아키코는 시선을 벽 쪽으로 향하고 유리잔 안의 얼음을 댕 강댕강 울렸다. "야기유 군을 죽이려고 한 범인, 가지타 선생님 때하고 같은 사람일까?"

미오는 우롱차가 든 컵에 양손을 녹이면서 대답했다.

"잘은 모르겠지만, 아마 같은 사람일 거예요."

"왜?"

"그런 나쁜 짓을 하는 사람이 설마 두세 명씩이나 있지는 않겠지요?"

그러자 아키코는 입술을 다문 채 빙긋이 웃으면서 긴 머리를 뒤로 쓸어 올렸다.

"그래, 정말 나쁜 짓이지."

그리고 그녀는 다시 원래의 진지한 표정으로 돌아가 말했다. "만일 범인이 동일인이고 우리 단원 중의 한 사람이라면 어떻게든 빨리 찾아내야 해. 무슨 좋은 방법이 없을까?"

하지만 미오에게 그런 묘안이 있을 리 없었다. 말없이 우롱차를 마시고 다시 양손으로 컵을 감쌌다.

"미오, 오늘 가가 형사하고 뭔가 이야기하던데."

지금까지보다 한층 더 작은 소리로 아키코가 말했다. 미오는 고개를 끄덕였다.

"그 형사는 이번 사건에 대해 뭐라고 했어? 범인에 대해 감을 잡았다든가 그런 얘기는 없었어?"

"아뇨, 그런 말은 없었어요. 오늘 아침의 내 행적을 잠깐 물어본 것뿐이에요."

"여전히 모르는구나. 안타깝네."

말을 하고 나서 아키코는 문득 술잔을 입에 옮기려던 손을 멈추고 유리잔을 다시 테이블에 내려놓았다.

"가지타 선생님의 재킷이 젖어 있었던 거"라고 아키코는 말했다. "경찰에서 그것도 범인이 한 일이라고 생각한다면 그 옷

216

에 물을 뿌렸을 때, 즉 레슨이 시작되기 전에 분명한 알리바이가 있는 사람은 경찰의 용의선상에서 벗어날 수 있다는 얘기겠지?"

"그건 나도 똑같이 생각했어요"라고 미오는 아키코의 눈을 바라보며 말했다.

"실은 내가 그런 쪽을 아닌 척 자연스럽게 애들에게 모두 물어봤어."

"알리바이를?"

왠지 등줄기에 오싹 한기가 내달리는 것을 미오는 느꼈다.

"응. 그래서 그 시간에 선생님의 재킷에 손가락 하나 댈 수 없었던 사람들을 알아냈어. 일단 이 사람들은 의혹의 시선은 안 받는 거야."

그렇게 말하더니 아키코는 손끝을 물로 적셔 테이블 위에 글씨를 쓰기 시작했다. 그건 단원들의 이름이었다. 가오루, 다카코…… 이름은 모두 여섯 개였다.

미오가 얼굴을 들자 아키코는 "외웠지?"라고 확인하고서 잔 받침종이로 그 이름들을 지워버렸다.

"이 정도는 경찰에서도 벌써 알아냈을 거야"라고 아키코는 말했다.

미오는 컵을 입에 대고 우롱차를 마셨다. 어느새 입 안이 바짝 말라 있었다.

"근데, 미오…….."

잠시 침묵한 뒤에 아키코가 약간 초점이 흐려진 눈을 유리
잔으로 향한 채 중얼거렸다. "어째서 야기유 군은 죽지 않았을
까."

헉 하고 미오는 저도 모르게 높은 소리가 나왔다. 형사들의
귀에도 들어갔나 하고 가슴이 뜨끔했지만, 아키코는 별로 신
경 쓰는 기색 없이 태연하기만 했다.

"난 아무래도 이상하다고 생각해"라고 그녀는 말을 이었다.
"가지타 선생님 때는 그야말로 완벽하게 살인에 성공했잖아.
근데 이번에는 왜 실패했을까?"

"그건 범인이 예상했던 만큼 야기유 군이 독이 든 커피를 마
시지 않았기 때문이 아닐까요? 그리고 야기유 군이 뜻밖에도
독성에 강한 체질이었을 수도 있어요."

"글쎄, 그럴까?"

아키코는 아무래도 미심쩍다는 듯 자신의 관자놀이를 툭툭
치며 말을 이었다. "그래도 정말 죽일 작정이었다면 뭔가 다른
방법이 있지 않았을까? 이를테면 독을 더 많이 넣는다든가."

"잘 모르겠어요…….."

미오는 고개를 갸웃거릴 수밖에 없었다. 나는 왜 이렇게 머
리가 둔한 걸까, 하는 희미한 자기혐오를 느꼈다. 아까부터 아
키코의 질문에 변변한 대답 한번 하지 못하고 있었다.

"만일 범인이 처음부터 야기유 군을 죽일 생각이 아니었다면?"

아키코가 중얼거린 말에 미오는 눈을 둥그렇게 떴다. "설마요. 그렇다면 왜 일부러 그런 짓을 하겠어요?"

그러자 아키코는 스카치를 한 모금 마신 뒤에 차가운 유리잔을 이마에 댔다.

"그렇지?"라고 그녀는 말했다. "공연히 그런 짓을 할 리가 없겠지?"

하지만 무슨 깊은 생각에 잠겼는지 아키코의 눈동자에 서린 번뜩임은 내내 사라지지 않았다.

3

다음 날 아침, 가가와 오타는 야기유의 진술 조사를 담당하게 되었다. 찌무룩한 날씨여서 가가는 우산을 들고 수사본부를 나섰다.

야기유가 실려 간 병원은 오이즈미가쿠엔 버스길 옆의 4층 건물이었다. 차가 지나갈 때마다 먼지바람이 피어올랐다. 가가는 얼굴을 찌푸리며 병원 유리문을 밀었다.

4층 1인실이 야기유의 병실이었다. 가가가 노크하자 무뚝뚝

한 대답이 들려왔다. 문을 열고 들어서는 가가와 오타를 보더니 야기유는 한층 더 부루퉁한 얼굴이 되었다.

"어, 멀쩡해 보이는데요?"라고 가가가 한마디 던지고 오타를 보았다. 오타도 느물느물 웃으며 "이 정도면 편안히 얘기할 수 있겠네"라고 말했다. 실제로 담당 의사에게서도 이제는 괜찮다는 허락을 얻었다.

"아직도 속이 메슥거린다고요"라면서 야기유는 짜증스러운 표정이었다. "참내, 진짜 죽을 뻔했는데."

"그래도 무사하니 됐잖아요."

그렇게 말하고 가가는 실내를 둘러보았다. 하얀 벽으로 둘러싸여 있고 침대와 의자 말고는 아무것도 없는 병실이었다. 도로와는 반대쪽이라서 배기가스와 소음에 시달리지 않는 게 그나마 유일한 장점이었다.

"게다가 이번 일은 자업자득이라고 할 수도 있잖아?"

"엥, 왜요?"

무슨 소리냐는 듯 야기유의 목소리가 커졌다.

"혼자 마음대로 딴짓을 했기 때문이지."

그렇게 말하고 오타는 의자를 끌어당겨 앉았다. 하나밖에 없는 의자를 잽싸게 차지하는 바람에 가가는 별수 없이 창문턱에 기대고 앉았다.

"어디 얘기 좀 해봐"라고 오타가 야기유를 향해 손짓을 했다. "뭘 찾으려고 했고, 뭘 알아냈는지 속 시원히 털어놓으라고."

야기유는 침대에서 윗몸을 일으키더니 가가와 오타의 얼굴을 번갈아 바라보며 천천히 고개를 저었다. "대체 무슨 얘긴지 모르겠네."

"당신이 직접 사건을 해결하겠다고 씩씩거렸다고 들었어. 그러려고 가지타 씨가 2년 전에 미국과 캐나다를 돌아본 일을 캐고 다녔잖아."

오타가 묻자 야기유는 잠깐 시선을 떨구더니 곧바로 형사의 눈을 똑바로 마주 보았다.

"사건을 해결하다니, 그런 거창한 게 아니었어요. 그냥 하루코를 구해내야 한다는 생각뿐이었죠. 선생님과 가자마의 관계를 알아내면 그자가 발레단에 몰래 들어온 이유도 알 수 있는 거 아니냐고요. 그렇다면 두 사람의 공통점이 뭐냐, 하고 생각했고 거기서 당연히 선생님이 재작년에 미국에 갔던 일을 조사해본 거죠."

"뉴욕뿐만 아니라 다른 곳에 대해서도 알아보고 다녔다던데?"

"그야 2년 전에 선생님이 뉴욕에 갔던 일은 경찰도 이미 다 알고 한참 전부터 수사를 했잖아요. 그런데도 아무것도 안 나온 것 같아서 나는 선생님이 다른 곳에 갔던 때를 알아보려고 한 거예요."

거기까지 말하고서 야기유는 뭔가 깨달은 듯 눈을 큼직하게 떴다. "아, 그러면 범인이 나를 노린 게 그것 때문이라는 얘기예요?"

"뭐, 그럴 거라고들 생각하고 있어."

오타가 대답하자 정말 말도 안 된다는 듯 야기유는 고개를 홱 돌리며 손으로 뭔가를 후려치는 듯한 몸짓을 했다.

"나는 아직 아무것도 알아낸 게 없어요. 근데 왜 나를 노리겠어요?"

"당신이 알아내버리면 때를 놓친다고 생각했겠지."

가가가 옆에서 말했다. "아니면 그거 말고 당신을 노릴 다른 이유라도 있어요?"

"그런 거 없어요. 나도 어제부터 내내 이불 속에서 끙끙거리며 생각해봤어요. 어째서 범인이 선생님 다음으로 나를 죽이려고 했는가. 근데 그런 거였군요. 그놈이 나한테 꼬리를 잡히기 전에 미리 없애려고 한 거였어."

야기유는 오른손 주먹으로 왼쪽 손바닥을 내리쳤지만, 그 자세 그대로 고개를 갸웃거렸다. 그리고 형사들을 보았다. "근데 아직 별로 알아낸 것도 없어요. 그래도 범인에게 내가 거치적거리는 존재였을까요?"

"가지타 씨의 미국행에 대해 대체 뭘 알아볼 생각이었어요?"라고 가가가 물었다.

"글쎄, 일단 선생님이 거쳐 가신 곳을 다 적은 다음에 그중에서 가자마도 똑같이 갔던 곳이 있는지 확인해볼 생각이었죠."

"어떤 방법으로?"

"구체적으로는 정한 것도 없어요. 그냥 그쪽의 발레단마다 문의 편지를 보내는 것도 한 가지 방법이겠다는 생각은 했죠."

"그렇게 문의해보겠다는 얘기를 누군가에게 했어요?"

"아뇨, 아무한테도 안 했어요. 굳이 말할 필요도 없잖아요?"

가가는 오타와 얼굴을 마주 보았다. 야기유가 거짓말을 하는 것 같지는 않았다.

"그저께 사무실에서 가지타 씨의 미국에서의 행적에 대한 기록을 봤다고 하던데?"라고 오타가 물었다.

"봤죠."

"그때 메모 같은 걸 했나?"

"했어요. 아마 내 방 책상 서랍에 있을 거예요."

"좀 봐도 될까?"

"그야 얼마든지 보셔도 좋지만, 제발 아무도 모르게 좀 해주세요. 방금 어머니가 다녀가셨는데 너무 놀라서 반쯤 넋이 나간 상태예요. 나는 이제 괜찮다고 살살 달래서 돌려보내느라 진땀을 뺐다니까요."

"알았어요. 특별히 조심스럽게 진행하라고 말해두지."

오타는 웃으면서 자리에서 일어서더니, 본부에 연락하고 오겠다는 말을 남기고 병실을 나갔다. 피해자 본인의 진술인 만큼 수사본부에서는 이번 조사에 큰 기대를 걸고 기다리고 있을 터였다. 가가의 느낌으로는 별다른 수확은 없었지만.

"조금 전 얘기로 돌아가는 건데, 그거 말고 당신을 노릴 만한 또 다른 이유는 없을까요?"

오타를 기다리는 동안, 창문틀에 몸을 기댄 채 가가는 물었다.

"모르겠어요"라고 야기유는 대답했다. "그걸 알면 당장 말했죠. 나도 살해되고 싶지는 않다고요."

"그건 그렇죠."

"솔직히 분통이 터져요. 하필 이런 때에 엉뚱한 봉변을 당하다니. 또 한 번 큰 공연을 앞두고 있는 참이에요."

"〈잠자는 숲속의 미녀〉의 요코하마 공연 말이죠? 당신은 파랑새였던가요? 지난번에 그걸 못 봐서 유감이었어요. 나는 티켓까지 샀었는데."

미오의 플로리나 공주도 못 봤다. 가가로서는 그것이 가장 유감스러운 일이었다.

"파랑새는 꼭 해볼 만한 역할이에요. 남성 무용수가 멋진 모습을 뽐낼 수 있는 몇 안 되는 춤이니까. 다들 하고 싶어 해요."

"흠."

가가는 왼쪽 무릎 위에 오른 다리를 얹고 넥타이를 느슨하게 풀었다. "잠깐 실례되는 질문을 좀 해도 괜찮을까요?"

야기유는 흥, 콧방귀를 뀌었다. "지금까지도 충분히 실례되는 질문을 툭툭 던졌으면서, 새삼스럽게 왜 그래요? 사실 내가 아주 너그러운 사람이라서 화를 안 내고 꾹 참고 있었죠."

"흐흥, 고맙네요"라고 가가는 말했다. "방금 그 공연 말인데, 혹시 당신이 당분간 복귀하지 못하면 누가 파랑새 역할을 대신하게 되죠?"

야기유는 콧날을 부풀리고 눈을 껌뻑거렸다. 그게 이번 사건과 무슨 상관이냐는 얼굴이었다.

"그럴 경우에 대역이 정해져 있어요?"

"대역은 무슨, 그런 거 없어요"라고 야기유는 말했다. "그런 거 정해놓지 않아도 대충 메워져요. 자기 역할이 아닌 것도 평소에 연습하니까요. 파랑새처럼 콩쿠르에 자주 등장하는 스탠더드 넘버의 경우는 특히 그렇죠. 일단 파랑새 춤을 출 수 있는 사람이 상당히 많아요. 하지만 기본 수준 정도는 된다는 거예요. 돈을 받고 무대에 설 만한 춤인가 하는 건 또 다른 문제겠죠."

기본 수준, 이라는 부분을 야기유는 특히 강조했다.

"그래도 어쨌든 야기유 씨가 출연하지 못하면 그 멋진 역할을 누군가 다른 사람이 물려받기는 하는 거잖아요."

"그야 뭐, 그렇죠"라고 말하고 나서 야기유는 가가가 무슨 생각을 하는지 알아차렸는지 입이 삐뚜름해지면서 "하지만 그 역할을 노리고 누군가 나를 죽이려고 했다는 건 절대로 있을 수 없는 일이에요"라고 말했다. "내기를 해도 좋아요."

"그래요?"

"당연하죠. 댄서는 그런 짓은 안 해요. 아니, 못 하죠. 드라마 같은 데서 프리마 자리를 노리고 상대를 함정에 빠뜨린다는 뻔한 스토리가 자주 나오죠? 근데 그런 일은 절대로 없어요. 댄서라는 건 춤에 대해서는 결벽증이 있고, 동료들과의 실력 차를 객관적으로 이미 다 파악하고 있거든요. 자기보다 뛰어난 사람이 있는데 그 사람을 밀어내고 자신이 춤을 춘다는 건 본능적으로 안 되는 일이에요. 그 역할을 갖고 싶을 때는 실력으로 겨룬다, 방법은 그것밖에 없어요. 옆에서 지켜보기에는 우아해 보이지만 생존경쟁이 엄격한 세계예요."

가가는 고개를 끄덕였다. 야기유가 이만큼 열을 내어 말하는 걸 보면 그의 말이 맞을 것이다. 게다가 상식적으로 생각해봐도 오로지 그것만을 위해 사람을 죽인다는 건 비현실적이다.

"공연에 나서는 댄서들은 그런 생존경쟁을 이겨내고 선발된 셈인가요?"

"이겼다거나 졌다는 말은 별로 하고 싶지 않군요. 개중에는 아예 처음부터 뛰어난 재능을 보이는 사람도 있어요. 아키코 씨나 곤노는 그런 쪽이죠. 나하고 미오는 바닥부터 기어 올라온 쪽이랄까."

"그렇군요. 당신과 아사오카 미오 씨는 항상 콤비인가요?"

"최근에는 계속 콤비로 무대에 올랐죠. 적어도 이번 공연까지는 함께할 거예요."

말을 하고 나서 야기유는 문득 생각에 잠긴 듯 먼 눈빛을 보였다. 그리고 중얼거리듯이 말을 이었다. "그래, 미오를 위해서도 역시 나 말고 딴 사람에게 파랑새 역할을 맡기는 건 안 되겠네."

"호흡이 안 맞을 거라는 얘기예요?"

"뭐, 그런 것도 있고요."

야기유는 자신의 목덜미를 긁적거리더니 양손을 머리 위에서 맞잡고 크게 하품을 했다.

병원을 나오자 투둑투둑 비가 내리기 시작했다. 회색 아스팔트는 검은 점을 흩뿌린 것처럼 젖어들어 풀풀 날리던 먼지가 조금쯤 가라앉는 것 같았다. 가가는 들고 왔던 우산을 펼쳤다. 오타도 접이식 우산을 받쳐 들었다.

"오늘 가지타 씨의 발인 날이죠?"

역을 향해 잠시 걸어가다가 가가가 말했다. "잠깐 장례식장에 들렀으면 좋겠는데."

"그런 데 가봤자 아무 도움도 안 돼."

"누가 참석했는지 알아보고 싶어서요."

"음, 그건 필요할지도 모르겠네."

오타는 발을 멈추고 생각해보더니 "그럼 나는 먼저 샤쿠지이 경찰서로 들어갈게"라고 말했다.

"저도 정오까지는 돌아갈게요."

가가는 버스 길에서 벗어나 장례식장으로 향했다.

비가 오는데도 장례식장에는 속속 참석자들이 밀려들고 있었다. 친척도 없다고 했었는데 나이가 지긋하고 점잖아 보이는 사람들이 많았다. 줄줄이 늘어선 화환의 이름표를 살펴보니 정치가와 일류 기업의 회장들이 있었다. 이런 점에서도 가지타 야스나리가 단순히 한 발레단의 연출가에 머물지 않았다는 것을 알 수 있었다.

참석자와 멀찌감치 떨어진 곳에서 상황을 살피고 있으려니 발레단 단원들이 분향을 위해 차례차례 들어가는 모습이 보였다. 그 사이에 스피커에서는 조전弔電이 소개되었다. 여기에서도 역시 정재계 명사들의 이름이 이어졌다.

분향을 마친 단원들은 그대로 연습실로 가려는지, 가가가 서 있는 쪽으로 걸어왔다. 가가는 우산을 내려 얼굴을 감추고 다시 조금 더 길 옆으로 이동했다.

곤노와 다카야나기 아키코 일행이 지나갔다. 연습실을 나올 때는 비가 내리지 않았던 모양이다. 단원들은 모두 우산을 쓰고 있지 않았다.

가가는 그들의 뒤를 따라 걸어갔다. 미오의 모습도 눈에 들어왔다. 검은 원피스에 연보랏빛 브로치를 가슴에 달고 있었다. 가가는 우산 속에서 미오의 뒷모습을 눈으로 따라갔다.

어라, 하고 생각한 것은 그녀가 갑작스럽게 멈춰 섰기 때문이다. 태엽이 끊긴 인형처럼 부자연스러운 정지였다.

이윽고 미오는 주위를 살피듯이 고개를 돌리더니 조심스러운 몸짓으로 발을 옮기기 시작했다. 그리고 가까운 모퉁이를 돌아섰다. 하지만 그건 연습실로 가는 길이 아니었다.

이상하네―. 가가는 그 뒤를 따라 걸음을 옮겼다. 그녀가 돌아간 모퉁이로 꺾어들었다.

한순간 그녀가 사라졌다, 라고 생각했다. 막다른 길인 데다 그녀의 모습이 보이지 않았기 때문이다. 하지만 그건 착각이었다. 미오는 담장으로 둘러싸인 어슴푸레한 한쪽 구석에서 벽을 향해 서 있었던 것이다. 긴 머리칼이 비에 젖고 있었다.

"왜 그래요?"라고 가가가 물었다. 하지만 그녀의 반응은 없었다.

미오 씨, 라고 부르며 가가는 곁으로 다가갔다. 그러자 몸을 웅크리고 있던 미오가 고개를 들고 그를 돌아보았다.

갑자기 가가가 나타난 것에 놀랐는지 미오는 눈이 둥그레져서 헉 하고 숨을 들이쉬었다. 이윽고 눈을 질끈 감고 그 숨을 후우 토해내더니 급하게 뛰는 심장을 다독이듯이 손바닥을 가슴에 댔다. 안색이 평소보다 더 창백했다.

"무슨 일이에요?"라고 가가는 다시 물었다. "어디 몸이 안 좋아요?"

미오는 가가의 얼굴을 빤히 쳐다보며 침을 꿀꺽 삼키더니 "제발"이라고 말했다. "나를 사람들이 없는 곳으로 데려가줘요. 어딘가 공원에라도……."

"미오 씨……."

그녀에게 무슨 일이 일어났는지, 생각하고 있을 상황이 아니라고 가가는 직감했다. 그녀에게 손을 내밀었다. 미오가 그 손을 붙잡았다.

우산을 되도록 낮게 숙여서 미오의 모습이 남의 눈에 띄지 않게 조심조심 가가는 버스 길로 나갔다. 마침맞게 비가 내려주었다.

택시를 잡아타고 샤쿠지이 공원으로 가자고 말했다. 미오는 가가의 오른팔을 붙잡은 채, 파르르 떨고 있었다. 그 떨림이 젖은 머리칼 때문만은 아니라는 것을 가가는 감지했다.

공원에 도착할 때쯤에 미오의 떨림은 멎었다. 그리고 비도 그쳤다. 두 사람은 택시에서 내려 공원 입구를 향해 걸음을 옮겼다. 도로 옆에 줄을 선 나무들은 오랜만에 먼지가 말끔히 씻겨 나갔는지 모두 다 싱싱하게 보였다.

두 사람은 공원의 숲속을 걸었지만 어느 누구와도 마주치지 않았다. 찻길에서 벗어났더니 모든 소리가 어딘가로 빨려 들어간 것 같았다. 적당히 물기를 머금은 땅이 발을 옮길 때마다 기분 좋은 소리를 냈다.

지붕이 달린 휴식 공간이 있어서 가가는 말없이 그곳 벤치에 자리를 잡고 호주머니에서 손수건을 꺼내 옆에 깔았다. 미오는 머뭇거리는 일 없이 그의 손수건 위에 앉았다. 그리고 미오는 잠시 무릎 위에 얹은 자신의 손을 바라보고 있었다.

흙을 밟는 소리가 들려와 가가가 얼굴을 들자 세 살 남짓한 여자애를 데리고 아버지인 듯한 남자가 들어서는 참이었다. 옆을 보니 미오도 그 부녀를 바라보고 있었다.

아버지와 어린 딸은 가가 쪽에는 별 관심을 보이지 않고 그들의 벤치 옆에 있는 자동판매기 앞에 섰다. 오렌지 주스, 라고 여자애가 말하자 아버지는 100엔 동전을 넣고 버튼을 눌렀다. 우당탕 하는 큰 소리를 내며 캔 주스가 나오자 아버지는 마개를 떼어 여자애에게 건넸다. 여자애는 걸음을 옮기며 한 모금 마시더니 그 캔을 아버지에게 건넸다. 아버지도 조금 마시고는 다시 여자애에게 돌려주었다. 아버지와 어린 딸은 그렇게 가가와 미오에게서 멀어져갔다.

그들의 모습이 완전히 사라진 뒤, 가가는 "우리도 뭔가 마실까요?"라고 첫말을 떼어보았다. 이제 슬슬 말을 건네도 좋을 것 같았기 때문이다. 하지만 미오는 그 말에 대답하는 대신,

"내가 지금 무슨 생각을 하는지, 가가 씨는 아실까요?"

라고 입술에 희미하게 웃음을 담으며 물어왔다. 아뇨, 전혀, 라고 그는 대답했다.

"나는 가가 씨가 무슨 생각을 하는지 알아요."

"그래요?"

"이 여자 어떻게 된 거야. 정신이 나갔나. 내가 왜 이런 뒤치다꺼리를 해야 하나—."

"그런 생각 안 해요. 어떻게 된 거야, 라는 건 약간 맞기는 한데 그것도 뉘앙스가 조금 다르군요."

후후, 하고 미오는 웃었다.

"아까 택시에서 내렸을 때부터 계속 생각했어요. 가가 씨에게 이 상황을 어떻게 설명해야 하나, 라고요. 이렇게 바보같이 굴고, 정말 어떻게 수습해야 좋을지……."

"수습하려고 하지 말고"라고 가가는 말했다. "있는 그대로 정직하게 말해줬으면 좋겠군요. 그러면 아마 나도 충분히 이해할 거예요."

그러자 미오는 고개를 살짝 기울인 채 두 손으로 무릎을 비

벘다.

"나도 잘 모르겠어요."

그녀는 회색 하늘을 올려다보며 말했다. "가지타 선생님을 생각했더니 새삼 슬퍼지고, 오늘은 연습하기 싫다는 생각도 들고, 그랬더니 갑자기 빈혈이 덮치고. 그래서……."

여기서 다시 미오는 고개를 갸웃거렸다. "이런 날에는 조용히 넘어가주면 좋을 텐데 또다시 빈혈이 일어나다니. 생각할수록 답답해서 잠깐 나 혼자 울다가 돌아가려고 했는데—."

"내가 갑자기 나타나서 방해를 했군요?"

네, 라고 미오는 미소를 지으며 고개를 끄덕였다. "하지만 가가 씨가 와줘서 좋았어요. 혼자 우는 것보다 이렇게 둘이서 이야기하는 게 훨씬 더 즐겁잖아요?"

"그렇게 말해주시니 내가 한결 마음이 놓입니다."

가가는 구두 끝으로 땅바닥을 툭툭 쳤다. "그보다 나는 미오 씨의 그 빈혈이라는 게 더 걱정이 되는군요. 한번 정확하게 검사를 받아보는 게 좋을 텐데."

그러자 미오는 지그시 그의 얼굴을 바라보더니 어깨를 움츠리며 웃었다.

"가가 씨, 혹시 내가 뇌종양이니 백혈병이니, 그런 불치병에 걸렸다고 생각하는 거 아니에요?"

"아, 아뇨, 그런 건 아니고."

가가는 당황해서 급히 손을 내저었다.

"괜찮아요"라고 미오는 말했다. "정말로 단순한 빈혈이에요. 환절기에는 특히 그런 증상이 자주 나타나서 약간 힘든 것뿐이에요."

"네에……."

"가가 씨, 혹시 〈사랑의 시간〉이라는 영화 아세요?"

"아뇨, 모르겠어요."

"어느 곳에 발레를 잘하는 소녀가 살고 있었어요."

미오는 집게손가락을 입술 옆에 대고 그 영화를 떠올리는 눈빛으로 이야기하기 시작했다. "그 소녀에게는 존경하는 사람이 있었어요. 하원의원에 출마하려는 신인 정치가인데, 소녀는 어떻게든 그가 선거에서 이겼으면 좋겠다고 생각해요. 소녀의 어머니는 엄청난 재력가여서 딸의 소원을 듣고 그 젊은 정치가에게 자금을 후원하겠다고 했어요. 하지만 그 정치가는 어린 소녀의 한때의 변덕에 이용당하는 건 싫다면서 화를 내는 거예요."

"충분히 이해할 수 있는 심리군요"라고 가가는 말했다.

"그래서 소녀의 어머니는 그에게 털어놓았죠. 실은 우리 딸아이가 백혈병으로 그리 오래 살지 못한다, 살아 있는 동안에 그 아이의 소원을 꼭 들어주고 싶다. 더구나 그 소녀는 자신의 병을 이미 알고 있는 거예요. 그래서 그 젊은 정치가는 모녀의 소원을 들어주기로 했어요. 두 사람과 짧은 여행도 떠나게 됐죠. 그 여행길에 주니어 발레단의 〈호두까기 인형〉 공연이 있다는 것을 알고 그는 주최자와 상의한 끝에 소녀가 출연할 수 있게 해줬어요. 총연습 때 소녀는 깜짝 놀랄 만큼 완벽한 춤으로 엄청난 박수를 받아요. 내일이면 드디어 공연 무대에서 춤출 수 있다니 꿈만 같아—. 소녀는 그렇게 말하며 기뻐했죠."

하지만, 이라고 미오는 말했다. "돌아오는 지하철 안에서 백혈병이 심해졌어요. 엄마 머리가 아파—. 그리고 소녀는 안타깝게도 숨을 거둔 거예요. 남겨진 소녀의 일기장에는 자신의 죽음을 슬퍼하지 말라는 당부가 적혀 있었죠. 그리고 그 젊은 정치가는 선거에 이겼다, 라는 얘기예요."

"슬픈 이야기군요."

"네, 하지만"이라고 미오는 말했다. "그래도 나는 그 소녀의 꿈이 이루어졌다고 생각해요. 놀랍도록 완벽한 춤을 추었고, 자, 내일도, 하는 때에 죽었으니까요. 너무 어린 나이에 찾아온 죽음이 슬픈 건 사실이지만, 그래도 댄서로는 최고의 죽음이 아닐까요?"

그녀가 왜 이런 영화 이야기를 하는지, 가가는 알 수 없었다. 아무 대답도 못 하고 입을 꾹 다물고 있자 미오는 혀를 쪽 내밀며 장난스럽게 웃었다.

"내가 좀 이상한 이야기를 했죠?"

그 뒤로도 30분쯤 이런저런 이야기를 하다 보니 하늘에 작은 면적이나마 파란 빛이 얼굴을 내밀었다. 공원을 산책하는 사람도 점점 불어났다. 두 사람은 벤치에서 일어나 걸음을 옮겼다. 미오의 이야기로는, 오늘은 오후부터 레슨을 시작하고 오전 중에는 각자 워밍업을 하라고 한 모양이었다.

"근데 괜찮겠어요? 이런 데서 시간을 허비해버려서."

가가가 걱정스럽게 말하자 "어차피 워밍업을 할 만한 컨디션이 아니었어요"라고 미오는 대답했다.

들어올 때와는 다른 길로 나가려는데 중학생으로 보이는 여자애 둘이서 테니스 연습을 하고 있었다. 휴일도 아닌데 여중생이 왜 이런 공원에 와 있는지, 가가는 잠시 의아한 마음이 들었다. 어쩌면 개교기념일 같은 것인지도 모른다.

"이 공, 바람이 빠졌어."

한쪽의 여학생이 공을 손으로 꾹꾹 누르며 말했다. "바람 좀 넣을 테니까 잠깐 기다려."

그녀는 옆길에 세워둔 자전거 쪽으로 뛰어가더니 앞의 바구니 안에서 뭔가를 꺼냈다.

가가와 미오가 그 곁을 지나갔다. 가가의 시선이 무심코 여학생의 손 쪽으로 향했다. 여학생은 테니스공 전용 공기주입기를 손에 들고 끝부분의 커버를 막 벗겨내는 참이었다.

4

"연식 테니스?"

가가의 말을 들은 도미이는 다시 한번 물어보면서 잠시 입을 다물지 못했다.

"이거예요."

가가는 호주머니에서 꺼낸 물건을 도미이 앞에 놓았다. 무화과 같은 모양이고 좁은 끝부분에 캡이 씌워져 있었다. 미오와 헤어진 뒤, 가가가 직접 스포츠용품점에 가서 사온 것이었다.

"연식 테니스공에 공기를 넣는 거예요."

가가가 캡을 벗겼다. 그러자 끝이 날카로운 바늘이 모습을 드러냈다.

"잘 보세요. 주사 바늘하고 똑같아요."

도미이는 눈을 가느스름하게 뜨고 그 바늘을 찬찬히 들여다보았다. 파이프 모양이고 그 관을 통해 공기를 넣는 구조다. 원리는 주사기와 완전히 똑같았다.

"그렇군, 분명 똑같네. 여태까지 주사기 형태의 것만 생각했는데, 이런 식으로 전혀 의료용과는 관계없는 부품으로 사용되는 일도 있었어. 야아, 일이 이렇게 되면 그밖에도 이런 제품이 없는지 검토해봐야겠네."

도미이는 감탄한 듯 말하고 공기주입기를 옆에 있던 감식과 직원에게 건넸다. 감식과 직원도 이리저리 살펴본 뒤에 "두께도 문제가 없어요. 끝부분이 이 정도로 날카로우면 간단히 살갗을 뚫고 들어가죠"라고 의견을 밝혔다.

"이건 어떤 스포츠용품점에서나 다 팔아요. 발레단 연습이 끝난 뒤에 잠깐 들러서 얼마든지 살 수 있을 겁니다."

가가는 확신을 갖고 말했다.

흐음, 이라고 도미이는 팔짱을 꼈다. "좋아, 주사 바늘을 알아보던 팀에게 이 이야기를 해줘야겠어. 탐문 인원도 더 늘려야겠고. 스포츠용품점이라면 한두 군데가 아니잖아."

그때, 지금까지 침묵하고 있던 오타가 손을 들고 말했다.

"잠깐만요. 스포츠용품점을 탐문해보는 것도 필요하겠지만, 그것만으로는 약간 잘못 짚은 듯한 느낌이 듭니다. 아까 가가가 공기주입기를 보여줘서 나는 처음으로 그런 게 있다는 걸 알았어요. 본부장님은 어떠세요?"

"나도 마찬가지야. 연식 테니스를 해본 사람이 아니고서는 이런 물건이 있다는 것도 모르지."

"보통 그렇겠지요"라고 가가도 말했다. "나도 실제로 보기 전에는 미처 생각을 못 했으니까요."

그 여중생들이 가지고 있던 공기주입기―, 그것을 보았을 때의 충격을 가가는 다시 떠올렸다. 덜컥 발을 멈추고 여학생이 손에 들고 있는 그것을 뚫어져라 쳐다보았던 것이다. 잠깐 좀 보여달라고 했더니 여학생은 불쾌한 얼굴로 마지못해 공기 주입기를 내주었다. 옆에 미오가 있었기 때문에 그나마 안심하고 내주었을 것이다. 그런 미오 역시 가가가 왜 그렇게 흥분하는지, 짐작도 못 했을 것이다.

"우리 같은 형사들도 이걸 모르잖아요"라고 오타는 말했다. "더구나 발레 댄서가 이런 물건을 알 리가 없죠. 테니스 같은 걸 했다가는 자칫 손목이나 발목을 다칠 수도 있고, 그보다 그런 것에 관심을 가질 시간도 없을 거예요."

"그러니까 댄서라면 이런 물건은 생각도 못 할 거라는 얘기?"

공기주입기를 손끝으로 잡고 도미이는 오타에게 물었다.

"상식적으로는 그렇습니다"라고 오타는 대답했다. "즉 범인이 이런 물건을 알고 있었다면 그건 바로 가까이에 이게 있었기 때문일 거예요. 이를테면 가족 중에 연식 테니스를 하는 사람이 있었다든가."

"그거 말이 되네."

도미이는 고개를 끄덕였다. "반대로 말하자면, 이런 물건이 바로 가까이에 있었기 때문에 독침으로 쓸 생각을 했다고 할 수도 있지. 좋아, 댄서들의 주변 인물들을 다시 샅샅이 훑어보자. 이거 참, 이번에는 연식 테니스를 쫓아다녀야 하는 건가."

도미이는 쓴웃음을 지으며 한숨을 내쉬었다.

"야기유 쪽에서는 쓸 만한 정보가 안 나왔다면서?"

"예, 별로 성과가 없었습니다." 가가의 목소리 톤이 뚝 떨어졌다.

"야기유가 사건을 캐보겠다고 덤비니까 범인이 사전에 그를 제거하려고 했다는 추리는 틀리지 않은 거 같은데 말이야."

"아직 완전히 틀렸다고 단정할 일은 아니에요."

오타가 힘주어 말했다. "야기유가 2년 전 가지타의 미국에서의 행적에 대해 알아보려고 한 것은 별 근거가 없었다고 해도 어쩌면 거기에 범인이 들키고 싶지 않은 비밀이 숨어 있었을 가능성도 있으니까요."

"그야 모르는 건 아니지만."

도미이는 뭔가 석연치 않다는 얼굴로 자신의 어깨를 주물렀다. "혹시 그렇다고 해도 이번 범행은 어째 영 어설프단 말이야. 괜히 긁어 부스럼을 만든 꼴이잖아?"

그건 가가도 마음에 걸리는 점이었다.

"뭐, 됐어"라고 도미이는 말했다. "야기유 쪽의 범행 동기에 대해서는 다른 형사들이 찾고 있으니까 자네들은 당분간 이쪽을 집중적으로 알아봐. 그리고 샤쿠지이 경찰서와는 수시로 연락을 취하도록 해."

지금 그쪽으로 갈 거라고 오타는 대답했다. 그리고 그의 말대로 약 한 시간 뒤에 가가와 오타는 샤쿠지이 경찰서 회의실에 와 있었다.

"우리가 조사한 범위에서는 가자마 도시유키가 뉴욕을 벗어난 건 딱 두 번이었어."

두 사람에게 의자를 권하며 고바야시가 말했다. 회의 책상 위에는 다양한 자료가 산더미처럼 쌓여 있었다.

"보스턴과 필라델피아에 갔더라고. 미술관 관람과 지인을 만나는 게 주목적이라서 양쪽 다 그리 오래 머물지는 않았어."

"동행한 사람은 없었어요?"라고 오타가 물었다.

"뉴욕 미술학교의 친구가 함께 갔대."

"그때 가지타와 접촉했을 가능성이 있을까……."

가가가 자료를 뒤적이며 혼잣말처럼 중얼거렸지만 "아니, 그런 일은 없었어"라고 고바야시는 잘라 말했다. "그즈음에 가지타는 뉴욕에 있었고 계속 공연 일을 하고 있었어. 그러니 발레단을 떠날 틈이 없었을 거라고."

그렇군요, 라고 가가도 수긍했다. 게다가 가지타의 일정표를 보니 그는 뉴욕 외에도 여섯 군데의 도시를 돌았지만, 보스턴이나 필라델피아에 들렀다는 기록은 없었다.

"그러면 역시 가지타와 가자마가 접촉했을 가능성이 있는 곳은 뉴욕이군요. 하지만 그렇다면 전혀 새로울 것도 없어요. 이거, 아무래도 묘하네요. 두 사람의 접점이 2년 전에 함께 미국에 있었다는 점뿐이라는 건 경찰에서도 진즉부터 다 알고 있었고, 이제 새삼 야기유가 그걸 파헤쳐봤자 범인에게는 별다른 영향도 없었을 텐데…….”

오타가 혼잣말처럼 중얼거렸다.

“하지만 틀림없이 뭔가 있을 거야. 아무것도 없어서야 야기유를 노릴 이유가 없잖아? 아니면 범행 동기가 전혀 다른 데 있는 건가?”

“그밖에 다른 동기가 될 만한 것은 파악했습니까?”

가가가 물었지만 고바야시는 슬쩍 고개를 저었다.

“경찰이 조사하는 건 괜찮지만 야기유가 캐고 들면 곤란하다─. 그런 비밀이 어딘가에 숨겨져 있었다는 건가. 이를테면 댄서가 아니고서는 알 수 없는 비밀이라든가.”

오타가 고개를 갸웃거리며 말하자,

“실은 우리 쪽 형사를 야기유에게 보냈었어.”

라고 고바야시는 말했다. “그 친구가 알아보려고 했던 것에 대한 자료들을 들고 갔어. 그걸 보면 뭔가 짚이는 게 있을 거라고 잔뜩 기대를 했지. 근데 아까 들어온 보고에 의하면 아무래도 기대가 어긋난 모양이야.”

정말 이상한 사건이라고 가가는 생각했다. 야기유를 노린 이번 범행은 대체 무엇이란 말인가. 범인으로서는 분명 야기유를 죽이지 않으면 안 될 불리한 이유가 있었을 것이고, 하지만 그 범행이 실패로 끝났으니 당연히 범인에게 불리한 뭔가가 이제는 나왔어야 하는 것이다. 하지만 아직까지도 수사에 큰 도움이 될 만한 것은 하나도 발견되지 않았다.

"아무튼 2년 전 가지타의 미국에서의 행적이 중요한 키워드야."

머리를 벅벅 긁어가며 고바야시는 말했다. "다시 한번 철저히 조사해봐야겠어. 반드시 거기에 뭔가 숨어 있을 거야. 아무것도 없는데 범인이 야기유를 노릴 리가 없으니까."

5

야기유가 연습실에 나타난 것은, 독극물 커피를 마시고 쓰러진 지 사흘째 되는 토요일이었다. 미오가 연습실에 갔을 때, 야기유는 벌써 옷을 갈아입고 나와서 몸을 풀고 있었다. 복도에서는 눈매가 험상궂은 젊은 남자 두 명이 소곤소곤 이야기를 나누고 있었다. 아마도 야기유를 지키는 형사들일 것이다. 미오가 그저께 밤에 곤노 일행과 함께 병문안을 갔을 때도 병실 앞에 형사들이 있었다.

"나, 보디가드가 딸린 몸이야."

미오가 연습실에서 그런 얘기를 했더니 야기유는 장난기 가득한 얼굴로 대꾸했다.

"경찰에서는 범인이 또다시 야기유 군을 노릴까 봐 걱정하는 것 같아."

"그런 모양이지. 나는 도통 뭐가 뭔지 모르겠지만."

"정말로 전혀 짐작 가는 게 없어?"

"없다니까 그러네."

야기유는 입술 끝으로 어이없다는 웃음을 지으며 대답했다.

그러고 있는데 곤노와 아키코를 비롯한 댄서들이 다가왔다. 위는 좀 어떠냐, 사흘씩 춤을 못 췄으니 납덩이를 매단 것처럼 몸이 무겁지 않느냐, 라고 저마다 한마디씩 건넸다. 야기유는 농담을 섞어가며 우스꽝스럽게 받아넘기고 있었다.

항상 하던 대로 기초 레슨부터 시작했다. 바를 이용한 연습. 미오가 똑바로 앞을 향하고 있으려니, 조금 전의 형사들이 감정을 읽어내기 어려운 시선으로 지그시 댄서들을 지켜보고 있었다.

기초 레슨은 정확히 1시에 끝났다. 잠시 쉬는 시간을 갖고 2시부터는 리허설에 들어갈 예정이었다. 각자 흩어져 식사를 하러 나갔다. 야기유는 이제 도시락에는 질려버렸는지 역 앞의 식당에서 우동이나 한 그릇 먹고 오겠다면서 나갔다.

"미오."

현관에서 구두를 신고 있는데 뒤에서 누군가 부르는 소리가 들렸다. 미스트레스 나카노 다에코였다.

"야스코가 오늘도 결석하려나 봐. 혹시 무슨 얘기 못 들었어?"

"아뇨, 못 들었는데요"라고 미오는 고개를 저었다.

"그래? 야스코가 웬일이지?"

다에코는 무슨 일인지 모르겠다는 눈빛으로 고개를 갸웃거렸다.

야스코가 발레단 사무실에 전화를 해온 것은 어제 아침이라고 했다. 감기 때문에 열이 심해서 하루 쉬었으면 좋겠다는 내용이었다. 그 소식을 듣고 단원들 사이에서 웅성거리는 소리가 나왔다. 지금까지 야스코는 아무리 컨디션이 안 좋아도 절대로 연습에 결석하거나 늦게 나타나는 일이 없었기 때문이다. 언젠가 다리를 다쳐 퍼렇게 부어올랐을 때도 선생님들이 그만하라고 할 때까지 연습을 강행했다. 그걸 뜯어말리느라고 모두들 진땀을 흘렸을 정도였다.

"그런 착실한 애가 이틀씩이나 결석하다니, 어지간히 몸이 안 좋은 모양이네. 그저께 밤에만 해도 어디가 아픈 것 같지는 않았는데."

"네, 그때는 괜찮았어요"라고 미오는 대답했다. 다에코가 그저께 밤을 지목한 것은 그날 야기유의 병문안에 야스코도 함께 갔던 것을 알고 있었기 때문이다.

"오후 리허설 때는 나올지도 모르겠네요."

미오가 말하자 다에코는 그제야 그 생각이 났다는 듯 고개를 끄덕였다.

"아, 그렇구나. 감기를 된통 앓은 뒤라서 종일 연습은 힘들고 오후 리허설에만 참석할 모양이네."

고마워, 라면서 다에코는 안으로 사라졌다.

하지만 야스코는 리허설이 시작되었을 때도 나타나지 않았다.

6

주사기에서 테니스공 공기주입기로 수사 대상을 변경한 탐문 팀은 꽤 효율적으로 작업을 진행해나갔다. 일단 다카야나기 발레단 주변은 물론 각 댄서의 집 주변 스포츠용품점을 돌면서 최근에 공기주입기를 구입해 간 고객들의 정보를 거의 완벽하게 확보했다.

"결론부터 말하자면, 최근에 이 제품을 구입한 사람은 극소수였어요"라는 게 탐문 팀의 팀장인 사카키바라 수사원의 말이었다. "요즘의 테니스는 주로 경식이고, 연식은 중학교 때까지만 한다는군요. 그래서 최근에 공기주입기를 판매했다는 점포에서도 고객은 대부분 중학생 정도의 어린 아이들이었답니다."

즉 다카야나기 발레단의 댄서로 보이는 인물은 현재로서는 그런 가게에 들른 적이 없었다는 것이다.

스포츠용품점 탐문 외에 그들이 병행하여 조사한 것은 댄서들의 가족 중에 연식 테니스를 하는 사람, 혹은 예전에 했던 사람이 있느냐는 것이었다. 본격적으로 연식 테니스를 하는 사람이라면 공기주입기는 반드시 한두 개쯤 갖고 있다는 것도 그들이 얻어온 정보였다.

"댄서 중에 이에 해당되는 사람은 다음의 네 명이었습니다. 모두 여동생이나 남동생이 연식 테니스를 했고, 현재 함께 살고 있거나 함께 살았던 적이 있습니다."

사카키바라 형사는 목소리에 힘을 주어 네 사람의 이름을 발표했다. 가가의 귀에 익은 이름도 두 개가 끼어 있었다.

"우선 그 네 사람이 수상하다는 거군"이라고 도미이가 말했다. "이제 어떻게 하면 좋을까?"

"실은 공구점들을 한 바퀴 돌아볼 생각이에요"라고 사카키바라는 대답했다.

"공구점은 왜?"

"이걸 보고 생각한 건데요"라고 사카키바라는 공기주입기를 집어 들었다. "감식과에서 들어온 보고를 보면 아시겠지만, 이 공기주입기의 바늘을 몇 밀리미터쯤의 길이로 잘라서 범행에 사용했을 거예요. 그렇다면 이걸 어떻게 절단했는가, 그 점에 착안한 겁니다."

"아하, 그래서 공구점을 주목한 거군."

누군가가 감탄한 듯 손바닥을 한 차례 마주쳤다.

"가느다란 주사 바늘이라면 그나마 깨끗하게 부러뜨릴 수 있지만, 이건 약간 굵은 편이라 자르기가 상당히 어려워요. 자칫 휘어지기라도 하면 범행에 쓸 수 없게 되죠."

"그럼 펜치로 끊어내면 안 될까?"라고 도미이가 물었다.

"아니, 펜치로 잘라내면 끝이 뭉개지니까 아마 다른 방법을 썼을 겁니다. 아무튼 이 주입기를 자르는 것도 그렇고 그밖의 장치들을 만들기 위해서도 자잘한 공구를 사들였을 것이다―. 우리 생각은 그렇습니다."

"장치를 만드는 도구에서부터 파헤치고 들어간다는 거지?"

도미이는 그 발상에 만족한 듯 크게 고개를 끄덕이면서 무릎을 탁 쳤다. "좋아, 그쪽으로 진행해봐."

오랜만에 듣는 도미이 경감의 힘찬 목소리였다.

그것이 어젯밤 수사 회의에서 오고간 이야기다.

그리고 오늘―.

수사본부의 전화기가 울린 것은 가가가 오타와 함께 가자마의 뉴욕에서의 행적을 도미이에게 설명하고 있을 때였다. 수화기를 든 젊은 형사가 도미이 경감을 불렀다.

"응, 나야"라고 그는 수화기를 향해 말했다. 그리고 다음 순간, 그의 얼굴이 갑자기 심각해졌다. "뭐야, 찾아냈어? 실리콘 고무하고 줄톱…… 응, 그렇군. 그 가게의 주인은, 응, 출두해 주겠다고 했단 말이지? 좋아, 그러면 당장 들어와서 조서부터 작성하자."

전화를 끊은 도미이의 주위에 수사원들이 모여들었다.

"찾아냈어요?"라고 누군가 물었다.

"찾아냈어."

"누굽니까?"

"모리이 야스코."

"모리이 야스코?"

모여들었던 수사원들의 얼굴에 일순 허를 찔린 듯한 기색이 떠올랐다. 어제 회의 때에 유력한 용의자로 이름이 오른 네 사람 중에서 가장 혐의가 적다고 판단한 인물이었기 때문이다. 가가 역시 마찬가지였다.

"와아, 인간이란 정말 겉모습만 보고는 모르겠네. 특히나 여자는."

그런 말을 흘리는 것을 보니 도미이도 같은 심경인 모양이었다.

"모리이 야스코가 뭘 구입했습니까?"라고 오타가 물었다.

"아까 실리콘 고무하고 줄톱이라고 하셨던 거 같은데."

"맞아, 그 두 가지야. 실리콘 고무는 어디에 썼는지 모르지만 줄톱은 틀림없이 주입기를 잘라내는 데 썼을 거래. 스테인리스도 자를 수 있느냐고 그 가게 아저씨에게 물어본 모양이야."

만일 용의선상에 오른 네 명 중에서 최근에 공구점에 들렀던 사람이 발견되면 즉시 가택수색에 들어가기로 순서를 정해 두었다. 한시바삐 그 공구점 주인의 진술 조서를 받아내야 했다.

"가택수색에는 모리이 야스코를 입회시키는 게 좋겠지요?"라고 젊은 형사가 물었다.

"당연히 입회해야 하고, 그러는 게 좋기도 해. 다카야나기 발레단에 경호하러 간 친구들에게 상황을 알려주고 수사본부에 들어오는 길에 모리이도 함께 잡아오라고 지시해."

"알겠습니다!"

젊은 형사가 발레단 경호팀에 전화를 하는 동안 도미이는 두 팔을 치켜들고 몸을 쭈우욱 늘렸다. "아직 알 수 없는 건 실리콘 고무야. 그건 대체 어디에다 썼을까?"

"방수용으로 쓴 거 아닐까요?"라고 가가는 생각난 것을 말해보았다. "그걸 어떤 식으로 만들었는지 모르지만, 니코틴 농축액을 담았으니까 단단히 방수 처리를 해야 했을 거예요."

"좋아, 바로 그거야."

도미이는 권총을 겨누듯이 가가의 가슴팍을 손가락으로 쿡 찔렀다. 이런 장난을 치는 건 그가 기분이 좋다는 증거였다.

하지만 그때, 전화를 걸던 형사가 돌아보며 말했다.

"본부장님, 모리이 야스코가 오늘 발레단에 결석했다는데요?"

"뭐?"

도미이의 목소리가 급작스럽게 험악해졌다. "이건 또 뭔 소리야?"

"그건……."

젊은 형사는 전화 상대와 다시 두세 마디 나누더니 수화기를 손바닥으로 막고 도미이를 보았다.

"어제부터 안 나왔답니다, 감기에 걸렸다고."

"어제도 안 나왔어?"

"아, 그건 보고를 받았어요. 결석하는 사람은 반드시 확인하라고 했으니까요. 어제 저녁때쯤에 다사카 형사가 모리이 야스코의 집에 찾아갔을 겁니다."

"흐음."

도미이는 신음 소리를 흘리더니 "이거, 아무래도 뭔가 이상해. 이틀씩이나 결석을 하다니"라고 중얼거리고, 다음 순간 눈을 번쩍 뜨며 소리쳤다. "오타와 가가, 지금 당장 야스코의 집에 가봐!"

모리이 야스코가 사는 맨션은 좁은 길로 나뉘진 주택가에
있었다. 작은 단독주택들이 밀집해 있어서 그 2층짜리 연립은
한가운데 폭 파묻힌 것처럼 보였다.

현관은 동향이고 베란다는 서향, 햇볕이라는 조건에서는 결
코 바람직하지 못한 건물이었다. 야스코의 집은 게다가 1층이
었다. 하긴 대부분의 시간을 다카야나기 발레단에서 보내는
터라서 낮 시간에 해가 어디에 있건 별 관계가 없었는지도 모
른다.

가가는 그 어두침침한 현관문 앞에 서서 두 차례 노크를 해
보았다. 하지만 대답은 없었다. 그다음에는 큰 소리로 불러봤
지만 여전히 반응이 없었다. 오타가 현관문의 손잡이를 돌려
보았다. 하지만 단단히 잠겨 있었다.

"집에 없나?"

가가가 말했지만 오타는 대답하지 않았다. 부루퉁한 얼굴로
현관문을 살펴보더니 아래쪽의 우편함을 손끝으로 눌러 벌려
보았다.

"저거 봐"라고 오타는 말했다. "안에 뭔가 들어 있어."

가가도 들여다보았다. 틈새로 보이는 것은 접혀진 신문이었
다.

"조간신문인가요?"

"그런 거 같아."

두 사람은 거의 동시에 행동을 개시했다. 오타는 옆집 현관문을 두드리고, 가가는 냅다 밖으로 뛰었다.

가가는 건물 뒤편으로 돌아가 야스코의 집 베란다를 통해 실내를 들여다보았다. 하얀 레이스 커튼 너머로 희미하게 방 안이 보였다. 서랍장, 탁자, 텔레비전, 침대……

그 침대 위에 인기척이 있었다. 누군가 누워 있다, 라고 생각되었다.

가가는 다시 앞쪽으로 돌아왔다. 오타의 모습이 보이지 않았다. 하지만 곧바로 머리가 벗겨진 중년 남자를 데리고 돌아왔다. 손에 열쇠를 들고 있었다. 집주인을 데려온 것이다. 가가는 베란다에서 본 광경을 선배 형사에게 말했다. 머리가 벗겨진 집주인의 얼굴이 딱딱하게 굳었다.

장갑을 끼고 오타는 열쇠를 손잡이 구멍에 끼웠다. 달칵 하는 소리가 나자 문을 당겼다.

두 사람은 신을 벗고, 주위의 물건에 닿지 않도록 조심하며 집 안으로 올라섰다. 부엌이 딸린 방 한 칸짜리 원룸으로, 현관문 왼편이 주방이고 그곳을 지나가면 방이 있는 옛날식 구조였다.

방은 깨끗이 정리되어 있었다. 탁자 위에 컵과 함께 뭔지 알 수 없는 병 하나가 있을 뿐, 방 안에는 꺼내놓은 옷이며 속옷도 없었다. 옷장의 거울도 얼룩 하나 없이 깨끗했다.

침대 위에 누워 있는 건 역시 모리이 야스코였다. 검은 스커트에 핑크 카디건 차림으로 단정하게 발을 맞추고 가슴팍에 마주 낀 양손을 올려놓았다. 너무도 단정한 모습이어서 낮잠이라고 하기에는 부자연스러운 느낌이 들었다.

가가는 장갑을 벗고 그녀의 팔을 잡았다. 싸늘한 감촉이 느껴졌다. 맥박도 호흡도 없었다.

"외상 없음"이라고 가가는 말했다.

"이거야."

오타가 탁자 위에서 병을 집어 들었다. "수면제. 약이 얼마나 있었는지는 모르지만, 지금은 빈 병이야."

"본부에 연락할까요?"

"응, 해야지."

"도미이 본부장의 실망하는 얼굴이 눈에 선하네요."

"인생, 쉽게 풀리는 일이 없다니까."

오타가 휘휘 고개를 가로젓는 것을 눈 끝으로 바라보며 가가는 수화기를 집어 들었다. 어쩐지 몹시 무거운 느낌이 들었다.

7

모리이 야스코의 사체는 부검에 들어가기로 했지만 수면제 과다 복용에 의한 중독사라는 점은 거의 의심할 여지가 없었다. 방 안에 누군가와 다툰 흔적도 없고 현관에도 창문에도 열쇠가 채워져 있었다. 죽음을 각오하고 감행한 자살이라고 봐도 틀림은 없어 보였다.

가가 일행은 실내를 조사해 일련의 사건과 관계되는 것이 없는지 확인하기로 했다. 유서를 남겼을 것이라는 기대도 있었지만 그건 결국 발견되지 않았다.

"가가, 이것 좀 봐."

책장을 살펴보던 오타가 줄줄이 꽂힌 책들을 가리켰다. 가가의 키만큼이나 되는 높은 책장이었는데 그 책의 반절 이상이 발레 관련 서적이었다.

"오로지 발레뿐인 인생이었다는 느낌이야"라고 오타는 말했다.

"댄서는 다들 그래요."

아사오카 미오 역시 그런 것이다.

"하지만 이 정도일 줄은 몰랐어. 다른 취미는 전혀 없었던 건가."

"발레만으로도 벅차다니까요."

가가는 발레 관련 서적 이외의 책을 살펴보았다. 음악과 가부키에 관련된 책이 몇 권 있었다. 아마 이것도 발레에 활용하기 위한 자료로 꽂아두었을 것이다.

그리고 주목할 만한 것은 다이어트와 체중 조절에 관한 책이 많다는 점이었다. 작은 판형의 다이어트 실용서 외에도 상당한 전문 서적으로 보이는 것도 몇 권이나 눈에 띄었다.

모리이 야스코도 가지타의 영향을 받아 심하게 다이어트를 한 모양이라고 가가는 생각했다.

방은 오타와 다른 형사들에게 맡기고 가가는 주방을 살펴보기로 했다. 한 평 반쯤의 좁은 마루방에 창 쪽으로 싱크대가 달려 있었다. 한쪽에는 문이 두 개 달린 하얀 냉장고가 있었다.

똑같은 독신 생활이라도 남자와 여자는 상당히 다르다. 가가의 집보다 훨씬 더 많은 그릇이며 조리기구가 갖춰져 있는데다 적절한 자리에 수납되어 있었다. 청결하다는 것도 눈에 띄었다. 청소라면 가가도 자신이 있지만 환기구나 가스레인지까지 반짝거리게 닦아본 경험은 없었다.

위쪽 수납장을 살펴본 뒤, 싱크대 아래쪽으로 접어들었다. 간장이며 소금이 놓여 있었다. 별로 본 적이 없는 병이 있어서 라벨을 읽어보니 저칼로리 감미료였다. 여기에서도 역시 가지타의 영향을 감지할 수 있었다.

"뭔가 찾아냈어?"

가가가 쌀통 속에 손을 집어넣고 뒤지고 있는데 도미이가 떨떠름하기 짝이 없는 표정으로 들어왔다. 아직은, 이라고 가가는 대답했다.

"제발 부탁이야, 잘 좀 찾아봐. 이제 야스코 본인에게서는 어떤 말도 들을 수 없게 됐잖아."

"이 집 어딘가에 있기만 하다면 꼭 찾아내겠습니다."

"그건 걱정 마, 틀림없이 있을 거야."

그렇게 말하며 도미이는 집 안을 둘러보았다. "옆집에 사는 학생에 의하면 어제하고 오늘 이 집에 찾아온 사람은 없었어. 그 학생이 휴학 중이라서 거의 종일 집에 있었던 모양이야."

"이상한 소리 같은 건 못 들었대요?"

"못 들었대. 벽이 이렇게 얇은데 아무 소리도 못 들었다면 별일 없었던 거겠지."

도미이는 주먹으로 가볍게 벽을 쳤다. 그야말로 얄팍한 소리가 났다. "이거 진짜 오래된 연립이네. 화려한 발레계의 이면을 목격한 기분이야."

"모리이 야스코는 이와테 출신이고, 아직도 부모가 부쳐준 돈으로 생활했을 거예요. 그러니 풍족하게 살기는 어려웠겠죠."

"발레리나라는 직업이 돈벌이는 별로 안 되는 모양이네."

"단원은 따로 월급도 없고 도리어 발레단에 유지비를 내야 한다는군요. 공연이 있으면 그 출연료를 받지만 그것도 토슈즈 몇 켤레 사고 나면 끝이래요. 발레로 먹고산다는 건 일반 댄서에게는 어려운 일이지요. 일류급 발레리나라면 또 모르지만. 게다가 연습 시간이 길어서 아르바이트를 하기도 힘들어요. 결국 부모님 도움을 받으면서 최대한 절약하며 사는 수밖에 없었겠죠. 이거 좀 보세요, 모리이 야스코가 이런 걸 먹고 살았어요."

가가는 쌀통에서 꺼낸 손을 도미이 앞에 펼쳐 보였다. 손바닥에 현미가 담겨 있었다.

도미이는 멍해진 얼굴로 입을 떡 벌렸다. "저, 정말이야?"

"농담이에요"라면서 가가는 현미를 다시 뒤주 안에 털어넣었다. "요즘은 현미가 더 비쌉니다. 아마 체중 조절 때문이었을 거예요."

야스코가 다이어트를 한 것은 가지타의 영향 때문일 거라고 가가는 덧붙였다.

"그럴 만큼 존경했던 가지타를 왜 죽였느냐, 그게 문제로군. 그 전에 증거부터 잡아야 하지만."

샅샅이 잘 찾아봐, 라고 다시 한번 말하고 도미이는 방으로 갔다.

쌀통의 점검을 마치자 이제 남은 건 냉장고밖에 없었다. 아래쪽 문을 열어보니 다양한 것들이 소량으로 차곡차곡 들어 있었다. 레몬 반쪽, 먹다 남은 곤약 조림, 채 썬 파, 달걀지단, 햄, 생 메밀국수, 마가린, 닭고기, 우무 등등이었다. 가가는 그것을 하나하나 꺼내어 조사했다. 모리이 야스코가 이 좁은 집에서 어떤 생각을 하고 어떤 삶을 살아왔는지, 조금씩 전해져 오는 것 같았다.

하지만 그런 것 속에는 아무것도 감춰져 있지 않았다. 가만 생각해보니 채 썬 파나 닭고기 속에 뭘 감출 수 있을 리 없었다.

냉장실의 문을 닫고 이어서 위쪽의 문을 연 순간, 가가의 눈이 휘둥그레졌다. 냉동고 안이 냉동 보존된 요리로 가득했기 때문이다. 삶은 야채와 카레, 생선류, 그리고 시판하는 냉동식품들이었다. 가가는 그런 것들을 주의 깊게 점검해나갔지만 특히 마음에 걸리는 점은 없었다.

얼음 용기까지 꺼내봤지만 문제는 없었다.

하지만 그것을 다시 끼워 넣으려고 했을 때, 가가는 제빙실 안쪽에 뭔가 붙어 있는 것을 발견했다. 손끝으로 떼어보려고 했지만 꽁꽁 얼어붙어 떨어지지 않았다. 찬장에서 칼을 가져와 얼어붙은 부분을 조심조심 긁어내고 다시 한번 손을 집어넣었다.

그것은 비닐봉지에 둘둘 말려 있었다.

"본부장님."

가가는 도미이를 불러서 그가 지켜보는 가운데 비닐봉지 안의 내용물을 꺼냈다. 그리고 잠시 바라본 뒤에 도미이에게 건넸다.

아하, 하고 도미이는 감탄의 목소리를 올렸다. "이렇게 만든 거였네. 역시 여자의 아이디어는 남자와는 달라."

"네, 정말 다르네요"라고 가가도 동의했다.

그것은 가지타를 살해한 독침 장치가 틀림없었다. 하지만 감식과에서 추리한 것보다 훨씬 더 간단한 구조였다. 동글납작한 플라스틱 용기 한가운데 작은 구멍을 뚫고 거기에 약 5밀리미터의 주입용 바늘을 세로로 꽂아 넣은 것뿐이었다. 이 플라스틱 용기는 편의점 도시락에 딸려 나오는 간장병인 것 같았다. 그리고 바늘을 고정하기 위해 사용한 흰 접착제 같은 건 실리콘 고무가 틀림없었다.

미량이었지만 용기 안에 다갈색 액체가 남아 있고 바늘 끝에도 검은 액체가 묻어 있었다. 도미이는 다른 수사원을 불러 그것을 감식과로 보내라고 지시했다. 그러고는 크게 심호흡을 하더니 "이걸로 이 사건은 마무리가 되는군"이라고 중얼거렸다.

저녁이 되자 가가는 오타와 둘이 다카야나기 발레단으로 향했다. 야스코의 사망에 대해서는 이미 소식을 전했다. 잠깐 물어볼 게 있으니 야스코와 친하게 지내던 사람들은 남아 있도록 해달라는 부탁도 했다.

발레단에 도착한 것은 6시가 넘은 시각이었다. 발레학교 학생들이 등교할 시간이어서 단원들보다 어린 여학생들이 속속 건물 안으로 들어갔다. 야스코가 사망했다는 소식을 아직 모르고 있어서 다들 얼굴이 환하고 명랑했다.

가가와 오타가 안으로 들어가자 어디서 보고 있었는지 다카야나기 시즈코가 곧바로 나와서 두 사람을 응접실로 안내했다. 거기에는 다카야나기 아키코, 곤노 다케히코, 야기유 고스케, 아사오카 미오, 네 사람이 긴장된 표정으로 기다리고 있었다.

"이제 몸은 좀 괜찮아요?"

오타가 야기유에게 농담처럼 인사말을 건넸지만, 항상 기운이 넘치는 야기유도 이번만은 굳은 표정으로 슬쩍 고개를 끄덕일 뿐이었다.

가가는 끝자리에 앉아 있는 미오를 바라보았다. 하지만 그녀는 시선을 아래로 떨군 채 고개를 들 기미조차 없었다.

그들과 마주하고 앉자 오타는 우선 야스코의 사망과 그것이 자살로 추정된다는 사실을 알렸다. 하지만 앞에 앉은 다섯 사람의 얼굴에 별다른 변화는 없었다. 미오가 더 깊이 고개를 숙이는 것이 가가의 시야 끝에 들어왔다.

"또 한 가지……"라고 오타는 말을 이었다. 침을 꿀꺽 삼키는 소리가 곁에서 지켜보는 가가의 귀에도 들렸다. "수사 결과, 가지타 야스나리 씨를 살해한 범인은 모리이 야스코가 틀림없다는 것도 밝혀졌습니다."

오타가 말을 하는 도중에 벌써 몇 명의 얼굴 표정이 변해갔다. "아니에요"라고 야기유가 말했다. "그럴 리가 없어요."

"그래요, 뭔가 잘못 알았을 거예요"라고 아키코도 말했다.

"아니, 사실입니다"라고 이번에는 가가가 입을 열었다. 그리고 야스코가 범인이라는 것을 보여주는 증거에 대해 차근차근 설명했다. 그러자 다카야나기 시즈코와 네 명의 댄서들은 하나같이 침통한 표정으로 입을 꾹 다물었다. 어떻게 그럴 수가, 라고 곤노가 한마디 중얼거렸을 뿐이다. 그런 그들을 향해 오타는 온화한 어조로 말했다.

"실은 우리도 어떻게 된 건지 진상을 다 파악한 것은 아니에요."

나아가 일련의 사건에 대해 해결된 건 아무것도 없다, 야스코가 왜 그런 일을 벌였는지, 또한 앞서 일어난 사이토 하루코의 정당방위 건과는 어떤 관계가 있는지, 앞으로 명백하게 밝혀야 할 일들이 산더미처럼 쌓여 있다, 그리고 그런 문제들은 여러분의 협조 없이는 해결될 수 없다는 이야기를 조곤조곤 타이르듯이 말했다.

"유서는 없었나요?"

다카야나기 시즈코가 처음으로 입을 열었다. "없었습니다"라고 가가가 대답했다.

"아마 우리가 가장 마지막으로 그녀를 만난 사람들일 거예요."

그들을 대표하듯이 곤노가 말했다. "그저께 밤에 야기유의 병문안을 갔어요. 야스코도 함께 갔습니다. 하지만 그때는 자살할 사람 같은 기척은 전혀 없었어요."

그의 말에 다른 댄서들도 고개를 끄덕였다.

"그때 어떤 모습이었는지 자세히 말해봐요."

오타의 요구에 네 명의 댄서들은 입이 무거운 가운데서도 그날 어떤 일이 화제에 올랐고 어떤 이야기들을 했는지 설명해주었다. 하지만 가가가 듣기에는 그 설명 속에 야스코의 자살과 연결될 만한 것은 포함되어 있지 않았다.

"마지막까지 그녀와 함께 있었던 사람은 누구였죠?"라고 가가가 묻자 그때까지 고개를 숙이고 있던 미오가 얼굴을 들었다. 눈물 젖은 눈가가 불그레하게 물들어 있었다.

"둘이 어딘가 갔습니까?"

"아뇨, 야기유 군의 병문안을 마치고 집에 가는 길에 지하철을 함께 탔어요. 나는 후지미다이 역에서 내려야 해서 거기서 헤어졌어요."

야스코의 집은 나카무라바시라는 역에서 가까운 곳이고 그

역은 후지미다이 바로 다음 역이었다.

"다른 사람은?"이라고 가가는 곤노와 아키코를 보았다.

"우리는 병문안을 마치고 곧장 바에 갔어요. 〈NET BAR〉라는 가게."

이미 알고 있지 않느냐는 눈빛으로 곤노가 가가를 쳐다보았다.

가가는 다시금 미오 쪽을 향했다. "헤어질 때, 모리이 야스코 씨는 어떤 표정이었어요?"

"딱히 별다른 건 없었는데……. 하지만 내가 둔감했는지도 모르겠어요."

"이를테면 내일 연습에 결석하겠다든가, 그런 얘기는 없었어요?"

아뇨, 라고 미오는 작은 소리로 부정했다.

이어서 오타는 모두에게 이번에 터진 일련의 사건에 대해 모리이 야스코가 뭔가 얘기한 것은 없었느냐고 물었다.

"내가 하는 말에 맞장구를 쳐준 일은 있지만 그녀가 먼저 의견을 밝힌 일은 없었던 거 같은데요?"

야기유가 말하고 거기에 모두가 동의했다.

마지막으로, 야스코가 가지타를 살해한 것과 관련해서 뭔가 짐작가는 것은 없느냐고 질문하자,

"그런 쪽으로는 아예 생각도 못 했어요."

라고 곤노가 말했다. "가지타 선생님은 다른 댄서들에게도 존경을 받았지만 그중에서도 야스코는 특히 선생님을 좋아했으니까."

호오, 라고 오타가 흥미 깊다는 듯한 소리를 올렸다. "그건 어디까지나 스승과 제자라는 입장에서의 존경이었어요?"

"그게 무슨 뜻이죠?" 옆자리에 앉은 야기유의 눈빛이 험악해졌다.

"남자로서 가지타 씨를 사랑했다―. 그런 건 아닌가요?"

오타가 단도직입적으로 물었다. 이번에는 곤노가 잠깐 입술을 움찔한 뒤에 단언하듯이 말했다.

"그녀는 예술가로서 선생님을 존경했어요. 내 눈에는 분명히 그렇게 보였습니다."

그야 당연하지, 라고 야기유도 말했다.

그밖에는 그들의 입을 통해 유효한 증언은 얻을 수 없었다. 정말로 전혀 짐작도 못 했던 것인지, 아니면 그녀가 살인범이라는 것을 알게 된 지금까지도 동료로서 감싸주려는 것인지, 가가는 알 수 없었다.

모두에게 고맙다는 인사를 건네고 응접실을 나와 곧바로 다카야나기 시즈코의 안내에 따라 사무실로 갔다. 거기서는 사무국장 사카기와 젊은 여직원이 기다리고 있었다. 그 여직원이 야스코의 전화를 받은 모양이었다.

여직원에 의하면, 어제 아침 9시쯤에 야스코에게서 전화가 왔다. 감기로 열이 떨어지지 않아서 오늘은 쉬겠다고 했다고 한다. 지금까지 한 번도 없었던 일이라 여직원도 적잖이 놀랐다. 야스코는 그밖의 다른 말은 하지 않았다.

"아, 근데요"라고 여직원은 방금 생각난 듯이 말했다. "마지막에 한마디, 모두에게 미안하다고 전해줘요―, 그렇게 말했어요. 그때는 결석 때문에 연습에 지장을 주어서 미안하다고 하는 건 줄 알았는데."

가가는 말없이 고개를 끄덕였다. 그 마지막 한마디가 야스코의 비장한 결의를 말해주고 있다고 생각했다.

그날 저녁 수사 회의에서 모리이 야스코의 사망이 정식으로 보고되었다. 드디어 가지타를 살해한 범인을 찾았다고 생각했었는데 아차 한발 앞서 그 범인이 자살해버리는 바람에 수사원들의 얼굴은 아무래도 환할 수가 없었다.

우선 가가가 발견한 독침 장치에 대한 검토 결과가 보고되었다. 용기는 역시 시판하는 소형 간장 용기였고, 안에 남은 액체는 담배의 침출액을 농축한 것이었다. 바늘에 대해서는 아직 정식으로 확인하지는 못했지만, 끝부분의 모양이나 두께 등을 조사해본 바로는 이 또한 가가가 추리했던 대로 N사의 테니스공 공기주입기의 바늘과 흡사했다. 다른 수사 팀에 의하면, 모리이 야스코의 여동생이 중고등학교 때 연식 테니스부에서 활동했고, 시합 때문에 도쿄에 올라오면 야스코의 집에서 머물곤 했다. 그런 기회에 야스코가 공기주입기라는 것을 알게 되었거나 혹은 여동생이 한 개쯤 떨구고 갔을 가능성이 컸다.

또한 절단 부분을 검증해서 그 바늘이 줄톱으로 잘려졌다는 사실도 밝혀냈다. 그 줄톱은 야스코의 방 침대 밑에서 발견되었고 앞서 알아낸 공구점에서 구입한 물건이 틀림없다는 것이었다. 줄톱과 함께 튜브식 실리콘 고무도 발견되었는데 바늘을 고정하는 데 이것을 사용했다는 것도 가가가 통찰한 대로였다.

"마지막으로 바늘 끝에 묻은 혈액을 조사해본 결과, 가지타 야스나리의 혈액형과 일치했습니다."

보고를 마친 수사원이 자리에 앉은 뒤, 한참 동안 아무도 입을 열지 않았다. 어떤 감상을 피력해야 할지, 모두들 할 말을 잃은 눈치였다.

"자, 그럼⋯⋯."

먼저 도미이가 말문을 열고 수사원 전원을 둘러보았다. "물증이 이만큼 갖춰진 이상, 모리이 야스코가 범인이라는 건 틀림없는 사실로 보이는데, 가장 중요한 동기가 아직 밝혀지지 않았어. 이 점에 대해서는 어떻게 생각하지?"

"그렇게 공들여 준비한 걸 보면 충동적인 살인은 아니었을 거예요."

시부야 경찰서의 형사가 의견을 펼쳤다. 일단 범인은 판명이 났기 때문에 표정에 약간의 여유가 엿보였다.

"가지타와 모리이 야스코가 뭔가 특별한 관계였던 건 아닐까? 결국은 그런 쪽의 동기일 거라고 생각되는데?"

그런 의견을 내놓은 것은 도미이 팀의 베테랑 형사였다. 치정에 얽힌 사건을 수없이 해결해온 노장인 만큼 그런 경험에서 오는 직감일 터였다.

"지난번의 정당방위와는 어떤 관련이 있을까?"

도미이는 샤쿠지이 경찰서에서 나온 수사원들에게 물었다.

"모리이 야스코에 대해서는 이제야 겨우 조사를 시작한 참이지만, 그녀도 역시 뉴욕에 유학했던 것으로 밝혀졌습니다. 하지만 그건 4년 전이에요."

고바야시가 자리에서 일어나 말했다.

"4년 전? 그럼 2년 전에는 뉴욕에 없었던 거야?"

"네, 4년 전에 한 번 갔을 뿐이에요. 다카야나기 아키코와 함께 그쪽 발레단에서 공부했다고 합니다. 좀 더 자세한 내용은 현재 조사 중이에요."

"4년 전이라면 그 가자마 도시유키와의 접점은 생각할 수도 없겠네."

도미이는 머리를 긁적이고 목을 빙그르르 돌렸다. 우두둑 하는 소리가 가가의 자리까지 들려왔다.

"이렇게 되면 지난번 정당방위 사건과 이번의 가지타 사건은 별 관련이 없다는 얘기가 되는데요?"

시부야 경찰서의 형사가 도미이에게 동의를 구하듯이 말했다. 가지타 사건은 이걸로 마무리해버리고 싶은 마음에서 하는 말일 테지만, 도미이는 고개를 숙인 채 지그시 침묵하고 있었다.

"한 가지, 마음에 걸리는 게 있습니다."

살짝 손을 들면서 가가가 발언에 나섰다. "범행 당시의 야스코의 알리바이 말인데요, 그건 어떻게 나왔습니까?"

"전에도 말했지만 발레단 관계자 한 사람 한 사람의 알리바이를 입증하는 건 현실적으로 불가능해. 단지 우리가 조사해본 바로는 야스코도 범행은 가능했어. 복도에 널어놓은 겉옷의 안쪽에 그 독침 장치를 양면테이프 같은 것으로 슬쩍 붙이는 것쯤은 누구라도 잠깐 틈을 봐서 할 수 있는 일이니까."

이 건에 대해 조사했던 혼마라는 형사가 대답했다.

"아뇨, 내가 말하는 건 그걸 붙였을 때가 아니라 겉옷이 젖었을 때예요. 지난번에 그 점에 대해서만 확인했을 때, 알리바이가 있는 사람은 여섯 명뿐이라고 했지요? 그리고 그 속에 모리이 야스코도 끼어 있었어요."

"엇, 그랬어?"

도미이가 황급히 메모를 뒤적였다. 그리고 고개를 끄덕였다. "맞아, 그랬어."

"즉 그 겉옷에 물을 묻힌 사람은 모리이 야스코가 아니라는 겁니다."

"하지만 물을 묻히지 않았다고 모리이 야스코가 범인이 아니라고는 할 수 없겠죠"라고 혼마가 말했다. "모리이는 독침을 붙일 기회를 노리고 있었는데 우연히 가지타의 옷이 젖는 해프닝이 생겼기 때문에 그 기회를 이용했을 수도 있어요."

"그건 우연성이 지나치게 강한 것 같은데?"

오타가 말하자 "그런가요?"라고 혼마는 불만스러운 표정을 보였다.

"나는 그런 생각이 들어. 그 독침 장치를 보면 모리이 야스코로서는 어떻게든 가지타의 겉옷을 확보할 필요가 있었어. 그런 때에 우연히 그 기회가 제 발로 굴러들었다는 것은 아무래도 너무 작위적인 거 아닌가?"

"그럼 오타 선배는 모리이 야스코가 범인이 아니라는 건가요?"

혼마의 말에 오타는 "아니, 그런 건 아니야"라고 달래듯이 손을 내젓더니 가가를 향해 "자네는 어떻게 생각해?"라고 물었다.

가가는 침을 꿀꺽 삼키고 대답했다.

"제 생각에는 공범이 있었던 것 같아요."

그 말에 일순 회의실이 정적에 휩싸였지만 곧바로 한 형사가 부정하고 나섰다.

"아이, 그건 아닌 거 같은데."

하지만 그는 이유를 대지는 못했다. 아마 부정할 만한 논리도 없이 단순히 형사의 감으로 공범은 없다고 미리 정해놓고 뛰어든 모양이었다.

"그 발레단 관계자들은 전면적으로 믿어주기에는 뭔가 미진한 구석이 있어요"라고 가가는 말했다. "분명 뭔가 감추고 있습니다. 모리이 야스코가 범인으로 판명된 지금도 여전히 모든 것을 털어놓지 않고 있어요."

"그건 나도 느꼈던 점이야"라고 오타가 공감을 표했다.

도미이는 잠시 생각해보더니 "좋아"라고 가볍게 책상을 쳤다.

"동기를 밝힌다는 점에서 그런 쪽으로도 알아보도록 하자. 근데 나는 단독범이라고 생각하는 쪽이야. 우연히 겉옷이 젖었다는 것이 부자연스럽기는 해도 그 정도의 우연이라면 충분히 일어날 수 있으니까."

지휘관의 말에 몇몇 형사는 동감이라는 듯 고개를 끄덕였다.

8

"아까 회의할 때는 말을 안 했지만 이해할 수 없는 게 또 있어요."

닭똥집볶음을 씹으며 가가는 말했다. 오타는 술잔을 입에 옮기며, 이번에는 또 뭐냐는 듯한 눈빛으로 가가를 보았다.

"모리이 야스코가 자살한 거 말인데요. 그녀는 왜 죽을 생각을 했을까요?"

그러자 오타는 미간 언저리를 긁으며 "아, 그거?"라고 낮은 소리로 말했다.

"실은 나도 그게 마음에 걸렸어."

"역시 그렇죠?"

"죄의식 때문에 죽음을 선택했는지 아니면 경찰에 잡힐까 봐 저승으로 도망을 쳐버렸는지는 모르겠지만, 어떤 이유에서건 타이밍이 기막히게 맞아떨어지잖아. 어떻게 경찰에서 이제 잡으러 가자, 하는 때에 딱 맞춰서 죽어버릴 수가 있느냐 말이야."

넉 잔이나 마신 술이 슬슬 올라오는지 오타가 혀 꼬부라진 소리를 냈다.

"죄의식 때문은 아닌 거 같은데요?"라고 말하며 가가는 자신의 잔에 맥주를 따랐다. "가지타에 이어서 야기유도 죽이려고 했잖아요. 죄의식에 시달렸다면 또 다른 사람을 노리지는 않았겠지요."

"아니, 그렇게 이론대로 풀리지 않으니까, 인생이란 게."

오타는 닭 꼬치를 휘둘러가며 말했다. "야스코는 죽기 직전에 야기유의 병문안을 갔어. 자기 때문에 고통받는 동료를 보고 갑작스럽게 죄의식이 발동했을 수도 있잖아."

"그건 좀 말이 안 되죠. 원래 야기유는 별로 고통받는 모습도 아니었어요. 야스코 일행이 병문안을 간 건 퇴원 전날인데 그때도 야기유는 그야말로 팔팔했었어요."

"아, 그러고 보니 그런가?"라고 중얼거리더니 오타는 말을 이었다.

"혹시 야기유를 진심으로 걱정해주는 아키코나 곤노 일행의 우정에 깊은 영향을 받아서 자기혐오에 빠졌나?"

"그런 거라면 뭐, 생각해볼 수 없는 건 아니죠. 하지만, 그것도 상당히 억지스럽잖아요?"

가가는 맥주를 벌컥벌컥 마시고 꼬치구이를 더 달라고 소리쳤다. 좁은 카운터 안에 있던 주인장이 무뚝뚝하게 알았다고 대답했다.

"나는 경찰에 잡히는 게 두려워서 자살했다는 쪽이 맞는 것 같아요. 오타 선배님 말대로 타이밍을 기막히게 잘 맞췄지만요. 근데요, 야스코가 경찰의 움직임을 알고 있었을 리도 없고,

타이밍을 딱 맞춘 건 그야말로 우연이겠죠. 단지 어째서 갑자기 경찰의 추궁이 두려웠는가 하는 의문이 남는단 말이에요."

"그거라면 우선 야기유를 생각할 수 있지. 야기유가 뭔가를 알아낼 참이었다. 그래서 야스코는 야기유를 죽이려고 했다. 근데 실패했다. 다시 한번 시도해보자니 경계가 삼엄해서 도저히 안 될 것 같다. 이대로 가다가는 야기유의 입을 통해 모든 사실이 드러나고 만다. 그래서 아이구, 모르겠다, 포기하고 자살해버렸다―. 어때, 이런 건?"

"그것도 그럴싸하네요. 단지 그러려면 야기유가 뭔가 중요한 것을 알아냈다는 전제가 필요해요. 근데 실제로 야기유는 아무것도 알아낸 게 없어요. 그게 이번 일로 분명하게 밝혀진 셈이니까 야스코로서는 오히려 안심해도 되는 상황이었어요."

꼬치구이가 나왔다. 오타는 가가보다 먼저 집어다가 널름 먹고 나서 말했다.

"범인이라는 건 일이 어떻게 굴러가건 쉽게 안심할 수 없는 법이야. 매사를 나쁜 쪽으로만 상상하거든."

"그거야 나도 알죠."

"야스코로서는, 아무것도 알아내지 못했다는 야기유의 말도 거짓말로 들렸을 거야. 범인의 심리가 원래 그런 거라고."

오타는 술을 들이켜더니 한 잔 더 달라고 주문했다. 벌써 다섯 잔째였다.

"괜찮으시겠어요? 고주망태로 집에 가면 또 형수님께 혼날 텐데."

"뭔 소리야? 이 정도로는 잔소리 안 해."

오타는 자칫 넘치려는 술잔에 입으로 마중을 나가더니 그 참에 5분의 1 정도를 마셔버렸다. 그러고는 졸린 듯한 얼굴로 가가를 보았다.

"아, 그렇구나!"라고 선배 형사는 말했다. "자네가 장가를 안 가는 건 이런 일로 잔소리를 들을까 봐 겁이 나서 그런 거지? 이봐, 걱정할 거 없어. 모두 초장에 어떻게 잡느냐에 따라 달라지는 거거든."

"참 내, 그런 거 아니에요"라고 대꾸하고 가가는 맥주를 들이켰다.

"그럼 뭣 때문인데?"

"뭣 때문이든 그게 무슨 상관입니까."

"상관이 있지. 물어다주는 색싯감을 왜 자꾸 싫다고 하느냐고."

"색싯감? 느닷없이 왜 얘기가 그쪽으로 흘러요?"

"응, 느닷없이 생각이 나네."

"난감하네요."

실은 오타가 결혼 상대를 소개해준 적이 있었다. 그뿐만이 아니다. 도미이 경감은 두 번씩이나 소개해주었다. 그중 한 사람과 발레를 보러 갔던 것이다.

"제가 아직 결혼할 마음이 없어서 그래요."

"그렇게 미적거리다가 평생 독신으로 썩는 수가 있어. 경찰관이 얼마나 인기 없는 직업인지 아직 모르는 모양이네."

"알죠, 충분히 잘 압니다. 하지만 정말로 아직은 괜찮아요. 게다가 내 결혼 상대는 내가 찾을 거예요."

흥 하고 코웃음을 치더니 오타는 다시 술을 5분의 1쯤 마셨다.

"근데 무슨 이야기를 하던 중이었지?"

"야기유가 뭔가 중요한 걸 알아냈을까 봐 모리이 야스코가 잔뜩 겁을 먹었다는 이야기예요."

"아, 그렇지"라고 오타는 흐늘흐늘 고개를 끄덕였다. "2년 전에 가지타가 뉴욕에 갔던 거, 거기에 숨겨진 비밀을 야기유에게 들켰다고 생각한 거야."

"하지만 이상하네요."

"뭐가?"라고 오타는 게슴츠레한 눈으로 가가를 보았다.

"설령 야기유를 살해하는 데 성공했다고 쳐도 그걸로 야스코는 일이 다 해결된다고 생각했을까요? 야기유가 살해되면 당연히 우리 쪽에서 이번처럼 탐문 수사를 해서 야기유가 가지타의 미국에서의 행적을 캐보고 있었다는 것을 알아냈을 거예요. 그래도 야스코는 상관이 없었을까요? 야기유가 비밀을

276

알아냈더라도 경찰에서는 그 비밀을 절대로 못 알아낼 거라고 생각했을까요?"

"그래, 그렇게 생각했을 거야. 그거밖에 없어."

만만하게 본 거야, 우리를, 이라고 오타는 혀 꼬부라진 소리로 덧붙였다.

하지만 가가는 그건 아니라는 판단이 들었다. 한 차례 살인을 저지른 자라도 두 번째 살인만은 피하려는 게 인지상정이다. 야기유가 뭔가 중요한 비밀을 알아낼 가능성이 있었다고 해도 한동안은 상황을 지켜보는 게 일반적인 심리가 아닐까. 이를테면 야기유에게 도움을 주겠다는 식으로 접근한다면 그의 조사가 어떻게 진행되는지 계속 지켜볼 수도 있다. 야기유가 뭔가를 찾아내지 못한 채 포기해버린다면 그것으로 위험은 사라지는 것이고, 진상에 착착 다가든다면 그때 마음먹고 두 번째 살인을 감행하면 되는 거 아닌가.

그런데 왜 그렇게 하지 않았는가.

그럴 만한 여유가 없었던 건가.

"정말 모르겠네."

혼잣말을 중얼거리면서 가가는 맥주를 마셨다. 그러자 오타가 느물느물 웃으며 말했다.

"좋아, 좀 더 고민해봐. 그래야 성장하지. 귀찮은 사건은 형사를 키워준다는 의미에서 그 존재 가치가 있어."

"농담도 심하시네. 그런 가치는 없어도 되거든요?"

하지만 그 말을 하면서 가가의 머리에 퍼뜩 다른 생각이 떠올랐다. 단순하기는 하지만 지금껏 한 번도 시도해본 적이 없는 해석이었다.

"오타 선배"라고 가가는 말했다. "야기유 살해 미수 사건은 야스코에게는 전혀 아무 가치도 없었던 거 아닐까요?"

"……이건 또 뭔 소리야?"

"그 사건이 터진 결과, 무엇이 달라졌는지 생각해보면 경찰 수사가 가지타의 2년 전 뉴욕행에 집착했다는 것뿐이에요. 그거 말고는 하나도 달라진 게 없어요. 그렇다면 경찰의 주의를 가지타의 뉴욕행으로 돌리기 위해 그 사건을 일으켰다고 생각할 수 있어요."

입으로 옮기려던 술잔을 오타는 다시 카운터에 내려놓았다.

"그러면 눈속임용으로?"

"아니, 그렇다기보다 좀 더 절박한 사정이 있었던 거 아닐까요? 수사원을 뉴욕에 파견하기도 했고, 만일 야기유 사건이 터지지 않았다면 미국 쪽에 대한 조사는 발레단원 전원에 대해서, 그리고 2년 전이라고 시기를 한정하지 않고 전반적으로 했을 거예요. 근데 그 사건이 터지는 바람에 가지타의 2년 전 뉴욕행 쪽으로만 조사가 집중되었죠."

"그러니까 모리이 야스코는 가지타가 뉴욕에 갔을 때가 아니라 다른 시기의 일에 대해 경찰이 조사할까 봐 겁을 냈다는 건가?"

"그렇죠. 원래 이 사건은 가지타가 2년 전에 미국에 갔었다는 것과는 아무 관계도 없는 거 아닐까요?"

"그럼, 뭐가 관계가 있는데?"

가가는 오른손 중지로 관자놀이를 꾹꾹 눌렀다. "분명 모리이 야스코도 뉴욕에 공부하러 갔다고 했지요?"

"아, 그래, 4년 전이야!"

오타는 카운터 테이블을 주먹으로 타악 내리쳤다. 다른 손님이 깜짝 놀라 그들을 쳐다보았다.

제4장

1

약속 시간까지는 아직 20분 정도가 남았다. 가가는 창가 자리를 발견하고 그쪽에 가서 앉았다. 물을 가져온 점원에게 밀크 티를 주문했다. 점원이 주문 내용을 쓱쓱 적더니 "그 사건, 어떻게 됐어요?"라고 물었다.

정당방위 사건이 일어났을 때, 가가와 오타는 탐문 수사를 위해 이 커피숍에도 들렀던 것이다. 그 사건이 일어나기 몇 시간 전에 가자마 도시유키가 이곳에 들어와 다카야나기 발레단의 출입문 쪽을 지켜보았다는 진술을 해준 점원이다.

그녀는 가가의 얼굴을 기억하고 있었다.

"아직 좀 힘들어요"라고 가가는 쓴웃음을 지어 보였다. "아가씨가 모처럼 좋은 정보를 줬는데."

"아이, 뭘요. 근데 그 발레단, 요즘 연달아 사건이 터지네요."

"그런 거 같아요."

"그런 거 같다니, 형사님이 조사하는 거 아니었어요?"

"그렇긴 한데……, 일단 차 좀 마셨으면 좋겠는데."

가가의 재촉에 점원은 쟁반을 뒷손으로 잡고 카운터에 있는 남자에게 주문을 전했다. 그러고는 다시 그 자리에 서서 가가를 보았다. 그밖에 다른 손님이 없어서 한가했는지도 모른다.

"근데요, 그 발레단 단원들 중에 범인이 있었잖아요. 지난번에 신문에서 봤어요."

모리이 야스코 이야기였다. 그녀가 자살하고 벌써 사흘이지났다.

"이번 사건에 관심이 많은 모양인데요?"

"이건 웬만해서는 경험 못 할 일이잖아요. 게다가 나는 거기 사람들 괜히 고고한 척하는 거 보기 싫었거든요."

"이 가게에도 자주 와요?"

"당연히 오죠. 날마다 와요. 나, 여기 앉아도 돼요?"

그녀는 가가 앞의 의자를 가리키며 물었다.

"누가 오기로 했는데, 그때까지라면 괜찮죠."

"누가 오는데요? 애인?"이라고 말하면서 그녀는 자리에 앉왔다.

"아가씨가 보기 싫다는 발레단 사람."

그러자 그녀는 뭔가 씁쓸한 것을 입에 넣은 듯한 표정을 짓더니 가가 쪽으로 얼굴을 가까이 댔다.

"근데요, 그 자살한 범인, 그 여자도 날마다 여기 왔었어요."

"점심시간에?"

"네. 근데요, 지금 생각해보니까 그게 좀 이상해요."

그녀의 이야기가 한참 재미있어지려는 참에 카운터 안의 남자가 "유키 씨, 차 나왔어"라는 소리를 날렸다. 그녀는 밀크 티를 가지러 간 길에, 형사의 질문에 대답해야 하니까 다른 손님이 오면 맡아달라는 당부를 남기고 돌아왔다. 그리고 가가 앞에 밀크 티를 내려놓고 자신도 의자에 앉았다.

"뭐가 이상한데요?"라고 가가가 재우쳐 물었다.

"그게요, 점심 식사 때마다 오곤 했는데 그 여자가 음식을 먹는 일은 절대로 없었거든요. 거의 매번 차만 마시고 갔어요."

오른손으로 긴 머리를 돌돌 말아가며 그녀는 말했다.

그건 당연한 일이라고 가가는 생각했다. 평소에 그토록 철저히 다이어트를 하는데 이런 데서 외식을 했다가는 다이어트고 뭐고 다 망쳐버린다.

"하긴 뭐, 그런 여자들은 많아요. 꼭 발레리나가 아니더라도 다들 다이어트를 하니까요. 근데요, 그 발레단 연출가 살해 사

건 이후로 그 여자가 싹 바뀌었어요. 샌드위치에 미트 스파게
티에, 아주 마구마구 먹더라니까요. 어쩌다 한 번만 그런 게 아
니에요. 그 사건 이후로는 매일 그랬어요."

"흐음."

이건 꽤 흥미로운 이야기라고 가가는 생각했다.

이 이야기가 사실이라면—아마도 사실일 것이다—야스코
가 가지타를 살해한 동기는 역시 원한이라고 생각하는 게 타
당한지도 모른다. 애초에 야스코는 가지타를 존경하는 마음에
서 자신의 몸을 무리하게 개조하려고 했던 것이다. 그 존경의
마음이 증오로 바뀌었다면 더 이상 다이어트를 계속할 이유도
없었으리라.

"원래 살인을 저지른 사람은 식욕이 떨어지는 거 아니에요?
근데 그 여자는 그 반대지 뭐예요. 진짜 이상해, 그 발레단 사
람들."

"그렇군. 참고로 할게요."

"메모 안 해도 돼요?"

"아, 메모도 해야죠."

그렇게 말하며 가가가 수첩을 펼치자 그제야 만족했는지 그
녀는 자리에서 일어났다.

가가는 수첩에 뭔가 쓰는 척하면서 손목시계를 보았다. 6시
25분, 아직도 5분이 남았다. 펼친 수첩에는 '6시 반, 커피숍에

서 나카노 다에코'라고 급하게 휘갈겨 쓴 메모가 있었다. 나카노 다에코에게도 방금 들은 점원의 이야기를 해보자고 가가는 생각했다.

다에코에게는 오늘 오후에 시부야 경찰서에서 연락을 넣었다. 할 말이 있으니 저녁에 〈NET BAR〉에서 만나자고 했던 것이다.

"그러시면 식사를 함께할까요?"—나카노 다에코는 그렇게 응해왔다. "오늘 저녁은 어차피 밖에서 먹을 생각이었거든요. 게다가 그 주점이라면 야기유 일행과 덜컥 마주칠 가능성이 있어서 곤란해요."

좋아요, 라고 가가는 대답했다. 그로서도 어딘가에서 저녁 식사를 해결해야 했다. 야기유 일행과 마주치면 거북하다는 것도 사실이었다.

모리이 야스코가 자살한 이후로 한 차례 나카노 다에코와 이야기를 해봐야겠다고 생각하고 있었다. 가지타의 영향 때문에 몇몇 댄서들이 무리한 다이어트를 하고 있다고 맨 처음 알려준 것이 그녀였다. 야스코는 그 대표적인 케이스였다. 반드시 다에코의 의견을 들어둘 필요가 있었다.

야스코가 4년 전에 미국 유학을 갔던 일에 대해서는 아직 제대로 조사가 진척되지 않았다. 뉴욕에서 온 보고에 의하면, 그쪽에서 야스코와 아키코가 만났던 사람들의 목록을 만드는

데 시간이 제법 걸린다는 이야기였다. 두 사람은 겨우 반년 동안 뉴욕에 있었을 뿐인 데다 당시에 있었던 사람들도 적잖이 자리를 바꾼 모양이었다. 두 사람을 가르쳤던 존 토머스라는 안무가만 해도 3년 전에 다른 발레단으로 옮겨갔다는 얘기였다.

그런 보고를 접하고 가가는 자신의 추리에 더욱더 자신감을 갖게 되었다. 역시 야기유 살해 미수 사건은 야스코의 작전이었던 것이다. 그 사건으로 뉴욕에 관련된 조사는 2년 전의 가지타의 행적을 조사하는 데 집중되어버렸다. 야스코로서는 2년 전의 일 따위는 아무리 상세하게 조사해도 전혀 상관이 없었던 것이다.

하지만─, 이라고 가가는 다시 커다란 의문이 생기는 것을 인정하지 않으면 안 되었다. 그렇다면 가자마 도시유키와의 관련은 어떻게 되는 것인가. 혹시 가자마 사건과는 아무 관계도 없다는 건가. 우연히 같은 시기에 발레단에 불행한 사건이 연달아 터진 것뿐인가.

그럴 리 없다고 가가는 생각했다. 어딘가에 반드시 연결 고리가 있을 터였다.

샤쿠지이 경찰서에서도 어떻게든 관계를 찾아내려고 필사적이었다. 그들의 다급한 마음도 충분히 이해할 수 있었다. 앞으로 며칠이면 하루코의 구류기간이 끝나는 것이다. 더 이상

연장은 할 수 없다. 게다가 현 상황에서는 검찰에서도 처분을 내리기가 곤란하다. 살인사건과의 관계도 밝혀지지 않았고, 이번 사건 역시 범행 동기가 불분명하기 때문이다.

도주의 우려가 없으니 처분 보류로 석방해주는 게 옳을지도 모른다—. 그런 식으로 가가는 생각했다.

밀크 티 잔이 비어갈 즈음, 나카노 다에코가 나타났다. 어깨에 패드가 들어간 회색 재킷을 걸치고 시원시원한 걸음으로 가가의 자리를 향해 다가왔다.

"아, 안녕하세⋯⋯."

다에코에게 인사를 하다가 문득 입을 다문 것은 다에코 뒤를 따라 아사오카 미오가 들어오는 게 보였기 때문이다. 미오는 허리 라인이 뚜렷이 드러나는 핫 핑크색 원피스를 입고 있었다. 귀에서는 산호 귀걸이가 대롱거렸다.

미오도 가가를 보고 놀라는 눈치였다. 다에코는 가가의 시선을 따라 미오를 돌아보더니,

"내가 일부러 데려왔어."

라고 재미있다는 눈빛으로 말했다. "괜찮죠, 함께 와도?"

가가가 대답을 못 하고 있자 미오는 미안하다는 얼굴로 "선생님이 만나신다는 분이 가가 씨였어요? 그럼 나는 그냥 갈게요"라고 말했다. "일하시는 데 방해가 될 텐데."

"방해는 무슨 방해? 그렇죠?"라고 다에코는 다시 가가에게

동의를 구했다.

"일단 앉으세요"라고 가가는 두 사람에게 의자를 권했다. 미오는 자리에 앉은 뒤에도 내내 시선을 떨구고 있었다. 카운터 앞에서 점원이 적의가 담긴 눈빛으로 이쪽을 쳐다보고 있는 게 가가의 시야에 잡혔다.

"좋아요"라고 가가는 말했다. "그럼 아사오카 씨도 함께, 부탁합니다."

거봐, 라고 다에코는 미오를 팔꿈치로 툭 쳤다. 미오는 얼굴을 들고 "정말 괜찮아요?"라고 물었다.

괜찮다고 가가도 고개를 끄덕여주었다. 그녀의 동석을 거절할 이유가 별로 생각나지 않았던 것이다. "그나저나 뭐 좀 마실까요?"

"아니, 됐어요. 우리, 차가 아니라 식사 약속을 했잖아요."

그러면서 다에코는 자리에서 일어섰다.

나카노 다에코가 안내해준 곳은 택시로 10분쯤 달려간 이탈리안 레스토랑이었다. 주택가 한복판에 있어서 멀리서 보면 작고 하얀 교회 같았다. 간판이 없었다면 어떤 가게인지 전혀 알지 못했을 것이다. 안에 들어가 다에코가 웨이터에게 이름을 대자 벽 쪽의 테이블로 안내해주었다.

가가는 이탈리아 요리에 대해서는 전혀 아는 게 없어서 메뉴의 가장 위쪽에 적힌 '추천 코스'라는 것을 주문했다. 다에코는 익숙한 분위기로 오르되브르에서 디저트까지 하나하나 신중하게 골랐다. 그리고 미오는 그중 두 가지 정도를 주문했다.

"꽤 많이 드시는데요?"라고 가가는 다에코에게 물었다.

"먹는 거, 좋아하거든요. 가지타 씨에게는 번번이 싫은 소리를 들었지만."

"그러셨겠네요."

그녀가 먼저 가지타의 이름을 꺼낸 건 가가가 화제를 바꿀 수 있게 배려해준 것일 터였다. 가가는 그 호의를 고맙게 받아들이기로 했다.

"아까 그 찻집의 점원이 재미있는 얘기를 해줬어요."

가가가 말하자 다에코와 미오는 동시에 "점원이?"라고 되물었다.

그는 찻집에서 들은 이야기를 두 사람에게 해주었다. 그리 뜻밖의 이야기도 아니었는지 둘 다, 그래서요, 라고 그다음을 궁금해하는 시선을 던져왔다.

"가지타 씨의 눈에 들기 위해 야스코 씨가 얼마나 피나는 노력을 했는지, 그녀의 방을 수색하면서도 충분히 알 수 있었어요. 그런데 그토록 존경하던 분을 무슨 사정이 있어서 죽이기로 결심했을까. 그게 지금 우리가 직면한 가장 큰 의문점입니다."

"가장 큰 의문점이라……"라고 다에코는 앵무새 같은 대답을 했다. 이 일에 대해서는 별로 말하고 싶지 않은지 미오는 벽에 장식된 램프 무늬만 쳐다보고 있었다.

"그것 때문에 정말 골치가 아픈 상황이에요"라고 가가는 말했다.

"그렇겠죠. 딱하시네."

"오늘 이렇게 나오시라고 한 건 모리이 야스코라는 사람에 대한 이야기를 듣고 싶어서예요. 그녀가 어떤 댄서였는지, 그녀에게 발레는 무엇이었는지, 가지타 씨는 그녀를 어떤 사람으로 바꿔버렸는지―. 그런 얘기를 좀 해주시죠."

그러자 나카노 다에코는 장난스럽게 목을 움츠리며 미오에게 슬그머니 몸을 기댔다.

"미오, 들었어? 질문이 너무 어려워. 가가 씨는 항상 저런 질문만 한다니까."

"나카노 선생님이라면 충분히 대답해주실 수 있을 텐데요."

그때 웨이터가 화이트 와인을 들고 와서 각자의 잔에 따라주었다. 웨이터가 물러가자 다에코는,

"그 질문에 대답하려면 우선 야스코의 경력부터 말해야겠지?"

라고 미오에게 동의를 청하듯이 물었다. 미오도 살짝 고개를 끄덕였다.

"네, 그런 쪽부터 시작하지요"라고 가가는 말했다. "천천히,

시간은 많으니까요."

저녁 식사가 맛없어지지 않을 정도로만 해주시죠, 라고 말하고 다에코는 와인으로 목을 축였다.

"야스코가 이와테에서 도쿄로 올라와 우리 발레학교에 들어온 건 고등학생 때였어요. 겉으로 보기에는 그다지 눈에 띄게 예쁜 편은 아니라는 게 솔직한 느낌이었죠. 하지만 야스코가 연습을 시작하는 걸 보고 우리는 깜짝 놀랐죠. 세상에 어쩌면 저렇게 아름답게 춤추는 아이가 다 있나 했다니까요. 잠시 멍해질 정도였어. 아무튼 대단한 댄서가 될 거라고 확신했어요."

"그 얘기, 나도 다카야나기 시즈코 선생님에게 들었어요"라고 미오가 옆에서 거들었다.

"그래, 그 일이 한참 동안 화제가 됐거든. 사실 그 뒤에도 순조롭게 실력을 닦아서 국내 콩쿠르쯤은 거뜬히 입상하는 수준까지 올라섰어요. 이미 우리 발레단에는 다카야나기 아키코라는, 앞으로 틀림없이 프리마발레리나가 될 거라는 인재가 있었지만 그런 아키코와 비교해도 우위를 가릴 수 없을 만큼 잘했어요. 발레단원이 된 뒤에 착실히 인정을 받아서 좋은 역할도 돌아갔고. 하지만 스무 살 직전쯤부터였나, 그런 야스코의 춤이 생기를 잃어갔어요."

"왜요?"라고 가가는 물었다.

나카노 다에코는 잠시 생각을 더듬더니,

"로잔느 발레 콩쿠르라고, 알아요?"

라고 물어왔다. 모르는데요, 라고 가가는 대답했다.

"발레를 배우는 십 대 댄서들의 콩쿠르인데, 입상하면 해외 발레학교에 유학할 수 있는 자격이 주어지고 장학금도 받을 수 있는 대회예요. 물론 세계 각국에서 수많은 발레리나가 응모하는데 결승에 남는 사람은 기껏 수십 명뿐인 좁은 문이죠."

가가는 고개를 끄덕이며 와인 잔을 손에 들었다. 웨이터가 오르되브르를 내왔다. 다에코는 새우를 입에 넣으며 말했다.

"너무 맛있어, 이 새우. 미오도 먹어봐."

테이블 밑에서 미오의 작은 손이 올라오더니 "아뇨, 괜찮아요"라면서 살짝 흔들었다. 가운뎃손가락에 금반지를 끼고 있었다.

"도무지 뭘 먹지를 않아, 얘가"라고 다에코는 포크로 미오를 가리키며 툴툴거렸다. "전에도 말했지만 미오는 다이어트 때문에 그러는 건 아니에요. 원래 먹는 양이 그 정도인 거지?"

미오는 민망하다는 기색으로 턱을 당겼다.

"위가 유난히 작은 건가요?"라고 가가는 말해보았다.

"그런가 봐요"라고 미오는 대답했다. "조금만 먹어도 배가 부르니까."

"그렇다면 살찔 걱정은 없겠군요. 수많은 젊은 여성들의 질투를 살 만한 얘기인데요. 그런 멋진 원피스도 척척 입고."

"이거, 이상한가요?"

미오가 불안한 얼굴을 보였다.

"아뇨, 잘 어울려요"라고 가가는 서둘러 말했다. "너무 예쁘고 매력적이에요. 산호 귀걸이도 멋있고."

미오는 겸연쩍은 표정으로 슬쩍 다에코를 돌아보더니 가가를 향해 고마워요, 라고 말했다.

"나는 칭찬 안 해줘?"라고 다에코가 짐짓 토라진 것처럼 말했다.

"그야 물론 멋있으시죠"라고 가가는 쩔쩔매는 얼굴로 말했다. "너무 멋있어서 칭찬을 다 못 할 정돕니다. 단지 그 전에 이야기를 계속 좀, 부탁합니다. 발레 콩쿠르 이야기요."

"나는 칭찬부터 받고 싶긴 한데 뭐, 봐드려야지. 로잔느 얘기였죠?"

부탁합니다, 라고 가가는 거듭 고개를 숙였다.

"그 로잔느 콩쿠르는 해마다 열려요. 즉 해마다 그만한 숫자의 댄서들이 세상에 나온다는 얘기죠. 근데 지금까지의 실적을 돌아보면 로잔느에서 입상한 소녀가 유명한 댄서가 되는 케이스는 믿을 수 없을 만큼 적어. 왠지 알아요?"

"모르겠는데요"라고 가가는 대답했다. 알 리가 없었다.

"여러 가지 이유가 있지만 그중에서도 가장 큰 이유는 체형의 변화 때문이에요. 특히 나이가 어린 경우는 더 그렇죠. 로잔느 콩쿠르에 참가했을 때는 열여섯이나 열일곱 살이니까 아직 완전히 성인 여성의 몸매가 아니에요. 체조 경기도 그렇지만 당연히 나이가 어릴수록 몸이 가벼워서 난이도 높은 기술도 무리 없이 해내죠. 하지만 성인이 될수록 그렇게는 안 되는 거예요. 여기저기 볼륨이 생기고 피하 지방은 늘어나고, 그러다 보면 자신의 이미지대로 춤을 출 수가 없어요. 하지만 그게 그 사람의 진짜 몸이에요. 댄서로서 살아가는 이상, 성인이 된 자신의 몸과 승부를 해야 하는 거예요. 로잔느에서 입상했을 때는 짧은 시기의 소녀의 모습으로 무대에 오른 것뿐이니까."

"야스코 씨가 예전에 훌륭한 실력을 보였던 건 그 짧은 시기의 모습 덕분이었다는 얘기인가요?"

"뭐, 말하자면 그런 얘기죠."

"그리고 성인 여성의 체형으로 바뀌면서 점점 춤을 제대로 출 수 없게 되었다는?"

"네. 좀 더 멋있게 표현하자면, 마법이 풀렸다고나 할까?"

개중에는 그 마법이 계속 이어지는 사람도 있지만, 이라고 말하면서 다에코는 옆자리의 미오를 돌아보았다. 미오는 자기 얘기라는 것을 깨닫자 입을 꾹 다물고 약간 토라진 듯한 표정이 되었다.

"하지만 그건 다들 어느 정도는 겪는 일이에요"라고 다에코는 말했다. "그걸 극복하기 위해서는 연습으로 단련하는 수밖에 없어요. 성인의 체형으로 다시 한번 철저히 기초를 만들어야 해요. 지금까지 소녀의 몸과 젊은 기운으로 해온 것을 성인의 몸으로, 완벽한 기술을 통해 해낼 수 있게 훈련하는 거예요. 그런 단계를 거쳐서 프로 댄서가 되어가는 거죠. 야스코도 잘 알고 있었어요. 그래서 다른 사람보다 훨씬 더 많은 연습을 했어요. 그리고 그 성과도 틀림없이 나올 참이었어요. 그대로 계속하기만 했다면 훌륭한 댄서가 되었을 텐데."

"그런데 그걸 중단했어요?"

"아이, 중단할 수는 없죠"라고 다에코는 와인 잔을 든 채 고개를 저었다. "그저 길을 좀 잘못 들었어요. 아키코라는 존재가 야스코를 잘못된 길로 몰아넣었던 것 같아요."

요리가 차례차례 나왔다. 대화가 이따금씩 끊겼다. 미오는 파스타를 한 가닥씩 포크에 돌돌 감아 입에 넣고 있었다. 한 접시를 다 먹으려면 밤이 새도 모자라겠다고 가가는 생각했다.

"야스코와는 반대로 아키코는 착실히 프리마발레리나의 길을 걸었죠"라고 다에코는 다시 말을 이어갔다. "전에도 말했지만, 아키코는 풍부한 재능 외에도 가지타 씨가 원하는 이상적인 몸매도 갖고 있었으니까. 하지만 야스코가 그런 것에 신경 쓸 필요는 전혀 없었어요. 몸매가 가지타 씨의 이상형과는 다르다고 해도 야스코도 자신의 길을 꾸준히 나아가면 충분히 성공할 수 있었어요. 그러면 결국 가지타 씨도 그녀를 인정해 줬을 거예요. 하지만 야스코는 그렇게 하지 못했어요. 다른 수많은 댄서처럼 무리한 다이어트로 아키코와 똑같은 몸매가 되려고 발버둥을 친 거예요."

여기에서 잠시 한숨을 돌리며 다에코는 요리를 즐겼다. 가가도 덕분에 맛있게 먹을 수 있었다. 미오는 파스타는 거의 다 남긴 채 생선 찜 요리에 접어들었다.

"야스코는 결국 자기 자신을 속인 거예요"라고 다에코는 말했다. "라이벌인 아키코를 흉내 내는 것에 대해 오래전부터 마음속으로는 저항감을 느꼈겠죠. 하지만 가지타 씨에게 인정받으려면 어쩔 수 없다. 그런 모순된 감정이 항상 그녀의 마음속에 똬리를 틀고 있었겠지요. 그 바람에 야스코는 누구보다 뛰어난 기술을 가졌는데도 점점 그걸 발휘하지 못했어요. 갑작스럽게 어이없는 실수를 하곤 했죠. 자신을 속이며 춤을 추고 있으니 그 왜곡된 심정이 그런 형태로 나타난 거예요."

"왜 다이어트를 중단시키지 않았습니까?"라고 가가는 물었다.

"물론 그만두라고 타일렀죠. 하지만 듣지 않았어요. 지금 여기서 그만두면 점점 더 가지타 씨의 눈 밖에 날 거라고 잔뜩 겁을 먹은 거예요. 그러니 뭐, 요지부동이었죠. 나도 어쩔 도리가 없었어요."

안타까운 듯 다에코는 머리를 저었다. "그러다가 일이 이 지경에 이른 거예요. 야스코가 어떤 댄서였느냐고 묻는다면, 가엾은 댄서라고밖에는 달리 말할 도리가 없어요, 나는."

가지타 살해의 직접적인 동기에 대해서는 전혀 짐작 가는 게 없다고 나카노 다에코는 말했다. 야스코가 괴로워한 원인이 가지타에게 있었다고 해도 그건 그녀가 스스로 선택한 일이니까 충분히 받아들였을 거라는 얘기였다. 분명 맞는 말이라고 가가는 생각했다. 단지 야스코와 가지타 사이에 스승과 제자의 관계를 뛰어넘는 것은 없었느냐고 물어보았을 때, 다에코는 곤노 일행과는 다른 견해를 보였다.

"가지타 씨는 어땠는지 모르지만 야스코는 그를 사랑했겠죠." 식후의 커피를 마시며 다에코는 별 망설임 없이 분명하게 말했다.

"왜 그렇게 생각하시지요?"라고 가가는 물었다.

"그토록 강한 존경심을 품고 있었잖아요. 그게 언제부턴가 사랑으로 바뀌는 건 자연스러운 일이죠. 그리고 그를 사랑했기 때문에 더더욱 그의 마음에 들기 위해 온갖 힘든 일을 다 참고 견딘 거 아니겠어요?"

그리고 다에코는 "그렇지?"라고 미오에게도 동의를 청했다. 하지만 미오는 대답하기 곤란하다는 듯 고개를 갸우뚱할 뿐이었다.

"야스코의 집에서 살해 도구가 발견되었다는 말을 들었을 때, 나는 그걸 확신했어"라고 말하며 다에코는 가가를 바라보았다. "그런 물건은 얼른 내다버리는 게 일반적이잖아요. 하지만 가지타 씨를 간절히 사랑했기 때문에 차마 버리지 못했던 거 아닌가요? 살해 도구도 그녀에게는 기념품이었던 거예요."

그런 건가, 하고 가가는 생각했다.

레스토랑을 나오자 다에코는 서둘러 택시를 잡았다. 자신이 타고 가려는 줄 알았더니 그게 아니라 가가에게 미오를 집까지 배웅해주라는 것이었다.

"나카노 선생님은요?"

"나는 한잔 더 하고 갈래."

"알겠습니다."

가가는 다에코에게 고맙다고 인사하고, 미오를 먼저 태운 뒤에 자신도 차에 올랐다.

후지미다이를 향해 잠시 달렸을 때, 미오가 입을 열었다.

"아무래도 동기를 꼭 밝혀야 하는 건가요?"

예? 하고 되물었다가 가가는 대답했다. "아, 그건 그렇죠. 근데 왜요?"

"야스코 선배는 자신의 죄를 갚기 위해 스스로 죽음을 선택한 거라고 생각해요. 그러니 이제 더 이상 선배의 비밀을 파헤치는 일은 안 했으면 좋겠는데…….”

“우리도 딱히 좋아서 하는 일은 아니에요”라고 가가는 대답했다. “불분명한 점을 확실히 밝히지 않는 한, 발레단 단원분들도 언제까지고 이번 사건에서 해방될 수 없어요. 게다가 사이토 하루코 씨를 구해줄 수도 없죠.”

“네, 그건 그렇겠네요…….”

미오는 차창 밖으로 눈을 피하며, 미안해요, 라고 중얼거렸다.

가가가 집에 돌아와보니 부재중 전화에 메시지가 들어와 있었다. 한 건은 경찰학교 시절의 친구로 오랜만에 시합이나 하자는 것이었다. 검도 얘기다. 현재 경시청 안에서도 가가와 견줄 만한 사람은 웬만해서는 찾기가 힘들었다.

또 한 건은 아버지가 남긴 것이었다.

“중매 얘기는 거절했다. 숙모님은 네가 어떻게 결혼할 사람을 직접 찾겠느냐고 걱정하시더라. 나도 별 확신은 없지만, 본인이 그러겠다고 하니 괜찮다고 말해뒀다. 그리고 친구 아들의 교통사고 얘기인데, 한참 옥신각신하기는 했지만 그럭저럭 해결될 것 같다. 걱정할 필요 없다. 이상.”

변함없이 딱딱한 말투로 별 내용도 없는 메시지를 남겼다. 경찰 퇴직 후, 낡아빠진 집에서 혼자 살다 보니 철벽같은 성품의 아버지도 때로는 적적한 모양이라고 슬며시 웃음이 터졌다.

네가 어떻게 결혼할 사람을 직접 찾겠느냐—.

찾는 건 간단해, 라고 가가는 혼자 중얼거렸다.

2

뉴욕에서 매우 중요한 정보가 들어왔다는 연락을 받고 가가
와 오타가 샤쿠지이 경찰서로 급히 달려간 것은 다에코, 미오
와 함께 식사를 한 이틀 뒤였다.

"뉴욕에서 야스코와 아키코를 가르쳤던 존 토머스라는 안무
가를 드디어 찾아냈대. 그리고 그 사람에게서 그야말로 귀중
한 증언도 얻어냈어."

형사과 사무실에서 고바야시 경위는 의기양양한 얼굴로 말
했다. 그 표정만으로도 이번 보고가 얼마나 중대한 것인지 짐
작이 갔다.

"4년 전에 야스코와 아키코 외에도 다카야나기 발레단에서
또 다른 두 사람이 그쪽에 갔어."

"또 다른 두 사람?"

가가와 오타가 동시에 되물었다.

"그래. 근데 댄서가 아냐. 바로 다카야나기 시즈코와 가지타
야스나리."

"그 두 사람이? 무슨 일로요?"라고 가가는 물었다.

"처음에는 야스코와 아키코가 어떻게 지내는지 보러 갔다는 거야. 근데 거기 가서 보고는 그 길로 두 사람을 데려와버렸어. 원래 야스코와 아키코는 두 달쯤 더 있을 예정이었는데 말이야."

"무슨 일이 있었나?"라고 오타가 팔짱을 끼며 물었다.

"왜 갑자기 돌아갔는지 그 토머스라는 사람은 이유는 잘 모른다고 한 모양이야."

다카야나기 시즈코에게는 아직 물어보지 않았다고 고바야시는 말했다. 좀 더 정황 증거를 다져놓은 다음에 물어볼 생각인 것이다.

"그럼 다카야나기 시즈코와 가지타가 거기 머물렀던 건 아주 짧은 기간이었군요?"라고 가가가 말했다.

"다카야나기 시즈코는 그렇지. 야스코와 아키코를 데리고 곧장 돌아왔으니까."

고바야시는 의미심장한 눈빛을 보내왔다. "하지만 가지타는 아니야. 그 사람은 그 뒤에도 며칠 동안 뉴욕에 있었고 그런 다음에 귀국했어. 중요한 얘기는 이제부터야. 그 며칠 동안에 가지타가 토머스의 연습실에 몇 번 왔었는데 마침 그때 경찰이 찾아왔다는 거야."

"경찰?"이라고 오타가 큰 소리를 냈다. "왜 경찰이 왔는데?"

"근데 안타깝게도 토머스가 그게 기억이 안 난다는 거야. 다만 일본인 댄서 두 사람에 대해 꼬치꼬치 물었다는 건 분명하대. 그래서 그때 마침 연습실에 와 있던 가지타를 불러다 경찰의 질문에 대답해달라고 했다는 거야."

"그 질문이 무엇이었는지는 기억이 안 난다는 거로군."

오타는 그야말로 안타깝다는 표정이었다.

"오래전 일이니까 그럴 만도 하지. 그때 경찰이 왔다는 것도 처음에는 기억을 못 했다니까. 아무튼 그 질문 내용에 대해서는 현재 조사 중이야."

"이제야 겨우 알맹이 있는 정보가 들어오기 시작한 건가."

오타가 놀리듯이 말하자 고바야시가 불끈한 기색으로 뉴욕 파견 팀을 변호하고 나섰다.

"무슨 소리야, 그쪽에서도 열심히 뛰고 있어. 전에도 말했지만 2년 전에 가지타가 갔을 때하고 야스코 일행이 4년 전에 갔을 때는 미국 쪽의 발레단 상황도 크게 달라졌다니까. 그걸 조사하느라고 여간 힘든 게 아니었을 거라고."

"뉴욕 쪽에 감사해야겠네."

"그렇다니까"라고 고바야시는 말했다.

일단 샤쿠지이 경찰서를 나와 가가와 오타는 나카무라바시의 모리이 야스코의 맨션에 가보기로 했다. 급하게 진술을 들어야 할 일이 생겼기 때문이다. 본부에서 들어온 연락에 의하면, 야스코의 집 바로 위층에 사는 사람이 이상한 얘기를 하고 있다는 것이다.

그 사람은 컴퓨터 소프트웨어 회사에 근무하는 샐러리맨으로 어제까지 도야마 쪽에 출장을 다녀왔다. 그가 집을 나선 게 야스코의 사체가 발견되기 전날이어서 출장에서 돌아올 때까지 이번 사건에 대해서는 전혀 알지 못했다고 한다.

"바로 아래층에서 그런 사건이 났다고 하니까 기분이 정말 으스스하더라고요. 신문을 읽다가 영 마음에 걸리는 게 있어서 경찰에 전화했습니다."

창백한 얼굴의 그 젊은 남자는 아직도 졸리는 듯한 눈을 비비며 말했다. 납품처에서 클레임이 들어와 그걸 해결하기 위해 도야마에 갔었다고 한다. "며칠 동안 밤샘으로 일만 하다 왔어요"라고 그는 쓴웃음을 지었다. 그래서 오늘은 모처럼 유급휴가를 받은 모양이었다. 점심때가 지났는데도 아직 파자마 차림인 것이 이해가 되었다.

"근데 무슨 일로 경찰에 전화했죠?"라고 현관 앞에 선 채로 가가는 물었다.

"예, 내가 출장 가기 전날이었으니까 그게 자살 사건이 일어나기 이틀 전이에요. 그다음 날 새벽 첫차로 출발해야 할 상황이어서 내가 한밤중까지 짐을 꾸리고 있었거든요. 그걸 끝낸 게 한밤중 2시쯤이었나? 잠깐 눈 좀 붙이려고 이불을 펴고 불도 끄고 자리에 누운 참에 아래층에서 이야기 소리가 들려오더라고요."

엇, 하고 오타가 물었다. "틀림없이 아래층이었어요?"

"틀림없어요. 여기 이 연립이 낡을 대로 낡아서 옆집 소음도 다 들리지만 그중에서 가장 잘 들리는 게 바로 아래층 소음이에요."

특별한 비밀이라도 털어놓는 듯한 표정으로 샐러리맨이 말했다. 내 집이랑 똑같구나, 라고 가가는 생각했다.

오타가 고개를 끄덕이며 물었다. "어떤 목소리였어요?"

"어떤 목소리인지는 잘 모르겠고, 아무튼 여자 목소리라는 건 분명했어요. 뭐, 그 자살한 여자 본인의 목소리였는지도 모르죠. 아래층 소리가 들리기는 해도 웅얼웅얼하는 소리라서 그 내용까지 알아듣지는 못해요."

"그 이야기 소리가 어느 정도나 계속되었어요?"라고 가가가 물었다.

"글쎄요, 시계를 들고 재본 건 아니라서 정확히는 모르죠. 나도 그때는 너무 졸렸으니까요. 아마 한 30분쯤 이야기했을 거예요. 그러고는 현관문이 열리고 누군가 돌아가는 소리가 들렸어요."

"누군가 돌아갔다고요? 틀림없어요?"

"틀림없어요. 그건 분명합니다."

그렇다면 전화 통화 같은 게 아니라 누군가 야스코의 집에 왔었다는 얘기다. 그런 한밤중에 대체 누가 왔었는가.

"그전에도 그런 일이 있었어요? 한밤중에 누가 찾아오거나 이야기 소리가 났던 일이?"라고 오타가 물었다.

"이야기 소리가 났던 것은 그때가 처음일 거예요. 작은 소음이라면 이따금 들렸지만"이라고 샐러리맨은 말했다. "원래 아래층이 거의 빈집 같았거든요. 일요일에도 얼굴을 본 적이 없어요. 발레리나인 줄 알았으면 좀 더 친하게 지낼걸. 하지만 이런 허름한 연립에 그런 사람이 살고 있을 줄은 생각도 못 했어요."

그의 말은 보통 사람들이 발레 댄서를 어떻게 생각하는지, 그대로 보여주고 있었다. 가가 역시 몇 주 전까지는 그렇게 생각했었다.

고맙다고 인사하고 맨션을 나서자 오타는 수사본부에 연락부터 했다. 그리고 도미이의 지시대로 부근을 탐문해보기로 했다. 그밖에 이 수수께끼의 방문자를 목격한 사람이 없는지 알아보기 위해서였다.

우선 바로 옆집에 사는 학생을 찾아갔다. 하지만 이 학생은 방문자에 대해 전혀 알지 못했다. 밤 2시였지만 그 역시 자고 있었던 건 아니었다. 아무래도 컴퓨터 게임을 하느라 늦게까지 깨어 있었던 모양이다. 일단 게임에 빠져들면 옆집의 상황

같은 건 눈치채지 못했을 터였다.

맨션 주변을 몇 집인가 찾아갔지만 방문자인 듯한 인물을 목격했다는 증언은 얻을 수 없었다. 일주일 전이고 게다가 한밤중 2시다. 유력한 증언 따위 나오지 않는 게 당연했다.

"누구였을까?"

무심코 커피를 블랙으로 마셨는지 오타가 오만상을 찌푸리고 급하게 설탕을 푹푹 퍼 넣으면서 말했다. 근처를 한 바퀴 돌아본 끝에 잠시 쉬려고 찻집에 들어온 것이다. 겉보기는 서양 건축에 멋진 카페 같더니 안은 퀴퀴한 스낵바 같은 분위기였다.

"나도 잘 모르겠어요. 한밤중에 집 안에 함께 있었던 걸 보면 상당히 친한 사이였던 건 틀림이 없는데. 하지만 남자라면 어지간히 친한 사이라도 한밤중에 집에 들이지는 않겠죠."

"그러니까 만일 남자라면 특별한 관계의 남자인 셈이야."

"맞아요."

오타가 이번에는 커피 잔에 프림을 듬뿍 넣었다. 어지간히 맛없는 커피인 모양이다. 가가는 홍차를 마시고 있었다.

"그밖의 다른 경우라면, 집 안에 맞아들일 수밖에 없었던 사람이라는 거야. 이를테면 뭔가 약점을 잡혔다든가 해서."

"그렇군요"라고 가가도 고개를 끄덕였다. "만일 그런 경우라면 그 약점이라는 건 가지타 살해겠지요?"

"음, 아마도"라고 오타는 말했다.

어쨌든 이 수수께끼의 방문자가 야스코의 자살과 깊은 관계가 있다는 건 틀림이 없었다. 그 누군가가 찾아온 다음 날부터 야스코는 발레단을 결석했고 게다가 그다음 날에는 자살까지 한 것이다.

"자살이었다는 게 번복될 리는 없지만, 일이 이렇게 되면 생각을 약간 바꿀 필요가 있어. 이를테면 자네가 말했던 공범설. 수수께끼의 방문자라는 게 바로 공범일 수도 있어."

"나도 그렇게 생각해요"라고 가가는 말했다.

"애초에 그 공범에게 일을 당한 건 아니겠지만."

야스코의 죽음이 자살이 틀림없다는 건 다양한 상황으로 보아 확실했다. 체내에서 다량의 수면약이 검출되어서 정제 수십 알을 한꺼번에 먹은 것으로 추정되었다. 이 약의 입수 경로도 밝혀졌다.

"이제 슬슬 본부에 전화나 해볼까"라고 손목시계를 들여다보며 오타가 말했다. "택시 회사에 문의해보라고 내가 아까 말해뒀거든. 밤 2시라면 전차는 없어. 그 수수께끼의 방문자는 택시를 타고 돌아갔을 가능성이 높아. 그렇다면 당연히 야스코의 집 전화로 택시를 불렀겠지. 이 근처에 24시간 영업하는 택시 회사에 문의해보면 그건 금세 알 수 있어."

"댄서들은 대부분 이쪽 노선의 역세권에서 살고 있으니까

그다지 멀지는 않겠지만 그래도 도보로 오고 갈 수 있는 거리
는 아니죠. 분명 택시 아니면 자기 차를 이용했을 거예요."

"자기 차를 가진 사람이라면 범위가 상당히 좁혀지기는 하
는데."

오타는 가게 안의 공중전화에 갔다가 몇 분 만에 돌아왔다.
표정에 변화가 없는 걸 보니 별다른 수확은 없었던 모양이다.

"일일이 알아보고 있는 모양인데 아직까지 야스코의 집에서
호출을 받은 택시는 없었대. 그렇다면 자기 차였나?"

"운전면허가 있고 차를 자유롭게 쓸 수 있는 사람을 알아봐
야겠어요."

미오는 면허가 없었는데, 라고 생각하면서 가가는 말했다.

"그런 자료는 샤쿠지이 경찰서에 있을 거야. 좋아, 가자고."

오타의 재촉에 가가도 자리에서 일어섰다.

샤쿠지이 경찰서에 도착했을 때쯤에는 완전히 해가 저물어
버렸다. 야스코의 집 주변을 탐문하는 데 의외로 시간이 많이
걸렸기 때문이다.

형사과에 가자 고바야시가 두 사람을 보고 급하게 달려왔
다.

"지금 막 연락하려던 참이야. 새로운 정보가 들어왔어. 4년
전에 뉴욕 시경의 경찰이 존 토머스를 찾아와 일본인 댄서에
대해 물었다는 이야기, 아까 낮에 했었지? 그 건이 드디어 확

인됐어."

"무슨 일이었대요?"라고 오타가 물었다.

"그쪽의 보고에 의하면 살인 미수 사건과 관련된 거였어."

"살인 미수?"

"교외의 한 호텔에서 일본인 남성 숙박객이 나이프에 찔리는 사건이 났다는 거야."

고바야시 경위의 이야기를 요약하면 대강 다음과 같다.

그 일본인 남자는 호텔 방에서 피투성이가 되어 쓰러진 채 발견되었다. 의식은 없었고, 종업원의 말에 따르면 여자와 함께 투숙했다고 한다. 실제로 숙박객 명부에도 남녀의 이름이 기록되어 있었다. 하지만 그것이 가짜 이름이라는 건 금세 밝혀졌다. 남자가 신분증명서를 소지하고 있었기 때문이다.

남자의 의식이 돌아오지 않자 그다음 날 경관이 그의 아파트를 수색했다. 이웃 사람들에게 물어본 결과, 그에게 연인이 있다는 사실을 알게 되었다. 여자의 얼굴을 정확히 본 사람은 없지만 뉴욕 발레단의 일본인 댄서라는 것은 알고 있었다. 그래서 경관이 뉴욕 발레단에 찾아가 일본인 댄서들을 가르치던 존 토머스를 만난 것이다.

"이쪽 발레단에 이런 남자와 사귀는 일본인 댄서가 있을 것이다―. 경관이 그렇게 토머스 씨를 추궁했지만 그는 경관의 질문에 대답하지 못했던 거야. 댄서의 사생활에는 전혀 관심이 없었기 때문이야. 그를 대신해서 답변에 나선 것이 그때 우연히 연습실에 와 있던 가지타 야스나리야. 그가 했던 진술은 기록으로도 남아 있었어. 즉 이런 거야. '연인이라고 할 정도로 깊은 관계는 아니다. 게다가 그 댄서는 이미 이곳에 없다. 어젯밤에 일본으로 귀국했다—.'"

"야스코와 아키코가 귀국한 날에 그 사건이 일어났었군요."

가가는 입술을 깨물었다. 단순한 우연이라고는 생각할 수 없었다.

"경찰이 다시 물었어. 그 댄서의 이름은? 가지타가 대답하기를, 모리이 야스코."

탕 하는 소리가 났다. 오타가 책상을 친 것이다. "거기서 드디어 야스코가 등장하네!"

"하지만 그렇다면 뉴욕 시경으로서는 당연히 모리이 야스코를 의심했을 텐데요?"라고 가가는 물었다.

"당연히 의심했지"라고 고바야시가 말했다. "하지만 그 의혹은 간단히 풀렸어. 왜냐하면 칼에 찔렸던 남자의 의식이 돌아왔기 때문이야. 그가 병원에 누운 채 증언을 했는데, 자신과 같이 호텔에 갔던 사람은 거리의 여자고 처음 만난 사이였다고 한 거야. 일본인 댄서 야스코에 대해서도 물어봤는데 그녀와는 전혀 관계가 없다고 말했어."

"흠……."

오타는 손에 잡은 뭔가를 놓쳐버린 듯한 표정이었다. 가가도 똑같은 심정이었다.

"피해자 본인이 그렇게 말을 하니까 당연히 뉴욕 시경에서도 그 증언을 바탕으로 수사를 진행했겠지. 아마 그 사람들도 이래저래 수사는 했을 거야. 하지만 피해자가 말한 여자는 결국 잡지 못했어. 흔해빠진 사건인 데다 피해자가 죽은 것도 아니어서 사건을 그대로 흐지부지 끝내버린 모양이야."

"살해될 뻔했던 그 일본인의 이름은?"

오타의 질문에,

"음, 뭐랬더라……, 그래, 아오키 가즈히로. 당시에 미술학교 유학생으로 뉴욕에 와 있었어. 그 뒤에 어떻게 되었는지는 불명."

고바야시는 메모를 들여다보며 대답했다. "현재 그자의 행방을 찾고 있어. 그리고 우리 쪽에서도 뉴욕에 공부차 갔던 미술학교 학생들의 목록을 작성 중이야. 그러면 의외로 간단히 알 수 있지 않겠어?"

그러고 보니 얼마 전에 가가도 가자마와 뉴욕에서 친하게 지내던 자가 없을까 하고 몇몇 유학생을 만나본 적이 있었다. 그때 일을 더듬어보다가 그의 뇌리에 퍼뜩 떠오르는 것이 있었다.

"앗!" 하고 가가는 저도 모르게 목소리가 높아졌다. 오타와 고바야시가 놀라서 그의 얼굴을 보았다.

"왜 그래?"라고 고바야시가 물었다.

"생각났어요, 아오키 가즈히로! 틀림없어. 그 사람이라면 내가 알아요."

"알아? 어떻게?"

오타는 화난 사람처럼 재우쳐 물었다. 그 얼굴을 보며 가가는 "오타 선배님도 알 텐데요?"라고 말했다. "그 사람이라면 일본에 돌아왔어요."

3

역 앞 큰길의 상점가가 끝나는 곳쯤에 '아오키 부동산'이라는 간판이 걸려 있었다. 유난히 가로 폭이 좁은 가게였다. 유리로 된 출입문에는 아파트며 주택 물건을 소개하는 광고지가 잔뜩 붙어 있었다. 원룸, 욕실 및 화장실 있음, 6만 3천 엔, 여성에 한함—, 이라는 식이다.

"여기였어?"

가게 앞에서 오타는 새삼스럽다는 듯이 말했다. 전에 찾아왔던 일이 생각난 것이다.

유리문을 열고 들어서자 정면에 작은 카운터, 그 건너편에는 책상 두 개가 나란히 있었다. 한쪽 책상에 앉아 있던 초로의 남자가 가가와 오타를 보고 자리에서 일어섰다.

"집 때문에 온 게 아니에요"라고 가가는 미리 말했다. "아오키 가즈히로 씨 일로 잠깐 말씀드릴 게 있어서요."

그가 내민 경찰수첩을 흰머리의 남자는 한참이나 멍하니 들여다보다가 퍼뜩 알아차린 듯 긴장된 표정을 지었다. "형사분들? 아, 이거, 미안해요. 남자들이 들어오면 나도 모르게 경계하는 게 버릇이 되어서."

몇 번이나 머리를 숙인 끝에 "우리 아들놈이 무슨?"이라고 진지한 얼굴로 물었다.

"그러니까 그게……."

오타는 잠시 생각하고 나서 "우선은 향불부터 올리게 해주시겠습니까?"라고 말했다.

사무실 안쪽의 문을 열자 그 뒤는 살림채였다. 들어가서 입구 바로 앞의 방에 불단이 마련되어 있었다. 거기에 검은 액자에 담긴 아오키 가즈히로의 사진이 있었다. 뾰족한 얼굴의 청년으로 날카로운 각도의 뺨이 신경질적인 인상을 풍겼다. 양쪽 눈의 초점이 미묘하게 어긋나서 허무적인 느낌이 들었다.

향불을 올리고 다시 사무실로 나오자 젊은 여자가 유리문을 열고 들어왔다. 손님이 아니라는 것을 가가는 알고 있었다. 그녀 쪽에서도 그들을 손님이라고 생각하고 지나치려다가 문득

315

알아봤는지 "아, 경찰에서 나오신……"이라고 말했다.

"지난번에는 고마웠습니다"라고 가가는 말했다. "방금 위패에 향을 올린 참이에요."

"그러셨군요"라고 그녀는 작은 소리로 대답했다.

전에 이곳에 왔을 때는 가게 문은 닫아둔 채 그녀 혼자 집을 지키고 있었다. 아버지는 뉴욕에서 자살한 아들의 유체를 인수하러 갔던 것이다. 그때 그녀가 했던 말을 가가는 또렷하게 기억하고 있었다.

오빠는 뉴욕에 잡아먹혔다—.

접객용 소파에서 가가와 오타는 아오키 가즈오를 마주하고 앉았다. 가즈오는 하얗게 센 머리를 간간이 쓸어가며 이야기를 들려주었다.

"가즈히로가 그림을 그린다는 것에 반대는 안 했어요. 자기가 하고 싶은 일이 있다면 그걸 하는 게 가장 좋잖습니까? 그야 화가로 먹고살기는 힘들겠다고 걱정은 했지요. 학교 미술 선생이라도 되려나, 아니면 그런 쪽의 가게를 하려나, 아무튼 내가 건강한 동안에 결정해주면 좋겠다고 생각했지요. 하지만 미국에 간다고 할 줄은 생각도 못 했어요."

"그것도 반대하지는 않으셨군요"라고 오타가 말했다.

"반대는 안 했어요. 그것도 좋다고 생각했거든. 젊은 시절에는 뭐든 해두면 좋지."

아오키 가즈오는 이해심 많은 아버지에 속하는 것 같았다.

"연락은 자주 했습니까?"라고 오타가 다시 물었다.

"처음에는 꼬박꼬박 편지를 하더니 서서히 줄어들더만요. 그래도 뭐, 작년 여름까지는 어떤 식으로든 연락이 왔어요. 주소를 알려주지 않아서 우리 쪽에서 연락할 길은 없었지만."

딸인 준코가 차를 내려서 가져왔다. 향기 좋은 차였다.

"그래도 무사히 잘 있기만 하면 된다고 생각하고 있었지요. 아무튼 4년 전의 그 사건 때는 간담이 서늘했으니까."

"그때는 미국에서 연락이 왔던가요?"

그 사건을 아버지가 알고 있다는 건 뜻밖이었다.

"경찰에서 연락이 왔죠. 생명에 지장은 없다는 말을 듣고 안심했지만 그래도 중상이었던 거 같더라고요. 나는 자리를 비울 수가 없어서 친척 되는 이가 대신 다녀왔어요. 미국은 정말 흉흉한 곳이라고 새삼 실감했지요. 퇴원하는 대로 귀국시킬 생각이었는데 끝끝내 내 말을 안 듣더라고. 제 마음대로 아파트까지 옮겨버리고. 설마하니 뼈가 되어서 만날 줄은 생각도 못 했어요."

아오키 가즈오는 쓸쓸하게 웃으며 찻잔을 양손으로 감싸들고 차를 마셨다.

"가즈히로 씨는 어떤 곳에서 살았어요?"라고 가가가 물었다.

"어휴, 말도 말아요"라고 가즈오는 얼굴을 찌푸렸다. "영락

없이 쓰레기통 같은 아파트였어. 뭔지 모를 냄새가 풍풍 나고 여기저기 토사물이 질펀하고……. 가즈히로의 방은 온통 술이더라고. 알코올에 재워둔 방 같더라니까. 그 애가 죽었다는 소식을 보내준 건 옆방에 살던 일본 학생이었는데 그나마 그 학생 방이 제일 반듯합디다. 음악 공부를 하려고 일부러 그런 데서 산다고 하더만. 그건 또 무슨 이론인지는 모르겠지만. 아이구, 그나저나 정말 지독한 곳이었어. 거기 있기만 해도 병에 걸릴 것 같은 그런 곳이었어요."

몇 번씩이나 강조하는 걸 보니 어지간히 끔찍한 곳이었던 모양이다. 가가도 어쩐지 그 풍경이 눈에 선히 떠오르는 것 같았다.

"그런데 아드님의 자살 원인에 대해서는 뭔가 좀 알아내셨습니까?"

오타가 물었지만 가즈오는 한스럽다는 듯 고개를 내저었다.

"모르지요. 우울증이 있었다고 옆방 학생은 말합디다만."

"자살하기 전에 뭔가 변한 게 있었다든가 하는 건?"

"그 옆방 학생하고도 그리 친했던 게 아니라서 그런 세세한 건 신경도 안 썼던가 봐요. 그저 자살하기 열흘쯤 전에 어디선가 가즈히로에게 전화가 왔다고 하더라고. 물론 가즈히로 방에는 전화기가 있을 리 없지. 관리인 방으로 걸려온 걸 내려가서 받았대요. 근데 그게 일본에서 걸려온 국제전화였다고 합디다."

"일본에서요?"라고 가가는 몸을 쓱 내밀며 물었다. "상대는 누구였는데요?"

"그건 나도 모르죠"라고 가즈오는 말했다. "아무튼 그 전화를 받은 뒤에 우리 애가 아주 기분이 좋았다고 하더라고."

"기분이 좋았다……."

오타는 고개를 외로 꼬며 되풀이한 뒤에 물었다. "전화는 그것뿐입니까?"

"우리 애에게 걸려온 건 그것뿐이었대"라고 가즈오는 대답했다. "하지만 다시 전화가 오기로 했던 모양이야. 왜냐하면 그 며칠 뒤에 우리 애가, 일본에서 전화가 올 테니까 꼭 바꿔달라고 관리인에게 당부를 했대요. 결국 기다리던 그 전화가 안 와서 우리 애가 몹시 실망했다고 하더라고."

"전화를 기다리고 있었다……?"

의견을 청하듯이 오타는 가가를 보았다. 모르겠다, 라는 뜻으로 가가는 얼굴을 가로저었다.

그때 유리문이 열리고 손님이 들어왔기 때문에 가즈오는 잠깐 실례한다면서 자리에서 일어섰다.

"누구한테서 온 전화였을까?"

오타가 작은 소리로 물었다.

"간절히 기다렸던 걸 보면 역시 야스코였을까요?"

"그렇겠지? 하지만 왜 그때서야 둘 사이의 관계가 다시 이어졌을까."

손님은 잠깐 몇 가지를 물어보고는 곧바로 돌아갔다. 대학생으로 보이는 젊은 남자였다.

"요즘 학생들은 보통 사치스러운 게 아니라니까" 하고 아오키 가즈오가 쓴웃음을 지으며 돌아왔다. "스테레오에 비디오에 침대에, 아무튼 이삿짐이 많아서 점점 더 큰 방만 찾아요."

"그러니 부모들은 뼛골이 빠진다니까요"라고 일남일녀의 아버지인 오타가 남의 일이 아니라는 듯 어깨를 으쓱 쳐들었다.

"참말로"라면서 아오키 가즈오는 다시 자리에 앉았다.

"이삿짐이라고 하시니 생각나는데, 아드님의 짐은 어떻게 하셨습니까?"

가가가 물어보았다.

"잡동사니는 그쪽에서 처분해버렸어요. 유품이 될 만한 물건하고 그림 몇 장만 갖고 왔지."

"잠깐 볼 수 있을까요?"

"그래요."

준코에게 가게를 맡기고 아오키 가즈오는 다시 안으로 들어갔다. 가가와 오타도 그 뒤를 따랐다. 불단이 있는 방에서 기다리고 있으려니 옆방에서 캐리어와 캔버스 몇 장을 들고 가즈오가 나타났다.

"자잘한 건 이 가방 안에 넣어뒀어요."

열린 캐리어 안에는 그림 도구와 책, 라디오, 머그잔, 바지, 티셔츠, 선글라스, 만년필, 그밖에 잡다한 물건들이 채워져 있었다. 가가가 일기장이나 앨범 같은 건 없느냐고 물었더니, 자기도 찾아봤지만 그런 건 없었다고 가즈오는 안타까운 기색으로 대답했다.

"그리고 이게 우리 애 그림이야. 내가 보기에는 제법 잘 그린 거 같은데, 실상은 어떤지 모르겠어요."

그렇게 말하며 그는 10여 장의 캔버스를 방바닥에 늘어놓았다. 덕분에 가가와 오타는 앉을 공간이 없어서 자리에서 일어서지 않으면 안 되었다.

아오키 가즈히로의 그림은 어두운 색감에다 불단 사진에서 받은 인상 그대로 신경질적인 붓 터치가 특징이었다. 밤거리를 배경으로 한 것이 많았다. 그림 속의 인물들은 표정이 한결같이 서글프고 고뇌에 지친 것처럼 보였다.

"이거 봐"라고 오타가 가가를 팔꿈치로 쿡 찌른 것은 아오키 가즈오가 몇 장인가의 그림을 꺼내왔을 때였다. 그 그림에 가가도 눈이 둥그레졌다. 발레리나의 그림이 그려져 있었기 때문이다.

"모리이 야스코야"라고 오타는 중얼거렸다.

배경은 역시 밤거리였다. 고층 빌딩이 그림자처럼 뒤편에 보였다. 그 앞에서 하얀 튀튀를 입은 발레리나가 등을 돌린 채 건너편을 바라보는 포즈를 취하고 있었다. 몸매의 라인을 통해 야스코라는 것을 알았다. 슬쩍 이쪽을 돌아보는 얼굴은 분명하게 야스코를 닮은 것 같았다.

"그 그림, 좋지요?"

형사들이 주목하는 것을 보고 아오키 가즈오는 흐뭇한 목소리로 말했다. "나도 그 그림이 제일 맘에 들었어. 미술에 대해 전문적인 건 전혀 모르지만, 그걸 보고 있으면 어쩐지 마음이 빨려드는 느낌이 들더라고요."

"이 무희가 누군지는 모르십니까?"라고 오타가 물었다.

"나야 모르죠. 그 애 방에는 주소록 같은 것도 없었으니까. 대체 누구인지. 뒷모습만으로는 얼굴도 잘 모르겠고."

뒷모습―.

가가의 기억에 한 마디 말이 되살아났다. 뒷모습―.

아하, 하고 속으로 부르짖었다.

"오타 선배, 가자마가 미야모토 기요미에게 모델을 해달라고 했다는 이야기, 생각나세요?"

"응? 아, 맞아, 그런 이야기를 했어."

"그때 가자마는 기요미에게 뒤돌아선 포즈를 취하라고 했어요. 그걸 가자마가 한참 스케치한 뒤에 이렇게 말했다고 했죠. '일본을 떠나서 나 자신을 직시하면 나도 좋은 그림을 그릴 수 있으려나' 하고."

가가의 말에 오타의 눈이 큼직해졌다. "가자마가 이 그림을 봤던 건가?"

"그랬을 거예요"라고 가가는 말했다. "가자마가 그쪽에서 사귄 유일한 일본인 친구, 그게 바로 아오키 가즈히로였던 거예요. 야스코와 아오키는 4년 전에 연인 사이였고, 가자마는 그런 아오키를 2년 전에 만났고."

4

하루코가 돌아온 것은 5월 초, 황금연휴라고 사람들이 잔뜩 들떠 있을 때였다. 하지만 댄서들에게 휴일은 없었다. 항상 하던 대로 연습실에서 땀을 흘리고 있었다.

맨 먼저 하루코를 알아본 것은 미스트레스 나카노 다에코였다. 현관 쪽을 보자마자 갑자기 구령이 뚝 끊기는 바람에 댄서들도 동작을 멈추고 그쪽을 보았다.

하루코는 아버지 어머니가 양쪽에서 지켜보는 가운데 연습실로 들어왔다. 조금 여위기는 했지만 아름다운 얼굴은 그대로였다.

"하루코!"

야기유가 불렀다. 그 소리가 들렸는지 하루코는 동료들을 향해 금세 울음이 터질 듯한, 그러면서도 웃고 있는 듯한 표정을 보였다. 야기유가 다시 한번 하루코의 이름을 불렀다.

안에서 다카야나기 시즈코가 나와 하루코와 부모님을 응접실로 데려갔다. 그때서야 깨달았지만 하루코의 옷차림은 모두 새것이었다. 화장도 했다. 아마 경찰서에서 나와서 발레단에 오기 전에 미리 준비를 한 모양이었다.

"자, 다시 시작하자!"

다에코의 구령에 댄서들은 힘차게 대답하고 다시 원래의 포지션에 들어갔다.

휴식 시간에 미오와 야기유는 응접실로 불려갔다. 하루코는 아버지와 어머니 사이에 앉았고, 어머니는 그녀의 손을 꼭 움켜쥐고 있었다.

"불기소 처분은 아니야"라고 다카야나기 시즈코가 말했다. "법률적으로 하루코를 더 이상 유치장에 붙잡아둘 수 없기 때문에 풀어줬어."

"그러면 또 데려갈 수도 있어요?"라고 야기유가 물었다.

"응, 기소될 경우에는."

시즈코는 조금 침울한 목소리로 대답한 뒤 "아무튼 앉아라" 하고 미오와 야기유에게 의자를 권했다.

두 사람이 앉기를 기다려 시즈코가 말했다.

"미리 양해를 구할 일이 있어서 너희를 불렀어. 오늘부터 하루코가 지낼 곳을 정하려고."

시즈코의 이야기는, 지금까지 해왔던 대로 하루코가 미오와 같은 집에서 지내는 건 그리 바람직하지 않다는 것이었다. 하루코는 아직 경찰의 감시를 받고 있어서 작은 행동 하나에도 일일이 신경을 써야 한다. 그렇게 되면 미오까지 조용히 지내기가 어려워서 하루코도 마음이 불편할 것이다. 그래서 하루코를 시즈코가 맡기로 했다는 것이다.

"그러는 게 부모님도 마음이 놓이실 거고, 하루코도 그러고 싶다는구나."

시즈코의 말에 미오는 하루코를 보았다. 그러자 하루코는 미오의 눈을 마주 보며 "그렇게 하는 게 좋겠어"라고 말했다. 오랜만에 듣는 친구의 목소리였다.

"하루코가 좋다면 그렇게 할게요"라고 미오는 말했다.

"그럼 이 일은 결정되었고."

다음은 자네, 라고 시즈코는 야기유에게 말했다. "그런 사정이 있어서 하루코는 오늘부터 여기서 지내게 될 텐데, 현재 처지가 이렇기 때문에 너희들과는 예전처럼 자유롭게 어울리기가 어려워. 이쪽에도 당연히 경찰의 감시가 따라올 테니까. 그런 점을 단원들에게 잘 설명해주고 사태가 진정될 때까지 하루코와는 만나지 않도록 해줘. 괜한 오해를 사면 일이 복잡해지게 되잖니."

"뭐, 그건 어쩔 수 없죠"라고 야기유는 하루코의 얼굴을 보며 대답했다.

"하지만 내내 혼자 지내자면 적적할 테니까 야기유와 미오는 이따금 방에 들러줘. 하루코도 이런저런 볼일이 있을 거고."

"네, 알겠습니다."

자신에게 역할이 주어진 게 기뻤는지 야기유는 힘찬 목소리로 대답했다.

"미안해, 폐를 끼쳐서."

하루코가 불쑥 말했다.

"뭔 소리야. 그보다 빨리 결론이 났으면 좋겠다."

야기유의 말에 그녀는 꾸벅 고개를 끄덕였다.

우선 하루코의 부모님에게 먼저 방을 보여주기로 했다.

"짐은 내가 들죠"라는 야기유.

"부탁해. 그럼 하루코도 잠깐 얘기하다 그쪽으로 와."

그리고 시즈코는 하루코의 부모님을 데리고 나갔다. 야기유도 그 뒤를 따랐다. 응접실에는 미오와 하루코만 남았다.

"하루코!"

미오가 단짝 친구의 이름을 불렀다. 이렇게 불러보는 게 너무나 오랜만인 듯한 마음이 들었다.

"잘 지냈어?"라고 하루코가 물었다.

그 순간 미오는 친구의 품에 뛰어들었다. 가슴에 뭉클한 것이 치밀고 눈물이 쏟아졌다. 몸의 떨림이 멈추지 않았다.

"걱정했어, 내내."

미오는 말했다.

"난 괜찮아."

하루코는 미오의 어깨에 손을 얹고 귓가에 속삭였다.

"힘들었지?"

"별로 힘든 것도 없었어. 그보다 가지타 선생님하고 야스코 씨 얘기, 나도 들었어. 네가 더 힘들었지?"

미오는 고개를 끄덕였다. "뭐가 뭔지 모르겠어서……. 하지만 요즘 그럭저럭 마음이 가라앉은 참이야. 연습도 평소처럼 할 수 있게 되었고."

"이제 곧 공연이지? 요코하마 무대, 멋있게 잘해야 돼?"

"고맙다, 하루코."

미오는 다시 한번 하루코의 어깨에 얼굴을 묻었다.

5

바에는 여자 손님 단 한 사람뿐이었다. 그녀는 브랜디 잔을 한 손에 들고 축구 게임기의 조종 봉을 별 목적도 없는 얼굴로 만지작거리고 있었다.

가가는 카운터 안의 마스터에게 버번 언더록스를 주문하고 그 잔을 든 채 그녀에게로 다가갔다. 그녀는 아직 가가를 알아보지 못한 것 같았다.

"이런 게임, 전에도 해봤어요?"

가가는 옆에 놓인 장난감 공을 게임판 중앙에 얹었다. 다카야나기 아키코는 그의 얼굴을 보더니 앗 하고 작은 소리를 흘렸다.

"술을 혼자서 마시기도 하는군요."

그는 아키코의 반대편으로 돌아가 조종 봉으로 가운데 선수를 이동시켰다. 공을 왼편으로 패스한 참에 버번을 한 모금 마셨다.

"사건은 모두 해결됐나요?"라고 아키코가 물어왔다.

"모두, 라고는 할 수 없어요"라고 가가는 대답했다. "이제 마지막 한 걸음만 남겨둔 단계라고나 할까. 하지만 그 한 걸음이 무척 힘들 것 같아요."

"힘들다니요?"

"그건 말하자면—."

가가는 선수를 앞뒤로 움직여가며 공을 앞쪽으로 패스했다. "말하자면 이 게임 같은 거예요. 골까지 얼마 안 남았는데 거

기에 공을 차 넣으려면 다양한 장애를 뛰어넘어야 하죠. 수비
수도 있고, 골키퍼도 있고……, 이거 봐요, 실패했죠?"

숫한 공이 아키코 측 선수의 몸에 맞고 튕겨 나왔던 것이다.

"4년 전에 어떤 일이 있었는지 좀 얘기해주시죠"라고 가가
는 말했다. "당신과 모리이 야스코가 뉴욕에 갔을 때의 일. 특
히 그녀의 연인에 대한 이야기를 좀 듣고 싶군요."

"야스코의 연인?"

"아오키 가즈히로 말입니다."

가가의 말에 아키코의 시선이 아주 조금 흔들렸다. 입술도
흠칫 움직였다. 아키코의 그런 변화를 지켜보고 있으려니, 이
윽고 그녀는 포기한 듯한 웃음을 흘렸다. "아오키 씨에 대해
조사하셨어요?"

"그게 우리 일이니까요. 어때요, 아는 사람이지요?"

"한 번 만났어요. 아니……" 아키코가 고개를 갸웃하며 말을
이었다. "두 번이었나?"

"두 사람이 상당히 친밀한 사이였습니까?"

"글쎄요"라고 아키코는 가가에게서 눈을 돌리며 그의 뒤편
벽을 바라보았다. "어느 정도였는지, 그런 얘기는 못 하겠네요.
아마도, 그래요, 서로 사랑하기는 했겠지요."

"서로 사랑했다……."

가가는 다시 버번으로 목을 축이고 게임판 위의 선수를 움

직였다. "서로 사랑했는데 귀국하고는 그걸로 끝이었군요."

아키코는 잠시 대답하기가 난처한 눈치였지만 이윽고 고개를 저었다. "어쩔 수 없어요. 우리는 그렇게 살아야 할 의무가 있으니까요."

"그렇게 살아야 할 의무? 아하, 그걸로 확실해졌네요."

"예?" 그녀가 불안한 얼굴로 가가를 보았다.

"당신과 모리이 야스코가 예정을 앞당겨 급히 귀국한 이유가 궁금했거든요. 그런데 실은 강제로 귀국시킨 거였군요. 야스코가 정체 모를 남자와 친밀한 사이가 되는 바람에. 아닌가요?"

하지만 아키코는 대답도 없이 브랜디 잔을 한 손에 든 채 공을 손끝으로 잡아보고 있었다. 가가는 다시 한번 물었다. "그게 아니면, 급하게 귀국해야 할 또 다른 이유가 있었습니까?"

아키코는 긴 머리를 쓸어 올리고 브랜디를 약간 대담한 느낌으로 꿀꺽 마시더니 그야말로 뜨거운 한숨을 내쉬었다.

"어머니와 가지타 선생님은"이라고 아키코는 입을 열었다. "댄서가 감상에 빠지는 것을 몹시 싫어하셨어요. 특히 혐오했던 건 댄서의 사랑이에요. 여성 댄서에게 남자가 생겨서 좋을 일이라고는 하나도 없다는 게 그이들의 사고방식이었죠."

"연습에 집중하지 못하게 되니까?"

네, 라고 아키코는 고개를 끄덕였다. "게다가 사랑을 하면 반드시 결혼이나 임신이라는 문제가 따라오죠. 그 두 가지 모두 발레에는 큰 폐해라고 생각하셨어요. 내가 양녀라는 건 알고 계시죠?"

"알고 있어요."

"어머니 스스로가 평생 그런 삶을 살아오셨어요."

"따라서 모리이 야스코의 사랑도 인정할 수 없었겠군요."

아키코는 심호흡을 하더니 손에 든 유리잔을 흔들었다. 그녀의 손 안에서 브랜디가 출렁거렸다.

"타이밍이 너무 좋지 않았어요"라고 그녀는 말했다. "어머니와 가지타 선생님이 우리를 보러 오신다는 건 알고 있었죠. 그래서 그녀도 그 기간만은 그와 만나지 않을 생각이었을 거예요. 그와의 관계는 뉴욕 발레단 동료들에게도 비밀로 했기 때문에 들킬 염려도 없었어요. 그런 계산이 틀어진 건 어머니와 가지타 선생님이 예정보다 하루 일찍 오셨기 때문이에요. 정말 운이 없었어요. 나와 야스코가 같이 살고 있었는데, 연습을 끝내고 집에 와 있을 때 갑자기 어머니와 선생님이 들이닥쳤어요. 야스코는 잠깐 외출했다고 둘러대려고 했죠. 하지만 어머니와 가지타 선생님이 걱정하면서 밖을 내다보는데 하필 그가 그녀를 문 앞까지 배웅해준 참이었어요."

분명 가장 좋지 않은 타이밍이었구나, 라고 가가는 그 순간만은 야스코를 딱하게 생각했다.

"그렇게 두 사람 사이를 알게 된 어머니와 선생님은 예상했던 대로 크게 반대하셨어요. 당장 헤어지라고 나무라셨죠. 이대로 뉴욕에 놔둘 수 없다고 즉시 귀국하라고 했고요. 그녀만 귀국하는 건 남의 눈에 이상하게 비칠 거라면서 나까지 함께 데려왔어요."

"모리이 야스코는 그걸 순순히 받아들였습니까?"

"순순히 받아들였느냐고요?"

그렇게 말하고 아키코는 표정이 멈추었다. 순순히, 라는 말의 의미를 생각해보는 듯한 눈빛이었다. "받아들이고 말고 하는 차원의 이야기가 아니에요. 사랑하는 것이 허락되지 않는 세계에서 살던 사람이 잠깐 좋은 꿈을 꾸었다가 다시 원래의 세계로 돌아온 것뿐이죠."

"어떻게든 그 사랑을 지켜보겠다는 마음은 없었을까요? 그 좋은 꿈을 계속 꾸고 싶다고는 생각하지 않았을까요?"

"그건……"이라고 말하고 입을 반쯤 벌린 채 아키코는 축구 게임기로 시선을 떨구었다. 그리고 눈을 몇 번 깜빡거린 뒤에 그 입을 다물어버렸다. 그러고는 꿀꺽 브랜디를 마셨다.

"그건……?" 가가가 그다음 말을 재촉했다.

"그건―, 처음에는 어떻게든 지켜보려고 했을 거예요. 하지만 결국 발레를 버릴 수 없었던 게 아닐까요? 댄서라는 건 그런 거예요."

"그러니까 야스코는 그를, 아오키 가즈히로를 버렸군요."

그렇게 말하고 가가는 아키코의 눈을 가만히 바라보았다. 그녀는 잠깐 눈을 돌렸지만 곧바로 마주 바라보며 "어쩔 수 없었어요"라고 말했다.

"야스코도 정말 괴로웠을 거예요."

"아오키는 그걸 받아들였을까요?"라고 묻고 나서 "아니, 받아들인다는 말이 적당하지 않다면 포기라고 해도 좋겠군요"라고 말했다.

"그건 아마도"라고 그녀는 말하고 장난감 축구공을 손에 들고 한참 만지작거린 다음에 다시 판 위에 굴렸다. 공은 가가의 선수 앞에서 멎었다. "그건 아마도"라고 그녀는 다시 한번 말했다. "포기했을 거라고 생각해요. 어쩔 수 없는 일이니까요."

흠, 이라고 말하고 가가는 버번 잔을 비웠다. 카운터에 가서 두 잔째를 주문했다. 그리고 새로 내준 온더록스를 들고 축구 게임기 앞으로 돌아왔다.

"당신들이 뉴욕을 출발한 날, 교외의 한 호텔에서 살인 미수 사건이 일어났던 건 알고 있었어요?"

술잔으로 아키코를 가리키면서 가가는 물었다. 그녀는 입술을 혀로 핥으며 잠시 틈을 둔 뒤에 "아뇨"라고 말했다.

"피해자는 아오키 가즈히로였어요"라고 가가는 말했다. "그 호텔에 여자와 함께 들어갔죠. 그리고 그는 칼에 찔렸고 여자는 사라졌어요."

"무슨 말씀을 하시려는 거예요?"

그녀의 눈에 경계의 빛이 짙어졌다.

"아오키는 경찰에게 자신을 찌른 건 길에서 우연히 만난 여자라고 주장했습니다. 경찰이 그의 진술에 합치하는 여자를 찾아봤지만 그런 여자는 발견되지 않았어요. 왜 발견하지 못했는가. 그 점에 대해 이런 가설을 세워볼 수 있어요. 아오키는 거짓말을 했다ー. 자신을 칼로 찌른 여자를 보호해주려고ー."

"야스코는 우리와 함께 있었어요."

"아니, 함께 있었다고 당신들이 주장하는 것뿐이죠. 호텔에서 그를 칼로 찌른 뒤라도 얼마든지 당신들과 합류할 수 있었어요."

아키코는 고개를 저었다. "왜 그를 죽이려고 하겠어요?"

"그건 계획적인 게 아니었는지도 모르지요. 이를테면 호텔에 억지로 데려간 건 아오키였고, 그녀와 함께 달아날 생각이었다든가. 하지만 그녀는 그럴 마음이 없었다. 혹은 중간에 마음이 바뀌었다. 그래서 그의 손아귀에서 벗어나려고 어쩔 수 없이 칼로 찔렀다⋯⋯."

그녀는 뭔가 무서운 것이라도 보는 듯한 눈빛으로 가가를 보더니 브랜디 잔을 옆에 내려놓고 그 대신 가방을 집어 들었다.

"그런 말도 안 되는 일이…… 있을 리 없잖아요?"

"그런가요? 나는 말도 안 되는 일이라고는 생각하지 않는데요."

아키코는 다시 고개를 저었다. 그리고 그에게 시선을 던진 채로 천천히 걸음을 옮겼다.

"말도 안 되는 일이에요, 그건."

그녀는 재빨리 계산을 마쳤다. 그리고 뒤도 돌아보지 않고 가게를 나가려다가 문을 열기 직전에 고개를 돌려 가가 쪽을 보았다.

"반드시 밝혀낼 겁니다"라고 가가는 말했다. 아키코의 등이 움찔 흔들렸다. 그리고 크게 숨을 들이쉬더니 문을 열고 나갔다.

"큰 소리를 내서 미안해요."

카운터 안의 마스터에게 가가는 말을 건넸다. 마스터는 큰 소리 따위는 전혀 듣지도 못했다는 얼굴로, 아뇨, 라고 대답했다.

가가는 공을 패스하면서, 아무래도 지나치게 말을 많이 한 것 같다고 생각했다. 하지만 그만큼 수확이 있었다. 아키코의 반응을 지켜보면서 자신의 추리가 틀림없다고 확신한 것이다.

지금까지의 조사 결과를 정리해보았다.

4년 전, 뉴욕에 간 야스코는 미술학교 유학생 아오키 가즈히로와 사랑에 빠졌다. 하지만 결국 그 사랑을 이루지 못한 채 일본에 돌아온다. 아오키는 누구에겐가 칼에 찔리는 불행을 겪으면서도 아파트를 옮기고 뉴욕에서의 생활을 계속했다.

그리고 2년 후, 아오키는 일본에서 온 미술학교 유학생과 친구가 된다. 바로 가자마 도시유키. 가자마는 아오키의 그림, 특히 발레리나의 뒷모습이 담긴 그림을 보고 예술적 충격을 받는다.

다시 2년 뒤, 아오키는 폐허 같은 아파트에서 일본에서 걸려올 전화를 기다렸다. 하지만 그 전화는 오지 않았고 그는 자살했다.

그것과 거의 같은 시기에 가자마는 다카야나기 발레단 건물에 몰래 침입했고 사이토 하루코가 저항하며 내리친 꽃병으로 인해 사망했다. 가자마는 이틀 뒤에 뉴욕으로 떠날 예정이었다…….

"뭔가 알 것도 같은데 알 수가 없어."

가가는 저도 모르게 혼자 중얼거렸다. 정리를 해보니 답이 금세 보일 것 같은데 여전히 막연하기만 하고 분명하게 잡히지 않았다.

그가 세운 추리는 두 가지였다. 하나는, 아키코에게 말했듯이 아오키를 칼로 찌른 사람은 야스코라는 것. 그리고 또 하나는, 아오키가 기다렸던 전화 상대는 가자마나 야스코 중의 한 사람이라는 것이다. 특히 가자마가 사망한 때와 아오키가 전화를 기다렸던 시기는 정확히 일치했다.

알 수 없는 것은 가자마가 다카야나기 발레단 사무실에 몰래 침입한 점이었다. 여러 가지 정황상, 그가 만나려고 할 사람이라면 야스코밖에 없다. 그런데 어째서 야스코의 집이 아니라 발레단 건물에 침입했는가.

가자마가 몰래 침입한 것이 야스코의 집이고, 그래서 야스코가 가자마를 죽이고 정당방위를 주장하는 것이라면 이야기가 맞아떨어질 텐데―. 가가는 멍하니 생각을 더듬다가 문득 눈이 번쩍 뜨이는 것 같았다.

그렇다, 이야기가 그렇게 된다면 실로 앞뒤가 딱 맞아떨어진다―. 하지만 실제로 가자마는 다카야나기 발레단에 몰래 침입하여 사이토 하루코에게 살해된 것이다.

게다가 가지타 살해 건은 어떻게 되는가. 가가는 눈두덩을 비볐다. 아오키를 칼로 찌른 사람이 야스코라고 추리했을 때는 자신과 연인을 억지로 떼어놓은 가지타에 대한 증오 때문인지도 모른다고 생각하기도 했지만, 아무리 생각해도 이제 와서 새삼스럽게 그 복수를 했다는 건 이해가 되지 않았다.

"이제 한 걸음만 더 가면 돼."

스스로를 격려하듯이 가가는 중얼거리고, 게임판 위에서 숫을 날렸다.

6

미오가 연습 중에 또다시 쓰러졌다는 이야기를 들은 건 가가가 탐문 수사를 마치고 샤쿠지이 경찰서에 얼굴을 내밀었을 때였다. 하루코를 비롯한 발레단 단원들의 감시를 맡은 형사가 다른 사람과 교대하고 돌아와서 알려준 것이다.

"뭔가 이상한 낌새였어"라고 가가보다 조금 나이가 많은 형사는 말했다. "본인은 갑자기 속이 메슥거렸다는 식으로 말하던데, 아무래도 그런 게 아닌 거 같아. 갑작스럽게 춤 동작을 멈추고 멍하니 서 있었어. 일반적으로 실신이라고 하는 것과는 좀 다르더라고."

"병원에 실려 갔어요?"

"아니, 실려 갈 정도는 아냐. 자기 발로 걷기도 했거든. 사이토 하루코가 걱정하면서 얼굴을 들여다보던데 본인이 괜찮다고 했어. 아무튼 몸이 좀 안 좋다고 오늘은 연습을 일찍 끝내고 돌아가기로 한 모양이야."

"누군가 함께 가줬어요?"

"아니, 혼자 갔어. 근데, 유난히 신경을 쓰시네?"

형사는 빙글빙글 웃으며 가가를 보았다. 괜히 숨기는 것도 귀찮아서 "그 여자의 팬이거든요"라고 가가는 말했다. 그러자 그는 놀란 얼굴을 짓더니, 저만치 멀어진 참에 "요즘 젊은 친구들의 농담은 도저히 따라갈 수가 없다니까"라고 다른 형사에게 말하고 있었다.

농담이 아닌데, 라고 가가는 생각했다.

경찰서를 나와 잠시 샤쿠지이 공원에 들렀다가 역에 가기로 했다. 가가는 공원에 들어가 느린 걸음으로 전에 미오와 산책했던 길을 더듬어 나갔다.

가지타의 장례식이 끝난 뒤, 미오의 부탁으로 이곳에 왔었다. 분명 비가 내리는 찌무룩한 날씨였다. 오늘도 비는 내리지 않지만 그 비슷한 날씨였다.

그녀와 앉았던 공원 휴게소. 지팡이를 든 할아버지와 동그란 뿔테 안경을 쓴 할머니가 그때의 가가와 미오처럼 나란히 앉아 있었다. 할아버지가 뭔가 말을 할 때마다 그 할머니는 방글방글 웃으며 고개를 끄덕였다.

가가는 그 옆의 자동판매기에서 캔 주스를 사들고 노인들의 뒤쪽에 서서 그것을 마셨다. 노인은 샌드위치 이야기를 하고 있었다. 빵 사이에 무얼 끼워야 좋은가 하는 이야기였다. 우리 며느리는 일삼아 달걀을 삶고 그걸 으깨서 빵에 끼우는데, 그보다는 스크램블드에그를 하고 거기에 매운 맛의 마요네즈를 섞어서 끼우면 더 좋다. 그게 맛도 훨씬 낫다―. 그런 이야기였다. 가가는 아버지가 생각났다. 아버지는 아마도 스크램블드에그라는 말도, 매운 맛의 마요네즈가 있다는 것도 알지 못하리라.

주스를 다 마시고 가가는 방금 걸어온 길을 되돌아갔다. 노인들의 이야기는 아직도 이어지고 있었다. 그들의 잔잔한 목소리를 등 뒤로 들으며 숲속을 산책하는 것도 그리 나쁘지 않았다.

공원을 나서기 전에 그는 발을 멈추었다. 전에 그 자리에서 연식 테니스를 하던 여중생이 생각났기 때문이다. 그때 그는 테니스공의 공기주입기라는 것을 알게 되었다.

앗, 잠깐―.

가가는 그때 일을 다시 한번 생각해보았다. 공기주입기를 본 순간에 추리가 번뜩여서 무턱대고 여중생에게 그걸 보여달라고 말했다…….

한 가지 가능성이 가가의 머릿속에 떠올랐다. 그것은 그가 지금껏 해결하지 못한 의문 한 가지를 기막히게 해결해주는 생각이었다.

아냐, 설마―. 가가는 머리를 저었다. 아무리 그래도 그건 지나친 생각이야. 그런 일은 있을 리가 없어.

이 생각은 부정해야만 한다고 그는 생각했다.

가가는 공원을 나와 빠른 걸음으로 역으로 향했다.

그날 가가는 경시청 본부에 들어가야 할 일이 있었다. 샤쿠지이 공원 역 플랫폼에서 그쪽으로 가는 차를 기다리고 있으려니 다음 전차는 이케부쿠로행 급행이라는 안내 방송이 흘러나왔다. 그 급행을 타면 이케부쿠로까지 멈추지 않고 갈 수 있다.

후지미다이는 그냥 통과해버리는 건가―. 멍하니 생각하면서 저 먼 곳으로 시선을 던졌다. 골프 연습장의 네트 너머로 회색빛 하늘이 펼쳐져 있었다.

잠시 후에 급행 전차가 들어왔다. 가가는 열린 문 옆에서 승객이 내리기를 기다렸다. 그리고 올라타려고 발을 들이민 참에 마침내 결심이 섰다. 가가는 다시 발을 내리고 차문 밖으로 나왔다. 그의 뒤에 섰던 중년 여자가 차에 타고 그를 돌아보며 의아하다는 표정을 지었다.

문이 닫히고 급행 전차가 떠나자 가가는 한숨을 내쉬고 다음 전차의 표시판을 올려다보았다. '이케부쿠로행 보통'이라는 표시가 떠 있었다.

보통 전차로 후지미다이 역에서 내리자 가가는 그 앞의 상점가를 돌면서 과일 가게를 찾았다. 전면이 유리창이어서 그야말로 선물용 과일 전문이라는 느낌의 가게가 눈에 띄었다.

가가는 거기서 딸기를 상자로 샀다. 모양과 크기가 똑같은 딸기를 예쁘게 담은 것이었다.

딸기 상자를 들고 가가는 미오의 맨션으로 향했다. 몇 번 데려다 준 적도 있고, 한번은 하루코의 방을 수색하려고 집 안에 들어간 적도 있었다. 그런데도 오늘은 다른 때와는 달리 마음이 불안하게 들썽거렸다.

현관 앞에서 벨을 눌렀는데 반응이 없었다. 집에 없는가 하고 생각했지만 그럴 리는 없었다. 다시 한번 누르면서 혹시 잠이 들었는지도 모른다고 생각했다. 그렇다면 단잠을 방해하고 싶지는 않은데.

하지만 이번에도 반응이 없었다.

어떻게 하나, 잠깐 망설이다가 가가는 포기하고 발걸음을 돌렸다. 하지만 등 뒤에서 달각 문이 열리는 소리가 났다.

가가는 발을 멈추고 돌아보았다. 문이 20센티미터쯤 열리고 거기로 미오가 얼굴을 내밀었다. 가가를 보더니 놀란 듯 입을 동그랗게 벌렸다.

"가가 씨……."

"안 잤어요?"

말을 하면서 가가가 다시 돌아가자 문이 좀 더 활짝 열렸다. 하늘색 트레이너에 청 스커트 차림의 미오가 모습을 드러냈다.

"왜 여기에?"라고 그녀는 물었다.

"미오 씨가 쓰러졌다는 얘기를 들어서요. 이제 괜찮아요?"

가가의 말에 그녀는 일단 시선을 떨구었다가 다시 그를 올려다보았다.

"네, 괜찮아요. 몸이 좀 안 좋았던 거라서……. 가가 씨, 그것 때문에 일부러 여기까지 오셨어요?"

"일부러, 라고 할 정도는 아니에요."

가가는 웃음을 짓고, 그러다가 딸기를 들고 온 게 생각나서 그녀에게 내밀었다. "이거 먹어봐요. 꽤 맛있을 거 같던데."

"어머."

그녀는 딸기 상자를 받아들고, 어떤 말을 해야 할지 모르겠다는 얼굴로 딸기와 가가를 번갈아 바라보았다. 뜻밖이었기 때문일 것이다.

"그럼, 이만."

가가는 꾸벅 인사를 건네고 우향우 해서 걸음을 옮겼다. 기분이 붕 뜬 탓인지 저절로 걸음이 빨라졌다. 그런 그의 발을 붙잡은 것은 "가가 씨!"라는 미오의 목소리였다.

그는 멈춰 서서 돌아보며 대답했다. "예."

미오는 문을 열었을 때의 모습 그대로 그를 바라보고 있었다. 하지만 눈이 마주치자 시선을 다른 쪽으로 돌렸고, 이어서 손에 든 딸기 상자를 바라보았다. 그리고 거의 억양이 없는 목소리로 "잠깐만 함께 있어줄래요?"라고 말했다.

가가는 일순 말이 막혔다. 자신의 가슴을 가리키며,

"내가 함께 있어도 돼요?"

라고 물었다. 그녀는 살짝 고개를 끄덕이더니 문을 조금 더 활짝 열고 "들어오세요"라고 작은 소리로 말했다.

집 안에 들어서자 잠깐 기다리라면서 거실의 작은 소파를 권했다. 새먼 핑크 소파에 수제품 쿠션 두 개가 나란히 놓여 있었다. 하나는 MIO, 또 하나는 HARUKO라고 수를 놓은 쿠션이다.

"이건 둘 중 누가 만들었을까."

질문하듯이 중얼거렸지만 주방에서 커피를 준비하는 미오에게는 들리지 않은 모양이었다.

유리판으로 만든 나지막한 탁자에는 카세트테이프 열 개 정도가 흩어져 있었다. 대부분 클래식 음악이다. 〈잠자는 숲속의 미녀〉와 〈백조의 호수〉도 있었다. 바로 옆 사이드보드의 미니 컴포넌트에는 헤드폰이 꽂혀 있었다. 이렇게 음악을 듣는 것이 그녀의 작은 즐거움 중 하나인 모양이라고 가가는 이해했다.

"미안해요, 어질러놔서."

쟁반에 커피를 담아온 미오는 가가가 카세트테이프를 들여다보는 것을 알고는 무슨 부끄러운 일이라도 들킨 것처럼 서둘러 선반에 챙겨 넣었다.

"괜찮아요. 그보다 음악 틀어볼까요?"

엄지손가락으로 스테레오를 가리키며 가가가 말했지만 그녀는 고개를 저었다.

"아뇨, 됐어요."

"하지만 듣던 중이었던 거 같은데."

"됐어요. 마음이 흐트러져요."

"마음이 흐트러져요?"

"아무튼 됐어요."

미오는 가가 앞에 커피와 설탕과 밀크를 내려놓았다. 향기 좋은 커피였다. 블랙으로도 괜찮다고 말했다.

"저어……."

말없이 커피를 음미하는 시간이 흐른 뒤, 미오가 머뭇거리는 기색으로 입을 열었다. "와줘서 고마워요."

가가는 얼굴 앞에서 손을 저었다.

"내가 오고 싶어서 온 것뿐이에요. 딸기 먹어봐요."

그제야 미오는 웃음을 지었다.

"그 딸기, 역 앞 과일 가게에서 샀죠? 그 가게, 너무 비싼데."

"하나씩 곱게 담긴 게 보기 좋아서. 근데 이렇게 딸기 같은 모양의 딸기보다 이게 뭐냐 싶은 모양의 딸기가 더 맛있어요. 동네 노점에서 플라스틱 바가지에 담아 파는 그런 거. 그 바가지에 가격을 검은 매직으로 써놓은 거."

미오는 킥킥 웃었다. "나도 그런 걸로 괜찮았는데."

"그럼 다음에는 바가지로 사 올게요."

가가는 커피를 마시며 실내를 둘러보았다. 미오도 그의 시선을 따라갔다.

"무슨 이상한 거라도 있어요?"라고 미오가 걱정스럽게 물었다.

"아니, 그런 거 없어요. 젊은 여자 분의 방으로서 이만하면 완벽하죠. 색감은 화사하고 좋은 냄새도 나고 청결한 느낌도 있고. 근데 이런 집에 있으면 왠지 조마조마해요."

"전에도 한 번 오셨잖아요."

"수사하러 올 때는 의식이 완전히 다르죠. 확실한 명분이 있어서 그런가? 아무튼 평소에는 선뜻 들어가지 못하는 곳이라도 수사할 때는 척척 들어가요."

"이를테면?"

미오가 호기심 어린 눈빛으로 물었다.

"이를테면……"이라고 잠깐 생각해보고는 "여자대학 기숙사 화장실에 들어간 적이 있어요."

"그런 곳에 왜요?"

"그 기숙사에 침입해 못된 짓을 한 남자가 화장실 창문으로 드나들었거든요."

"에구, 저런."

미오는 눈이 둥그레졌다. "치한을 잡는 일도 해요?"

"아뇨, 그때 다른 데서 일어난 살인사건을 담당했는데 그 범인이 변태로 추정되어서 일단 출동했었어요."

"힘들겠네요. 그래서 어땠어요?"

"뭐가요?"

"여자대학 기숙사 화장실."

"어땠나……."

가가는 난처해서 머리를 긁적였다. "아, 대충 이런 데구나, 하고 생각했어요. 하지만 그때 현장 검증에서는 아무것도 못 건졌어요. 왜냐면 경찰이 뛰어들기 전에 여대생들이 화장실을 깨끗이 치워버렸더라고요. 바닥이며 창문까지 얼마나 깨끗이 닦았는지 지문이고 발자국이고 하나도 채취를 못 했어요. 안에 들어가자마자 방향제 냄새 때문에 머리가 어지러울 지경이었는데 그것도 그 여대생들이 한 짓이었죠."

미오는 소리 내어 웃었다.

"그 여대생들의 마음, 나도 알 거 같아요. 하지만 형사 분들은 힘들었겠네요."

"그런 건 별일도 아니에요"라고 가가는 말했다.

"그밖에도 재미있는 경험이 많았겠죠?"

"아뇨, 재미는 없어요. 짜증 나는 일이 더 많습니다. 우리가 하는 일이 대부분 그래요."

가가가 약간 진지한 어조로 말하자 미오는 흠칫해서 고개를 숙였다.

"……그러시겠죠"라고 그녀는 중얼거렸다. 그리고 스커트 밖으로 나온 무릎을 두 손으로 비비면서 "업무인데 재미삼아 해서는 안 되지요"라고 낙심한 듯한 목소리로 말했다. 그래서 가가는 자신이 아무래도 대답을 잘못한 모양이라고 생각했다.

"저기, 근데 오늘은 왜 나를 집에……?"

가가는 조심스럽게 자신을 집 안에 들어오라고 한 이유를 물어보았다. 미오는 왼손을 뺨에 대고 어린아이가 뭔가를 생각하는 것처럼 머리를 갸웃하니 기울였다.

"아무것도 아니에요"라고 그녀는 대답했다. "어쩐지 오늘은 나를 위해 누군가 이야기해주는 걸 듣고 싶었어요. 나 혼자만을 위해."

그리고 이제 됐어요, 라고 그녀는 작은 소리로 말했다.

가가는 커피 잔을 탁자에 내려놓고 그녀 쪽으로 앉음새를 바로잡았다.

"그렇다면 두개골 이야기를 해드리죠"라고 가가는 입을 열었다. "내 선배이신 오타 형사께서 사람 두개골을 들고 도쿄 시내를 돌아다닌 이야기. 어느 날, 신원불명의 백골 사체가 발견됐어요. 이게 대체 누구냐, 고민에 빠졌죠. 그러다가 결국 치과에서 치료한 흔적으로 신원을 파악하기로 했어요. 그걸 들고 도쿄의 치과를 훑고 다니는 신세가 된 거예요. 상자에 넣고 보자기로 싸서 들고 나갔는데, 전차 안에서 그 보자기를 다시 묶으려다가 깜빡 놓쳤어요. 두개골이 옆자리로 데구르르 굴러가더래요. 근데 재미있는 건, 차 안의 승객들이 모두 그 두개골을 봤는데 아무도 별다른 반응을 보이지 않더라는 거예요. 하지만 나는 그 손님들이 어떤 기분인지 이해가 돼요. 갑자기 눈앞에서 해골이 데구르르 굴러가니까 어떤 표정을 지어야 할지 알 수가 없었겠죠. 더구나 그런 걸 들고 다니는 괴상한 남자가, 아이쿠, 이게 왜 굴러가나, 하면서 아주 태연한 얼굴로 그걸 집어다가 다시 보자기로 싸고 있으니 더 어리둥절했겠지요. 방금 그거, 뭐였지? 뭔가 이상한 거였는데? 아마 그런 기분이었을 거예요. 그다음에 그 두개골을 치과 의사에게 보여준 이야기도 정말 웃겨요. 그걸 내보이면 대부분의 치과 의사들이 소스라치게 놀라더래요. 그야 그렇겠죠. 이를 좀 봐달라고 하면 대개는 산 사람의 이라고 생각하잖아요? 해골의 이를 봐달라고 할 줄은 아무도 생각을 못 해요. 근데 딱 한 사람, 아주 대단한 의사 선생님이 있었다는군요. 나이가 지긋하신, 동네 할아버지 같은 치과 의사였는데 오타 선배가 두개골을 내밀면서 깜빡 방향을 바꿨던 모양이에요. 그랬더니, 어허, 이건 꽤 큼직한 이빨이군, 하더래요. 아차, 아닙니다. 이쪽을 봐주세요, 라고 앞으로 돌려놨더니 그 의사 선생님이 씨익 웃으면서, 이거,

이빨이 한눈에 다 보여서 아주 편리하네, 라고 아주 좋아하더래요."

가가가 단숨에 이야기하는 동안, 미오는 두 차례 소리 내어 웃었다. 그녀의 웃음이 가라앉기를 기다려 "어때요, 이 정도면 재미있죠?"라고 가가는 물었다.

"너무너무 재밌어요"라고 미오는 대답했다. "정말 고마워요."

"약간 수준 낮은 이야기라면 그거 말고도 꽤 많은데."

그녀는 미소를 지으며 고개를 저었다. "그래도 두개골만큼 재미있지는 않겠죠?"

"음, 그런 얘기, 흔치 않죠."

"두개골만으로도 충분해요."

미오는 왼손 손등을 오른손으로 비비고 그 손과 가가의 가슴께를 번갈아 바라보더니 "가가 씨, 착한 분이세요"라고 쑥스러운 얼굴로 말했다.

"그런 말, 여자에게 들은 거 처음이네요."

가가도 그냥 혼자 쑥스러웠다.

"가가 씨, 사귀는 분은 없어요?"

"지금은 없어요."

"지금은, 이라면?"

"옛날 옛적에 있었어요. 대학 졸업과 동시에 헤어진 여자"라고 가가는 털어놓았다. "미인이고 머리도 좋고 똑똑한 여학생이었죠."

"부럽네요."

"다도를 하는 여학생인데 나도 잠깐 다도를 해서 그런 쪽으로 친해졌어요. 고등학교 때였어요. 지금은 출판사에서 근무합니다. 이른바 커리어 우먼."

"그럼 다양한 것을 아는 분이겠네요."

미오는 조금 목소리가 낮아지면서 자신의 손톱을 들여다보았다.

"그렇겠죠"라고 가가는 말했다. "하지만 몇 년 동안 못 만나서 잘 모르겠어요."

미오는 아무 말도 하지 않았다.

시계를 보니 의외로 시간이 한참 지나 있어서 가가는 서둘러 자리에서 일어섰다. 그리고 커피 고마웠다고 인사했다.

"저야말로 고마워요."

현관에서 그녀는 말했다.

"아닙니다. 그보다 플로리나 공주, 힘껏 잘해주세요, 모레지요?"

네, 라고 미오는 조그맣게 대답했다.

7

미오의 맨션을 나와 후지미다이 역에서 다시 전차를 탔다. 퇴근 시간이 지나서인지 도심으로 향하는 전차는 한산했다. 가가도 넉넉히 앉아 갈 수 있었다.

그는 미오를 생각하고 있었다. 오늘 그녀는 왜 나에게 함께 있어달라고 했을까. 왜 그토록 간절히 이야기해주기를 원했을까.

나를 위해 누군가 해주는 이야기를 듣고 싶었다―.

그녀가 했던 말의 의미를 곰곰 생각해보았다. 그녀의 목적은 무엇이었을까.

가가는 무심코 차 안을 둘러보다가 저만치 앞쪽에 문을 향하고 서 있는 여자에게서 눈이 멎었다. 페이즐리 무늬의 원피스를 입었고 긴 머리가 허리까지 내려와 있었다. 검고 윤기 있는 머리칼이었다.

비슷하구나, 라고 가가는 생각했다. 미오하고, 가 아니었다. 조금 전의 대화 속에 나왔던 옛 연인하고 닮았다고 생각했다. 하지만 우연히 그녀를 꼭 닮은 여자를 만났다기보다 조금 전에 그녀 이야기를 했기 때문에 약간 분위기가 비슷한 여자에게 눈길이 간 것뿐이었다. 몸매 좋고 머리 긴 여자라면 길거리에 미처 셀 수도 없을 만큼 많다.

게다가 그녀는—, 이라고 가가는 그 옛 연인의 모습을 머릿속에 떠올렸다. 그녀가 지금도 저런 모습을 유지하고 있다고 할 수는 없다. 세월이 흐르면 몸에도 마음에도 다양한 변화가 일어나는 법이다.

지금 만난다면 그녀는 자신과 미오의 관계에 대해 어떻게 말할까, 하고 가가는 상상에 잠겼다. 가가 군이 그런 타입의 여성을 좋아하다니 정말 뜻밖이네, 라고 말할까. 아니면, 나한테 없는 것을 원했구나? 라고 말할까.

다음 역에서 그 긴 머리 여자는 내렸다. 문이 닫히고 전차가 다시 움직였을 때, 가가는 여자의 얼굴을 확인해볼 수 있었다. 그의 옛 연인과는 하나도 닮지 않은 사람이었다.

그렇다니까, 라고 가가는 쓴웃음을 흘렸다.

하지만 다음 순간, 그의 표정이 심각하게 바뀌었다.

혹시 우리가 어처구니없는 실수를 한 게 아닐까—.

가가는 가슴의 고동이 빨라지고 머리가 후끈해지는 것을 느꼈다.

그날 밤 가가는 집에 돌아오자마자 넥타이를 풀 겨를도 없이 전화 수화기부터 집어 들었다. 공중전화를 쓰자니 이야기가 너무 길어질 것 같고 경찰서 전화를 쓰면 누군가 들을 우려가 있었다. 그래서 집에 돌아올 때까지 내내 꾹 참았던 것이다.

익숙한 손놀림으로 번호 버튼을 눌렀다. 신호음이 세 차례 울리고 수화기를 드는 소리가 났다.

"예, 가가입니다."

아버지의 특징적인 목소리가 들렸다.

"나예요, 교이치로."

음, 이라고 아버지는 대답했다. 여기까지는 항상 똑같다.

"잠깐 물어볼 게 있어요"라고 가가는 말했다.

8

요코하마 시티 홀은 해안도로를 향해 지어진, 현 내에서도 손꼽히는 문화 홀이다. 프로그램도 다양하고 2천 명의 관객을 수용할 수 있다. 다카야나기 발레단이 가나가와에서 공연할 때는 매번 이 시티 홀을 사용했다.

개장할 때까지 남은 시간을 가가는 근처 야마시타 공원에서 때웠다. 공교롭게도 날씨가 흐리고 이따금 생각난 것처럼 차가운 빗방울이 목덜미에 떨어졌다. 그래도 공원에는 젊은 커플과 가족들로 가득했다.

6시가 되자 가가는 시티 홀 앞에 줄을 섰다. 벌써 꽤 길게 늘어섰다. 다카야나기 발레단의 인기를 실감했다. 오늘 공연도 티켓이 거의 다 팔린 상태일 것이다. 손님들을 살펴보니 젊은 여성들이 압도적으로 많았다. 그다음은 중년 부인, 딸과 함께 나온 어머니, 그리고 어쩌다 드물게 남자들끼리 온 경우도 있었다. 남자 혼자는 가가가 둘러본 바로는 자기 한 사람뿐이었다.

그의 좌석은 1층 가운데의 오른쪽 세 번째여서 바로 가까이에 출입구가 있었다. 그보다 더 오른쪽의 첫 번째와 두 번째 좌석은 처음에는 빈 자리였지만 개막 직전에 젊은 여자 둘이 들어와 앉았다. 가장자리라서 잘 안 보이겠다, 라고 주고받는 말소리가 들렸다.

가가는 그녀들에게 괜찮다면 자리를 좀 바꿔줄 수 있겠느냐고 물었다. 당연히 수상쩍다는 눈빛으로 가가를 바라보았다. 어쩔 수 없이 가가는 변명에 나섰다.

"실은 여기 홀의 직원인데 가장자리에서 음향이며 시야 등을 점검해야 하거든요."

이 거짓말은 효과적이었다. 그녀들은 냉큼 자리를 바꿔주었다. 한 칸이라도 가운데 쪽에 앉는 게 그녀들로서도 이익이었을 것이다.

예정 시각인 6시 반보다 5분 늦게 공연이 시작되었다. 성대한 박수 속에 지휘자가 나긋한 손짓으로 지휘봉을 치켜들었다. 화려한 전주곡이 흘러나왔다.

그리고 막이 올랐다. 무대에서는 오로라 공주의 탄생을 축하하는 연회가 시작되려 하고 있었다.

가가가 자리에서 일어선 것은 그때였다.

그가 나가자 복도에 서 있던 여직원이 무슨 일이냐는 얼굴로 바라보았다. 그리고 분장실 쪽을 향해 걸음을 옮기자 즉시 달려와 그의 팔을 잡았다.

"손님, 그쪽은 출입금지예요."

"아니, 괜찮아요."

가가는 경찰수첩을 여직원에게 내보였다. 여직원은 주춤하는 얼굴로 팔을 놓아주었다. 다카야나기 발레단에서 일어난 일련의 사건은 발레 관계자가 아니더라도 잘 알고 있는 것이다.

분장실로 들어가자 지난번 도쿄 공연 때 경험했던 것과 똑같은 긴박한 분위기가 흘렀다. 갖가지 의상을 차려입은 댄서들은 마치 전쟁터에 나가는 듯한 표정이었다.

몇몇 댄서들이 가가를 알아보았지만 이상하게 생각하는 기색은 없었다. 요즘에는 형사의 감시를 받는 게 아예 습관이 되어버렸기 때문이리라.

가가는 깊숙이 안쪽으로 들어갔다. 댄서들의 분장실이 차례차례 이어졌다. 대부분의 댄서가 프롤로그에서부터 출연하기 때문에 이곳은 인기척이 없었다.

'다카야나기 아키코, 아사오카 미오'라는 종이가 붙어 있는 문. 가가는 주위를 살펴본 뒤에 그 문을 살짝 두드렸다. "네"라는 아키코의 목소리가 들렸다.

가가의 얼굴을 보자 메이크업을 마친 아키코의 눈에 한순간 겁에 질린 듯한 빛이 떠올랐다. 금세 뺨을 풀며 "웬일이세요?"라고 물었지만 꼿꼿하게 긴장한 몸은 그대로였다.

"아, 그대로 앉아 있어요"라고 말하고 가가는 분장실 안으로 들어갔다. 아키코는 거울을 향해 앉아 있었다. 가가가 그녀의 뒤에 섰기 때문에 거울을 통해 두 사람은 마주하게 되었다.

"준비가 끝난 모양이군요."

"네, 이제 곧 나가야 하니까."

이제 곧, 이라는 것을 아키코는 강조하려는 눈치였다. 분명 프롤로그는 그리 길지 않다. 시간이 별로 없었다.

"몇 가지, 물어볼 게 있어요"라고 가가는 말했다. "당신이라면 간단히 대답할 수 있는 일이에요."

"뭐죠? 되도록 짧게 해주셨으면 좋겠는데."

"우선은"이라고 말하고 가가는 거울 속의 아키코를 보았다. "가자마가 당신에게 무엇을 요구했는가, 라는 것."

아이라인으로 큼직해진 아키코의 눈이 좀 더 커지는 것 같았다. 그리고 그녀는 잘게 고개를 흔들었다. "무슨 말이에요?"

목소리의 톤이 흔들렸다.

"돈이었어요? 아니면 다른 거?"

가가는 상관하지 않고 물었다. 그녀는 계속 고개를 저었다.

"무슨 얘긴지 나는 모르겠어요."

"그럴 리가 없어요"라고 가가는 말했다. "당신이라면 알 거예요. 아니, 당신은 모두 다 알고 있어요. 이미 알고 있었죠? 내게 이야기도 해줬는데. 뉴욕에서 일어난 어느 댄서와 미술학교 유학생의 슬픈 사랑 이야기."

아키코는 숨을 크게 들이쉬고, 그리고 천천히 토해냈다. 눈으로는 가가를 물끄러미 바라보고 있었다.

가가는 말을 이었다.

"당신이 들려준 모리이 야스코와 아오키 가즈히로의 이야기. 그건 대부분 진실이었어요. 하지만 가장 중요한 부분이 달랐죠. 바로 주인공의 이름. 미술학교 유학생과 사랑에 빠진 댄서는 바로 당신이었어요. 하지만 가지타 씨는 아오키가 칼에 찔린 사건에 대해 경찰이 물었을 때, 그의 연인은 모리이 야스코라고 대답했습니다. 왜 그랬는가. 앞으로 국제적인 댄서로 커나갈 다카야나기 아키코 씨의 이미지를 존 토머스 앞에서 떨어뜨릴 수는 없었기 때문이겠지요. 다행히 당신과 아오키는 거의 완벽할 만큼 비밀스러운 교제를 했기 때문에 그 순간적인 거짓말을 들키는 일은 없었어요."

"말도 안 되는 소리……."

"아니, 그게 진실이겠죠"라고 가가는 말했다. "그래서 가자마 도시유키는 당신을 만나러 왔어요. 그날 밤, 가자마가 살해된 그날 밤, 당신은 발레단에 있었습니다."

"아니에요, 그날 밤 나는……."

"얘기해봐요"라고 가가는 아키코의 말을 가로막았다. "가자마가 뭘 요구했어요? 돈이나 물건은 아니었겠죠. 그가 요구한 건 당신도 함께 뉴욕에 가자는 것―. 그렇지요?"

아키코가 헉 숨을 삼켰다. 그녀는 아무 말도 하지 못했다. 이제는 그저 거울에 비친 자신의 얼굴을 빤히 바라볼 뿐이었다.

"아오키의 연인이 당신이라는 사실은 그가 남기고 간 그림이 가르쳐줬어요"라고 가가는 조용히 말했다. "훌륭한 그림이었습니다. 당신도 꼭 보세요. 한 사람의 무희가 뉴욕의 거리에서 춤추고 있는 그림. 우리는 그걸 모리이 야스코라고만 생각했어요. 왜냐면 아오키의 연인이 야스코라는 진술을 미리 들었기 때문이고, 그 그림에 그려진 무희의 뒷모습도 분명 야스코를 닮았었기 때문이죠. 하지만 우리는 까맣게 잊고 있었어요. 최근의 야스코의 모습은 당신을 모델로 삼았다는 것을. 그리고 4년 전의 야스코는 아직 가혹한 다이어트에 시달리지 않아서 통통한 모습이었다는 것을."

그 그림은 야스코가 아니라 당신을 닮았어요, 라고 가가는 말을 이었다.

아키코는 침묵하고 있었다. 어금니를 악물고 있다는 것을 알 수 있었다.

"그래서 나는 가자마를 살해한 건 당신인지도 모른다고 생각했어요."

그런 가가의 말에 아키코는 놀란 얼굴을 했다.

"그걸 하루코 씨가 대신 떠맡은 것이라고. 하지만 이해할 수가 없었죠. 왜 하루코 씨가 자신을 희생하고 나섰는지. 발레단의 귀중한 프리마발레리나를 잃지 않으려고? 아니, 그게 아니었어요."

여기서 가가는 아키코의 얼굴을 빤히 응시했다. "대답은 간단했어요. 실은 좀 더 빨리 알았어야 했죠. 그토록 수많은 힌트가 널려 있었는데 번번이 놓쳐버리다니. 하지만 이제는 자신 있게 말할 수 있습니다. 그날 밤, 다카야나기 발레단 사무실에서 과연 어떤 일이 있었는지."

그리고 그는 거울 속의 아키코를 향해 깊이 머리를 숙이며 말했다.

"이제 그만 털어놓으시죠. 당신이 계속 침묵하면 많은 사람들이 고통받게 됩니다. 모두들 깊은 상처를 안고 살아갈 수밖에 없고 나는 그 사람들을 끝까지 추적해야 돼요. 이건 불행한 마라톤일 뿐이에요."

제발 부탁한다고 가가는 말했다.

무겁게 짓누르는 침묵이 두 사람을 지배했다. 〈잠자는 숲속의 미녀〉의 음악이 무대에서 흘러나와 귀에 닿았다.

"처음에는……."

마침내 그녀가 입을 열었다. "처음에는 어떻든 오늘 공연이 끝날 때까지만, 이라고 생각했어요. 그다음 일은 그때 가서 생각하자, 라고요. 하지만 야스코가 그렇게 되고, 가가 씨와 형사분들이 아오키의 연인을 그녀라고 생각하는 것 같아서, 그렇다면 무사히 넘어갈 수 있겠다 하고……. 하지만 정말 염치없는 짓이었나 봐요."

가가는 고개를 들었다. 그와 눈이 마주치자 아키코는 거울 앞의 시계를 흘끔 쳐다보고 나서,

"말씀하신 대로 아오키 씨의 연인은 나였어요."
라고 우선 뉴욕에서의 일을 말했다.

"전에 얘기했던 모리이 야스코의 사랑 이야기는 모두 당신 이야기였던 거지요?"

아키코는 고개를 끄덕였다. 그러고 보니 그 이야기를 할 때, 그녀가 고통스러운 표정이었던 것도 이해가 되었다.

"그를 찌른 것도 당신이었고?"

그러자 아키코는 호소하는 듯한 눈빛으로 "하지만 순간적으로 벌어진 일이었어요"라고 말했다. "우리가 귀국하는 날, 그는

마지막으로 한 번만 만나고 싶다고 했어요. 하지만 그의 목적은 그게 아니었어요. 칼을 들고 위협해서 나를 호텔 방에 가둬버렸어요. 그리고 귀국하지 말라고 애원하더군요. 하지만 나는 발레를 버릴 수 없었어요. 용서해달라고 울면서 부탁했죠. 그는 설득하기가 어렵다는 것을 깨닫자 갑자기 덤벼들어 내 목을 졸랐어요. 나는 정신없이 더듬더듬 칼을 집었고, 정신을 차렸을 때는 그를 찌른 뒤였어요……."

"그리고 그 일을 가지타 씨는 알고 있었군요."

"네. 어머니와 가지타 씨에게는 말했어요. 그래서 가지타 씨는 뉴욕에 남아 좀 더 상황을 지켜보겠다고 하셨어요. 경찰이 토머스 선생님에게 찾아왔을 때, 순간적으로 야스코의 이름을 댄 이유는 가가 씨가 추리했던 그대로예요. 하지만 가지타 씨는 자신의 그 거짓말이 금세 드러날 거라고 알고 계셨어요. 아오키 씨가 의식을 회복하면 그의 입을 통해 금세 드러날 일이고, 그가 회복되지 못하더라도 당연히 그의 연인에게 혐의가 돌아오겠지요. 경찰의 추궁이 들어왔을 때, 야스코가 자신을 희생해가며 협력해줄 리는 없습니다."

"하지만 다행히 그 거짓말을 들키지 않았군요."

"네, 아오키 씨가 거짓말을 해줬기 때문이에요. 그는 내 이름조차 입 밖에 내지 않았어요. 아마 댄서로서의 내 장래를 염려했겠죠……. 그 뒤에 가지타 선생님이 아오키 씨를 만나셨어요. 왜 아키코의 이름을 대지 않았느냐고 물었더니, 그는 아직도 나를 사랑한다고 했대요…….”

아키코는 여기서 가만히 한숨을 내쉬며 “착한 사람이었어요. 뭔가 다른 관계로 만났으면 좋았을 텐데”라고 중얼거렸다. “가지타 씨는 헤어지는 길에, 혹시 연인의 이름을 누가 묻거든 모리이 야스코라고 해달라고 부탁했다는군요. 그는 어떤 말도 할 마음이 없다고 했대요.”

사내라면 당연히 그럴 것이다, 라고 가가는 생각했다.

“4년 전에 뉴욕에서 그런 일이 있었군요.”

아키코는 고개를 끄덕였다.

“그리고 그게 이번 사건의 원흉이기도 하고.”

“네, 그렇게 됐어요.”

“이번 일도 얘기하시죠.”

가가가 말하자 아키코는 침을 삼키고,

“가가 씨의 말대로 그날 밤 나는 발레단에 있었어요. 연습을 할 생각이었죠.”

라고 결의가 담긴 또렷한 어조로 말했다. “옷을 갈아입기 전에 잠깐 사무실에 들렀을 때였어요. 유리창을 두드리는 소리가 나더군요. 창밖을 보니 누군가 있었어요. 물론 한 번도 만난 적이 없는 낯선 사람이었어요. 깜짝 놀라서 무슨 일이냐고 물었어요. 그랬더니 그 사람이 아오키 씨 일로 할 말이 있다고 큰 소리로 말하더군요. 갑작스럽게 아오키 씨의 이름이 튀어나온 데다 다른 사람의 눈에 띌까 봐 겁이 나서 나는 창문을 열어줬어요. 그랬더니 그 사람은 태연한 얼굴로 창을 넘어 들어왔습니다. 그리고……, 가가 씨가 추리하신 대로, 뉴욕에 함께 가자고 했어요."

"아오키 씨를 만나기 위해서, 라고 했겠지요?"

"네. 아오키 씨가 편지를 보내왔는데 자신의 그림에 대한 처분을 모두 맡길 테니 즉시 전화해달라고 적혀 있었대요. 그래서 전화했더니 자신은 이제 곧 죽을 생각이라고 했다는 거예요. 몸도 정신도 망가지고 더 이상 살 희망이 없다면서. 가자마 씨는 어떻게든 삶의 끈을 놓치지 않게 하려고 다음에 자신이 뉴욕에 갈 때 나를 꼭 데려가겠다고 약속했대요. 그러니 꼭 함께 가달라고, 가서 얼굴만 보고 돌아와도 좋으니 꼭 함께 가달라고 하더군요……."

"하지만 당신은 거절했군요."

네, 라고 그녀는 고개를 끄덕였다. "내가 어떻게 뉴욕에 가겠어요. 공연이 코앞에 다가와 있었고, 꼭 그게 아니더라도—."

"그랬더니 가자마가 어떻게 했습니까?"

"자기 말을 듣지 않으면 아오키 씨와의 관계를 세상에 공표하겠다고 했어요. 그래서 어쩔 수 없이 같이 가겠다고 했습니다. 그랬더니 그가 전화를 하겠대요. 지금 당장 아오키에게 전화할 테니 목소리라도 들려주라고. 하지만 그가 수화기를 집어 드는 것을 보면서 나는 역시 뉴욕에는 갈 수 없다고 생각했어요. 그래서 전화가 연결되기 전에 그 사람을 밀쳐내고 수화기를 내려놨습니다. 그랬더니 그 사람이 화를 내면서 내게 덤벼들었어요. 두 팔을 붙잡힌 채 밀치락달치락하는데……."

"갑자기 가자마가 쓰러졌다―. 그렇죠?"

"네……."

"가자마의 머리를 내려친 건 하루코 씨인가요?"

"……"

"그게 아니죠?"

아키코는 더 이상 말을 못 하겠다는 듯 고개를 떨구었다.

"알겠습니다"라고 가가는 말했다. "그 일에 대해 당신에게서는 거기까지만 듣도록 하지요. 그다음 이야기를 해줄 사람은 따로 있고, 원래 내가 예상했던 그대로이기도 하니까요. 그런데 야기유 씨의 물통에 독을 넣은 건 당신인가요?"

아뇨, 라고 아키코는 대답하고 머뭇머뭇 망설이며 입을 다물어버렸다.

"당신이 아니군요. 그밖에 4년 전 일을 알고 있는 사람이라면 한 분밖에 없겠지요. 다카야나기 시즈코 씨. 그분도 가자마 사건의 진상을 알고 있습니까?"

"아뇨, 어머니에게는 말하지 않았어요. 단지 4년 전의 일을 알아내면 안 된다는 생각에 그런 일을 하셨을 거예요."

하지만 가자마 씨 사건을 어렴풋이 짐작은 하셨는지도 모르겠네요, 라고 아키코는 혼잣말처럼 중얼거렸다.

"좋아요. 거기까지만 듣도록 하지요. 이제 무대에 나갈 시간이기도 하고."

그의 말대로 바깥이 갑자기 소란스러워졌다. 프롤로그가 끝난 모양이었다.

"고맙습니다. 공연 잘해주세요."

인사를 건네고 가가는 분장실을 나섰다.

둘만의 분장실에서 가가가 나오는 것을 보고 미오는 급히 뒤쪽 그늘로 몸을 숨겼다. 그가 완전히 가고 난 것을 확인하고 나서 분장실 문을 열었다.

미오를 보자 아키코는 슬픈 눈빛으로 말없이 고개를 저었다. 그 몸짓이 모든 것을 말해주고 있었다.

"못 했어"라고 아키코는 말했다. "역시 안 되는 거였어. 그 형사는 모든 것을 다 알고 있었어."

미오는 고개를 끄덕였다. 이상하게도 낙담하는 마음은 없었다. 가가라면 분명 머지않아 진실을 알아낼 거라고 생각했다.

"미안해, 미오."

아키코는 자리에서 일어나 미오의 어깨를 껴안았다. "미오는 나를 지켜주었는데 나는 미오를 지켜주지 못했구나."

"아니에요"라고 미오는 말했다. "이제야 마음이 편해졌어요. 더 이상 거짓말은 할 필요가 없잖아요."

"미오……."

"마음 아파하지 마세요. 그보다 오늘 공연, 최고의 무대로 만들고 싶어요. 내 평생의 추억으로."

"그래, 다 잊어버리고 최고의 춤을 출 거야. 미오를 위해."

그 말에 눈물이 쏟아지려는 것을 미오는 어금니를 악물고 꾹 참았다.

─모든 것은 그날 밤이 시작이었다.

그날, 정규 레슨을 마치고 아키코는 미오에게 자율 연습을 하자고 했다. 미오는 물론 반갑게 응했다. 〈잠자는 숲속의 미녀〉 공연을 앞두고 둘이서 조금이라도 더 연습을 해두고 싶었던 것이다.

발레단의 열쇠는 아키코가 갖고 있었다. 두 사람은 우선 저녁 식사를 하러 나갔다. 그리고 그다음에 연습실에 돌아온 것이다.

사건은 거기서부터 시작되었다.

앞뒤 상황을 생각해보면, 가자마는 계속 두 사람의 행동을 지켜보고 있었던 것이다. 아마 아키코가 혼자 남기를 기다렸을 것이다. 하지만 두 사람은 나란히 발레단 앞까지 다시 돌아왔다.

여기에서 미오도 연습실로 곧장 들어갔다면 일은 또 다른 식으로 펼쳐졌을 것이다. 하지만 그때 연습실에는 아키코 혼자만 올라갔다. 미오는 편의점에 잠깐 볼일이 있었던 것이다. 현관 열쇠는 그때 아키코에게서 받아두었다. 혼자서 먼저 들어간 아키코가 안에서 문을 잠그고 있기로 했기 때문이다.

미오가 떠나는 것을 지켜본 가자마는 건물로 접근했다. 하지만 현관문은 잠겨 있었고 그는 어떻게든 아키코를 만나려고 건물 주위를 돌았다. 그리고 그가 노리던 대로 사무실에 있는 아키코를 발견했다.

한편 미오는 편의점에서 물건을 사 들고 돌아와 열쇠로 현관문을 열고 안으로 들어갔다. 그 순간 누군가 말다툼을 하는 소리가 들려왔다. 미오는 발소리를 죽여 조심조심 사무실로 다가가 안을 들여다보았다. 거기서 낯선 남자의 공격을 받고 있는 아키코의 모습이 눈에 들어왔다.

프리마발레리나를 지켜야 한다, 라고 미오는 생각했다. 지금 그녀에게 무슨 일이 생긴다면 내 마지막 소망조차 깨어지고 만다.

미오의 눈에 뛰어든 것은 금속제 꽃병이었다. 그건 마침 남자의 등 뒤에 있었다. 미오는 몸을 낮추어 안으로 들어가 두 손으로 꽃병을 움켜쥐자마자 남자의 머리를 향해 힘껏 내려쳤다.

엄청난 충격을 미오는 양팔에 느꼈다.

그리고 다음 순간, 남자의 몸이 무너지듯이 바닥에 쓰러졌
다.

〈잠자는 숲속의 미녀〉는 1막으로 접어들었다. 오로라 공주
로 분장한 아키코는 조금 전의 동요는 전혀 느껴지지 않는 훌
륭한 춤을 펼치고 있었다. 하지만 그녀가 춤을 추는 동안에도
가가의 시선은 자꾸만 그 뒤쪽으로 향했다. 요정 역의 미오를
찾아서. 그녀가 사랑스럽게 춤을 출수록 가가의 가슴은 아려
왔다.

처음부터 미오에 대한 의혹이 전혀 없었던 것은 아니다. 만
일 하루코가 누군가를 위해 대신 죄를 덮어썼다면, 그건 미오
일 가능성이 가장 높다고 생각했다. 하지만 거꾸로, 그렇다면
대신 죄를 덮어쓸 이유가 없다는 생각도 있었다. 어차피 하루
코가 정당방위를 주장할 거라면 그 역할을 미오가 직접 해도
결과는 똑같기 때문이다. 두 사람 모두 아직 나이 어린 여성이
라는 건 마찬가지다. 그렇다면 굳이 거짓말을 하기보다 직접
나서는 게 더 확실한 것이다. 무엇보다 친구에게 자신의 죄를
대신 짊어지게 한다는 게 이해가 되지 않았다. 진짜 친구라면
그런 짓을 할 리 없었다.

그래서 가가는 미오에 대한 의혹을 일찌감치 지워버렸다.

그런 그의 생각이 처음으로 흔들린 것은 그저께 샤쿠지이 공원을 산책했을 때였다. 연식 테니스공의 공기주입기를 발견했을 때의 일이 퍼뜩 생각났던 것이다.

지난번 다카시 군을 데리고 미오와 야구장에 다녀오는 길에 가가는 그녀에게 주사 바늘에 대한 이야기를 했었다. 혹시 주위에서 주사 바늘을 본 적이 없느냐고 물어본 것이다.

그때의 질문을 그녀가 기억하고 있다고 하자. 가가가 공기주입기를 발견하고 크게 흥분하는 것을 보고 그녀는 어떤 생각을 했을까. 가지타 씨를 살해한 독침의 바늘로 사용된 것이 공기주입기의 끝부분이었다는 것을 그녀도 그 순간, 깨달았을 것이다.

그리고 미오가 그녀 주위에서 연식 테니스공의 공기주입기를 가진 사람을 알고 있었다면―.

모리이 야스코의 죽음에서 도무지 풀리지 않는 수수께끼는 자살 동기였다. 가령 경찰에 잡히는 게 두려워 자살했다고 해도 어떻게 야스코는 경찰이 자신에게 바짝 다가왔다는 것을 그토록 절묘한 타이밍에 알아냈는가.

하지만 야스코가 공기주입기를 갖고 있었고 그런 사실을 미오가 알고 있었다면 어떤가. 미오는 가지타 살해범이 야스코라는 걸 알았을 것이다. 그리고 경찰 역시 똑같은 경로를 통해 머지않아 야스코를 찾아낼 것이라고 생각하지 않았을까.

미오는 즉시 야스코에게 그 사실을 알려주었다. 한밤에 야스코의 집에 찾아가 경찰의 손이 바짝 다가왔다는 것을 알려준 것이다. 미오의 집은 후지미다이, 야스코가 살고 있는 나카무라바시와는 역 하나 떨어진 거리다. 도보로 거기까지 가기는 어렵다. 하지만 자전거라면 얼마든지 갈 수 있다. 미오의 맨션 1층에는 상당히 널찍한 자전거 전용주차장이 있었다.

미오에게서 경찰의 수사 상황을 전해들은 야스코는 모든 것을 포기하고 자살했다—.

그것이 미오에 대한 최초의 의혹이었다. 그리고 그것이 진실이라고 해도 이 정도는 별다른 문제가 아니었다. 미오가 딱히 범죄를 저지른 건 아니기 때문이다.

하지만 또 다른 추리가 싹텄다. 아오키의 연인이 야스코가 아니라 아키코인지도 모른다는 생각이었다. 사소한 일을 계기로 떠오른 생각이었지만 이것은 그때까지 꽉 막혀 있던 문젯거리를 단숨에 해결해주는 추리였다.

가장 결정적이었던 것은 야스코에게 가지타를 죽일 동기가 생겨났다는 점이다. 만일 아키코가 뉴욕에서 벌인 행위가 모조리 자신이 저지른 일로 둔갑해 있다는 것을 야스코가 알았다면 어떻게 되는가. 그리고 그 원인이 가지타 때문이라는 것을 알았다면?

야스코는 자신의 몸을 억지로 개조해서라도 가지타의 눈에 들려고 노력했다. 아마도 그것이 좋은 댄서가 되는 지름길이라고 굳게 믿었을 것이다. 하지만 그렇게 존경하고 믿었던 가지타가 이미 4년 전부터 자신을 배반했다는 것을 알았다면—.

문제는 그 일을 야스코가 어떻게 알아냈느냐는 것이었다. 이 점에 대해 가가는 짐작되는 게 있었다. 즉 가자마가 야스코를 만나러 갔다는 것이다.

1막을 마치고 미오 일행은 분장실로 돌아왔다. 안으로 들어가니 먼저 와 있던 아키코가 벌써 메이크업을 고치고 있었다. 그녀는 2막과 3막에 모두 출연해야 하기 때문이다. 미오는 2막에는 나가는 장면이 없어서 잠시 한숨 돌릴 수 있었다.

"컨디션은 최상이야"라고 아키코가 말했다. "이대로 끝까지 갔으면 좋겠다."

미오는 고개를 끄덕이고 무대 의상을 벗었다.

거울을 마주한 채 미오는 지난번 도쿄 공연을 생각했다. 가지타가 살해되었을 때다. 그 사건에 대해 미오도 아키코도 전혀 무관한 입장이 아니었다.

"이상한 쪽지가 가방 속에 들어 있었어."

아키코가 그렇게 말한 것은 레슨이 시작되기 전이었다. 그녀가 보여준 것은 작은 종이쪽지로, 이런 글이 적혀 있었다.

'가자마의 죽음에 네가 관여했다는 것을 알고 있다. 내가 시키는 대로 한다면 경찰에 신고하지는 않겠다.'

그리고 기묘한 지시가 이어져 있었다. 바 레슨이 시작되기 전까지 가지타의 겉옷 자락에 컵에 든 물을 뿌리라는 것이었다.

"이게 무슨 소리일까?"

그러게요, 라고 미오는 고개를 갸웃거렸다. 가자마의 죽음에 얽힌 비밀을 아는 사람이 있다는 것도 오싹했지만, 이 편지의 요구도 이상하기만 했다.

"우선은 시키는 대로 할 수밖에 없어"라고 아키코는 말했다. 그리고 어느 누구에게도 들키지 않고 그 지시대로 해냈던 것이다.

그런 사정이 있었던 만큼 가지타가 살해되었을 때는 참으로 큰 충격을 받았다. 대체 누가 그런 짓을 했는지, 전혀 짐작도 가지 않았다.

야스코가 범인이라는 것을 깨달은 건 두 가지 힌트 때문이었다. 첫째로는, 아키코가 조사한 '가지타의 겉옷에 물이 뿌려진 시간에 알리바이가 있었던 사람'의 리스트였다. 즉 옷에 물을 뿌리는 일을 아키코에게 떠맡기고 범인은 자신의 알리바이를 확보해두려고 한 것이다. 그 리스트에 오른 여섯 사람 중에 야스코의 이름이 있었다.

그리고 두 번째 힌트는 연식 테니스공의 공기주입기였다. 공원에서 그것을 발견한 순간에 가가가 내보인 표정에서 미오도 주사 바늘의 정체를 알았던 것이다. 그리고 그와 동시에 생각이 났다. 야스코의 집에 놀러갔을 때, 똑같은 물건이 있었다는 것이.

그런 두 가지 힌트에서 미오는 야스코가 범인이라고 확신했다.

그리고 그날 밤, 자전거를 타고 야스코의 아파트에 갔다. 택시를 타지 않은 건 한밤에 낯선 운전기사와 차 안에 있는 게 무서웠기 때문이다.

야스코는 의외로 간단히 미오의 추리를 인정했다. 분명 가지타를 죽인 건 자신이라고 말했다.

"그는 나를 배신했어."

야스코는 굵은 눈물을 뚝뚝 떨구며 말했다. "그 가자마라는 사람이 나한테도 찾아왔었어. 왜 나를 찾아왔는지 아니? 그 일의 진상을 확인하기 위해서야. 어째서 아오키의 연인을 당신으로 해두었느냐고 그 사람이 묻더라. 너무 놀라서 처음에는 그의 말을 믿지 않았어. 그랬더니 그가 모두 얘기해주더라. 그래도 나는 믿을 수가 없었어. 항상 내 춤을 칭찬해주고, 자기가 하라는 대로 하면 톱 댄서가 될 수 있다고 말씀해주신 가지타 선생님을 누구보다 굳게 믿고 따랐으니까. 그분이 나를 함정에 빠뜨릴 리가 없다고 생각했으니까."

하지만, 이라고 말을 이었다. 그녀의 가슴에 얹힌 손이 파르
르 떨렸다.

"가자마가 죽었다는 소식을 듣는 순간, 내 마음의 성채는 와
르르 무너져버렸어. 분명 그 일 때문에 그 사람이 살해되었겠
지. 그리고 그가 살해된 이상, 그가 했던 말은 모두 진실인 거
야……. 용서할 수가 없었어. 모두 다 미웠어. 하지만 가장 미
운 사람은 가지타 선생님이야. 나는 내 모든 것을 선생님에게
걸었어. 그걸 뻔히 다 알고 있었으면서……. 선생님의 눈에 들
기 위해, 아키코와 똑같은 몸을 갖기 위해, 나는 죽을 각오로
감량까지 해왔는데……. 난 대체 뭐야? 난 대체 뭐냐고! 자신
이 저지른 잘못을 나한테 덮어씌운 그 여자처럼 되기 위해 나
는 지금껏 죽을 고생을 해온 거야!"

야스코는 방바닥에 엎드려 울었다. 미오는 그녀에게 해줄
말이 한마디도 생각나지 않았다. 여기에 또 한 사람의 슬픈 댄
서가 있었다. 꿈꾸었던 것이 컸던 만큼 그것이 깨어질 때의 충
격도 컸다.

한참을 울던 야스코는 얼굴을 들었다. 빨개진 눈으로 미오
를 바라보았다.

"고마워, 미오, 경찰 일을 알려줘서. 그래서 자수를 권하러
온 거지?"

"네, 하지만⋯⋯."

미오는 똑바로 야스코를 바라보았다. "이번 요코하마 공연이 끝날 때까지는 절대로 이번 일을 밝히지 말아주세요. 그걸 부탁하러 왔어요."

"⋯⋯무슨 얘기니?"

의아해하는 야스코에게 미오는 진지한 눈으로 말했다.

"나도 솔직히 말할게요. 가자마 씨를 죽게 한 건 나예요. 그리고 이번 요코하마 공연은 내 마지막 무대가 될 거예요."

2막의 마지막 장면은 100년 동안 잠든 오로라 공주가 왕자의 입맞춤을 받고 깨어나는 장면으로 마무리되었다. 그녀가 눈을 뜨는 것과 동시에 잠자는 숲 전체가 되살아나는 것이다.

그래, 잠자는 숲이었어, 라고 가가는 생각했다. 다카야나기 발레단 전체가 울창한 잠의 숲에 갇혀 있었던 것이다.

아오키 가즈히로의 연인은 다카야나기 아키코였다―. 이 생각은 가자마를 살해한 사람이 아키코라는 추리로 이어졌다. 하지만 이해가 되지 않았다. 어째서 하루코는 자신을 희생해가며 아키코 대신 나섰는가. 하루코 역시 유망한 댄서이고 자신만의 꿈도 장래도 있을 것이다.

그러면 뭔가 다른 사고가 있었고, 하루코는 실수로 가자마를 죽게 했던 것인가. 하지만 그렇다면 정당방위라는 식의 거짓말을 둘러댈 것 없이 과실을 주장하면 될 게 아닌가. 그 자리에 분명 함께 있었을 아키코도 자신의 비밀을 지키겠다는 것만으로 하루코에게 위험한 거짓말을 연출하게 할 수는 없었을 것이다.

생각할 수 있는 것이 한 가지 있었다. 그 과실을 범한 사람이 제삼의 인물이었을 경우.

거기에서 다시금 미오가 떠올랐다.

가가는 미오와 하루코의 관계를 다시 한번 조사해보았다. 뭔가 깜빡 놓친 것은 없는가. 뭔가 중요한 것을 잊은 건 아닌가.

있었다.

그것은 실로 자연스럽게 의식의 바깥에 밀려나 있었다.

하루코가 교통사고를 일으켰다는 것. 그때 함께 타고 있었던 사람이 아사오카 미오였다는 것.

하루코는 다리에 부상을 입고 꼼짝없이 긴 공백기를 가져야 했다. 한편, 미오는 경상이어서 그날로 퇴원했다.

하지만 가가는 몇 번이나 보았다. 미오가 갑자기 이상해지는 장면을. 그녀 스스로는 빈혈이라고 말했지만, 과연 그럴까.

그래서 가가는 아버지에게 전화했다. 최근에 친구 아들의 교통사고를 해결해줬다고 할 정도로 아버지는 그쪽 방면의 지식이 풍부했다. 가가는 미오가 보인 이상한 증세를 아버지에게 말했다.

"섣불리 단정할 수는 없지만, 필시 교통사고의 후유증이야."

그것이 아버지의 대답이었다. "인간의 뇌는 복잡하게 생겨 있어. 아무리 의학이 발달해도 아직 모르는 게 더 많아. 검사할 당시에는 별 이상이 없다가도 나중에 갑자기 두통이나 이명이 발생하는 사례가 흔해. 그러니 분쟁도 자주 발생하는 거고."

"확실하게 알아볼 만한 특징은 없어요?"라고 가가는 물었다.

"그걸 잘 모르니 다들 고생하는 거지. 후유증이란 건 단순히 신경성이라고 하는 사람도 있어. 하지만 실제로 한참 후에야 시력이 뚝 떨어지는 경우도 있었어."

"다양한 증상이 있다는 거예요?"

"그렇지. 비 오는 날에만 이명이 들리는 경우도 있어."

"비 오는 날?"

가가는 되물었다. "날씨하고도 관계가 있어요?"

"그럼, 있어도 크게 있지"라고 아버지는 말했다. "후유증의 일반적인 특징 가운데 하나야. 비 오는 날, 흐린 날, 환절기, 그런 때마다 머리가 아프기도 하고."

비 오는 날―.

가가는 미오가 이상해졌을 때의 날씨를 점검해보았다. 틀림 없었다. 비 오는 날, 혹은 흐린 날이었다. 그러고 보니 가지타의 장례식 날에도 비가 왔다. 비가 걷힌 샤쿠지이 공원으로 그녀와 함께 나갔던 것이다.

가가는 어제 하루 종일 뇌 외과의를 찾아다녔다. 어쩌면 미오가 어딘가의 의사에게 치료를 받고 있을지도 모른다고 생각했기 때문이다. 그리고 어느 종합병원 뇌 외과에서 그녀의 진료 기록을 발견했다.

"네, 기억나요. 꾸준히 다니면서 치료하라고 했는데 오지 않아서 웬일인가 궁금하던 참이에요."

그녀를 담당했던 의사가 고개를 갸웃거리며 말했다.

"어떤 증상이죠?"라고 가가는 물었다.

"돌발적으로 이명이 심해지는 증상이에요. 그리고 이명 직후에는 귀가 잘 안 들린다고 했어요. 무슨 사고를 당했느냐고 물었는데 정확하게 말하지 않더군요. 그래서 자손 사고自損事故인 모양이라고 생각했었죠."

절망적인 마음으로 가가는 병원을 뒤로했다.

귀였구나—.

그런 거였구나. 이제야 드디어 모든 수수께끼가 풀렸다. 춤 연습 중에 갑작스럽게 동작을 멈춘 것도 음악이 들리지 않았기 때문이다. 빈혈이나 어지럼증 따위가 아니었다.

그리고 지금도 그 증세가 진행 중이라면—.

그녀의 방 탁자에는 클래식 음악의 카세트테이프가 놓여 있었다. 어쩌면 미오는 자신의 귀가 들리는 동안에 아름다운 소리를 기억에 새겨두려고 했던 게 아닐까.

그리고 가가는 그때 했던 그녀의 말이 떠오르지 않을 수 없었다. 그 말. 누군가 나를 위해 해주는 이야기를 듣고 싶다, 나만을 위해.

그래, 당신만을 위해, 나는 얼마든지 이야기를 들려줄 것이다—.

3막이 시작되었다. 드디어 마지막 무대다. 최고의 춤을 추리라고 미오는 마음 속으로 맹세했다.

이날의 무대를 위해 그동안 얼마나 많은 고생을 해왔는가. 하루코에게는 아무리 고마움을 표해도 다할 수 없다. 그건 단순히 불행한 교통사고였던 만큼 그런 형태로 하루코에게 책임을 지게 하고 싶지는 않았다.

가자마 도시유키를 죽이고 말았다는 것을 깨달은 뒤에, 미오는 아키코와 함께 그저 멍하니 서 있었다. 아키코는 뭐가 뭔지 모르겠다는 얼굴이었고 미오는 자신이 한 일의 의미를 미처 파악하지 못했다.

그런 때에 하루코가 돌아온 것이다.

하루코가 깜짝 놀라 어떻게 된 거냐고 물었지만 미오는 아무 말도 할 수 없었다. 옆에서 아키코가 그 쓰러진 남자와의 관계를 설명해주었다.

"나, 자수할래."

모든 사정을 들은 뒤에 미오는 파르르 떨며 말했다. "그럴 수밖에 없기도 하고, 그게 가장 나아."

"그건 안 돼!"라고 말한 건 하루코였다. "너한테 그런 일을 겪게 할 수는 없어. 알았어, 내가 어떻게든 해볼게."

"어떻게든 하다니, 무슨 좋은 방법이 생각났어?"라고 아키코가 물었다.

"네. 그게 잘되면 나도 죄 없이 풀려날 거고, 좀 더 잘되면 이 남자와 아키코 씨의 관계도 세상에 알려지지 않을 거예요."

하루코는 뭔가 좋은 방법이 생각난 듯했다.

"하지만 그런 방법이 있다면 내가 하면 돼."

미오가 그렇게 말하자 하루코는 그녀의 양어깨를 잡았다.

"안 돼, 이 일은 약간의 인내가 필요해. 게다가 한참 동안 자유롭지도 못할 거야. 네가 자유를 잃으면 플로리나 공주 역할은 못 하게 돼. 너는 이번 공연에 네 모든 걸 걸었잖아?"

"하루코……."

"그런 얼굴 하지 마. 내가 해줄 수 있는 것은 기껏해야 이런 것밖에 없어. 나는 훨씬 더 소중한 것을 너에게서 빼앗고 말았는데."

자, 어서 서둘러, 라고 하루코는 미오와 아키코에게 말했다. 뒷일은 모두 나한테 맡겨줘, 라고.

그 정당방위 사건은 그렇게 해서 만들어진 것이었다. 하루코의 일 처리가 얼마나 훌륭했는지는 경찰이 여태껏 진상을 밝혀내지 못한 것으로도 잘 알 수 있다.

물론 미오도 각오는 하고 있었다. 만일 하루코가 무죄로 풀려나지 못한다면 그때는 경찰서에 찾아가 자수할 것이라고.

고마워, 하루코—.

미오는 혼자 중얼거렸다.

"미오. 우리 나갈 차례야!"

파랑새로 분장한 야기유가 그녀 곁으로 다가와 말했다.

무대에 선 미오의 모습을 가가는 자신의 망막에 낙인으로 찍어두자고 생각했다. 음악의 리듬과 한 치의 어긋남도 없이 미오는 돌고 뛰면서 포즈를 만들었다. 인형 같은 자태의 그녀가 도저히 인간의 몸이라고는 생각되지 않는 가벼움을 표현해 준 덕분에 정말 그림책의 주인공이 춤추는 듯한 착각마저 들었다. 하지만 그 플로리나 공주는 미오였다. 가령 비인간적일 만큼 사랑스럽다고 해도 틀림없이 미오였다.

파랑새 야기유가 날았다. 몇 번이고 높이높이 날았다. 부디 최선을 다해달라고 가가는 마음속으로 빌었다. 그녀의 춤을 너의 힘으로 최고의 무대로 만들어달라고—.

두 사람이 함께 춤을 추었다. 너무도 멋진 영상에 가가는 감격했다. 결코 잊지 않으리라.

"아버지, 내가 실은 그 여자를 전부터 마음에 두고 있었어."

그저께, 아버지에게 그 말을 했을 때가 생각났다. 교통사고 후유증 이야기를 한 뒤였다.

"그 후유증에 걸린 거 같다는 여자를 말이냐?"

"그래요"라고 가가는 말했다.

"흠."

"게다가 그 여자는 용의자인지도 몰라."

"흐흠."

"그래도 나는, 여자로서 그 사람을 마음에 두고 있어."

"그러냐"라고 아버지는 말했다.

"그래서 나는 그 사람을 지켜주고 싶어. 나밖에는 아무도 지켜줄 수가 없어."

아버지는 잠시 침묵한 뒤, "알았다"라고 말했다. "할 말, 그것뿐이냐?"

그것뿐이야, 라고 가가는 대답했다. 아버지는 다시 잠깐 뜸을 들인 다음에 "응, 그러면 끊는다"라고 말했다.

가가는 미오의 모습을 보며 아버지에게 했던 말을 마음속에서 되풀이했다.

그녀를 지켜주고 싶다―.

박수 속에서 미오와 야기유는 무대를 내려갔다. 가가도 손

뻑을 쳤다.

그녀가 내려간 뒤 차례차례 춤이 이어졌다. 이렇게 완벽하게 발레를 관람하는 일은 아마 앞으로는 없을지도 모른다고 가가는 생각했다.

마지막 장면은 모든 출연자의 경연競演이었다. 3막에 나온 캐릭터들이 모두 함께 춤추는 것이다.

이거야말로 미오의 마지막 춤이다―. 그런 심정으로 가가는 플로리나 공주의 모습을 찾고 있었다.

하지만 무대의 어디를 살펴봐도 그녀의 블루 코스튬은 눈에 들어오지 않았다. 다른 캐릭터는 모두 출연 중이었다. 파랑새의 야기유도.

혹시―.

가가는 자리에서 벌떡 일어섰다. 혹시 귀가 들리지 않는 증세가 또 나타난 걸까.

복도로 나오자 분장실을 향해 뛰었다. 분장실에서는 무대 관계자들이 잠시 쉬고 있었다.

"플로리나 공주는 어디 있어요?"라고 가가는 물었다.

"아, 다리가 좀 아프다고 방으로 돌아갔어요."

"다리?"

가가는 그들을 제치고 달렸다. 미오와 아키코의 분장실에 뛰어들었다. 하지만 그 방에 있는 건 나카노 다에코였다.

"플로리나 공주는요?"

"글쎄, 안 보이네? 다리를 다쳤다고 해서 살펴보려고 왔는데."

가가는 방을 나와 복도를 둘러보았다. 뒤쪽 출구로 나가는 문이 흔들거리고 있었다. 망설임 없이 문밖으로 뛰어나가자 그 좁은 복도에 미오가 웅크리고 있었다. 플로리나 공주의 분장 그대로 양손으로 얼굴을 가리고 울고 있었다. 가가는 그 곁에 다가가 그녀의 울음이 그치기를 기다렸다.

이윽고 그녀가 얼굴을 들었다. 그리고 곁에 있는 사람이 가가라는 것을 알고는 말없이 일어나 머리를 숙였다.

"들려요?"라고 가가는 물었다. 미오는 역시 놀란 기색이었지만, 그가 그 비밀을 어떻게 알았는지에 대해서는 묻지 않았다. 그리고 "가까이에서라면 들려요"라고 대답했다.

"당신의 춤을 봤어요. 정말 좋았습니다."

"가가 씨, 나……, 나를 체포해주세요."

미오는 울어서 빨개진 눈으로 그를 빤히 올려다보았다.

"예"라고 말하며 가가는 그녀의 손을 잡았다.

"당신을 체포합니다."

"드디어 죄를 갚을 수 있게 됐네요. 정말 기나긴 날들이었어요."

그렇게 말하는 미오의 표정에는 깊은 안도의 빛이 번졌다.

"죄를 갚는 것도 필요하지요"라고 가가는 말했다. "하지만 공정한 심판도 필요해요. 당신에게도 이번 사건은 불운한 일이었어요."

"가가 씨……."

미오는 눈물에 화장이 흘러내린 얼굴을 가가에게로 향했다.

"내가 당신을 지켜줄 겁니다"라고 그는 말했다.

"가가 씨……, 나, 가가 씨의 그 목소리, 안 잊을래요."

미오는 목이 메었다. 그런 그녀의 몸을 끌어안으며 가가는 속삭였다.

"괜찮아요. 귀도 내가 꼭 낫게 해줄 테니."

그는 플로리나 공주의 얼굴인 미오에게 조용히 입술을 맞댔다. 무언가에서 깨어나는 듯한 느낌의 입맞춤이었다.

"당신을 사랑하니까."

가가는 미오의 몸을 한껏 끌어안았다.

가가 형사,
잠자는 숲속의 그녀에게 입맞춤하다

시리즈의 두 번째 사건은 화려한 발레 무대를 배경으로 펼쳐진다. 발레는 다른 어떤 예술 장르보다 엄격한 정형과 절제미를 강조한다. 한 사람의 아름다운 발레리나가 탄생하기까지 그 이면에는 지독한 연습과 철저한 '몸 만들기'가 있다는 것은 이미 널리 알려진 이야기다. 이 소설을 읽으면서 발레리나의 닳아버린 토슈즈, 어떠한 잉여도 허락하지 않는 고행과도 같은 몸을 떠올리는 독자들이 많을 것 같다.

도쿄의 유명한 '다카야나기 발레단' 사무실에서 정체불명의 한 남자가 사망했다는 뜻밖의 전화가 걸려온다―. 최고의 공연을 위해 서로를 감싸주는 발레단원의 우정, 발레 마스터는 여지없이 고함을 날리고, 단 하나뿐인 프리마발레리나의 지위를 바라보는 두 가지 시각이 대비된다. 진정한 발레리나는 주인공이 되기 위해 춤추는 게 아니라 성공적인 공연을 위해 혼신의 열정을 바친다. 범인이 준비한 살인 도구 트릭과 알리바이 트릭이 교묘하게 뒤얽히고, 공연을 앞두고 전쟁터처럼 급박하게 돌아가는 무대 뒤편을 누비며 가가 형사는 어느 때보다 예리한 추리의 눈빛을 번뜩인다.

히가시노 게이고의 추리소설을 차례차례 읽어나갈수록 한 가지 중요한 미덕을 발견할 수 있다. 의미 없이 난해하거나 자칫 감성의 사설로 흐를 수 있는 등장인물의 자의식이니 내면 풍경이니 하는 것은 최대한 잘라내고, 오로지 구성력과 트릭, 객관적 상황 서술로 일관한다는 것이다.『잠자는 숲』에서도 그런 특징은 유감없이 발휘된다. 작가의 주장이 아니라 독자가 자신의 시선으로 세밀히 바라볼 수 있게 하는 담담한 상황 묘사 이외의 문장은 찾아보기 어렵다. 하지만 신기하게도 이 책의 마지막 페이지를 덮으며 독자는 '가슴이 아릿해지는 사랑'이라는 매우 감성적인 체험을 하게 된다. 그래서 가가 시리즈 중에서 가장 로맨틱한 추리소설로 손꼽힌다.

가가 형사 시리즈의 첫 번째 이야기『졸업』은 대학생 가가 교이치로가 고교 시절부터 마음에 품어온 여학생 사토코에게 사랑을 고백하는 장면으로부터 시작한다. 하지만 그 사랑이 지나치게 덤덤해서 "이 두 사람, 사랑하는 거 맞아?"라는 독자의 불만이 적지 않았다. 결국 『잠자는 숲』에서 30대 전후의 신입 형사로 등장한 가가는 첫사랑 사토코를 '1년에 한두 차례 편지를 보내주는 대학 시절의 연인'으로 정리해버렸다. 덤덤한 가운데서도 고교와 대학 시절을 함께하며 깊은 신뢰를 나누었던 가가와 사토코 커플이었는데, 아쉽게도 '과거로부터 온' 추억으로서 그의 서랍 속으로 들어가고 만다. 그 아쉬움에 대한 보상일까, 이번 이야기에서는 소설의 마지막이 여간 열정적인 게 아니다. 몇 겹으로 뒤엉킨 '잠자는 숲'을 헤치고 그녀를 깨우는 가가 형사의 뜨겁고 순정한 입맞춤을 지켜보며, 동화 속의 라일락 요정처럼 "부디 이 사랑이 영원하기를!"이라는 주문이 저절로 흘러나올지도.

이 소설에서 특히 주목해야 할 점은 '서술 트릭'을 원용한 추리 기법이다. 소설이라는 형식이 갖게 되는 암묵적인 전제나 편견을 이용하는 트릭으로, 전제조건으로서 기술된 문장을 독자는 무비판적으로 그대로 받아들이게 되는 인식을 거꾸로 이용하는 것이다. 『잠자는 숲』에는 두 사람의 화자가 번갈아 등장한다. 그중의 한 사람은 이른바 '신뢰할 수 없는 화자'인데…… 스포일러가 될 우려가 있으니 이쯤에서 입을 다무는 게 좋을 것 같다. 어떻든 서술 트릭은 소설 내부에서 외부로 나아가 작가가 직접 독자와 겨루는 추리 게임이다. 이 트릭을 중심으로 바둑의 복기처럼 다시 읽으면서 계산해보면 '신뢰할 수 없는 화자'의 서술법이 분명하게 잡힐 것이다.

다양한 트릭의 수수께끼를 풀어나가고 범인을 밝혀나가는 과정도 흥미롭지만, 아무래도 이 소설은 'Why done it?'에 중점을 두고 있다. 프리마발레리나 자리를 놓고 벌이는 상투적인 갈등 구조를 뛰어넘어 한층 우아한 예술적 열정으로 사건을 승화시켜나가는 과정을 주시하는 것도 좋겠다. 〈백조의 호수〉와 〈잠자는 숲속의 미녀〉라는 최고급 발레 공연을 머릿속에서 실감 나게 그려가면서 작가와 벌이는 두뇌 게임, 이 책을 읽는 독자들이 누릴 수 있는 최상의 사치가 아닐까. 다 읽은 책을 들고 발레 공연 티켓을 예매한다면? 그야 물론 최상의 호사가 될 것이다.

잠자는 숲

지은이 히가시노 게이고
옮긴이 양윤옥
펴낸이 김영정

초판   1쇄 펴낸날 2009년 6월 30일
개정판 1쇄 펴낸날 2019년 7월 25일
개정판 10쇄 펴낸날 2024년 10월 31일

펴낸곳 (주)현대문학
등록번호 제1-452호
주소 06532 서울시 서초구 신반포로 321(잠원동, 미래엔)
전화 02-2017-0280
팩스 02-516-5433
홈페이지 www.hdmh.co.kr

ISBN 978-89-7275-002-4 04830
     978-89-7275-000-0 (세트)

• 책값은 뒤표지에 있습니다.
• 파본은 구입처에서 교환해드립니다.